TYPE: BYAKUDANSHIKI NUMBER: VI=MINAZUKI
BUILT-IN
HARMONY GEAR

2
VOLUME

저자＝미사키 나기 / 일러스트＝레이아
AUTHOR=Nagi Misaki / ILLUSTRATION=Reia

리베리오 마키나

COMMAND
Wake up. Order. Shut down

REBELLIO MACHINA

SUB
[—《바쿠단식》 후미즈키의 질투심—]

PROFILE

카논=뱌쿠단

Kanon=Byakudan

헬바이츠 대공 가문의 피를 잇고 있는
전 공녀이자, 미나즈키의 마스터.

「리타 씨, 지금 일부러 하지 않았어?!
냄비 안을 휙휙 저었지?!」

「저차원적인 맛 표현,
너무나 감사합니다.」

PROFILE

유리=하웰즈

Juli=Howells

세계 최대의 오토마타 회사·CEO
에릭=하웰즈의 비서.

― 공화국 최대의
오토마타 박람회 『디체 페어』
전시장 안의 레스토랑에서 ―
「단맛 없음, 짠맛 있음,
신맛 없음, 쓴맛 없음.
총평, 맛있다.」
「어머, 빵이 냄비에 떨어져 버렸네!
이거 벌칙 당첨인걸.」
PROFILE
《뱌쿠단식》 제육호 · 미나즈키
Minazuki-BYAKUDANSHIKI No.VI
천재 기사 뱌쿠단 하루미가 개발한,
대흡혈귀 전투용 기계장치 기사.
PROFILE
리타=로젠베르크
Rita=Bosenberg
흡혈귀 왕을 아버지로 둔, 아름다운 제3 왕녀.
미나즈키와는 같은 반 친구.

— 재기동한 미나즈키는 리타와 같이
욕실에 들어와 있었다 —
「됐으니까, 빨리 씻겨줘.」
REBELLIO MACHINA

「알았지? 저어얼대 뒤돌아보지 마. 약속이니까!」
「만약 돌아보면 용서치 않을 거니까!」

정의의 흡혈귀 왕녀와 반항의 기계장치 기사——
지금, 최강 태그가 움직이기 시작한다!

Contents

COMMAND
Wake up, Order, Shut down

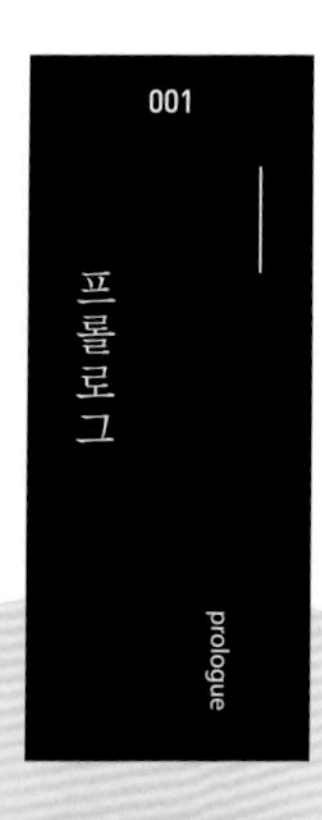
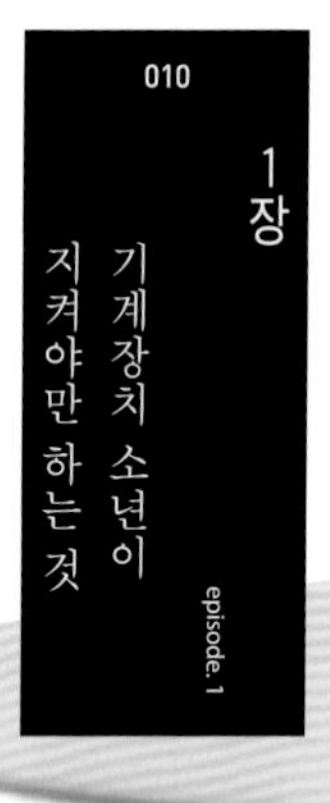
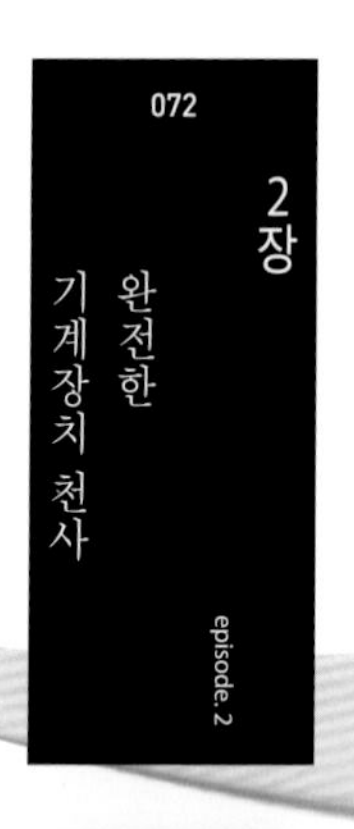

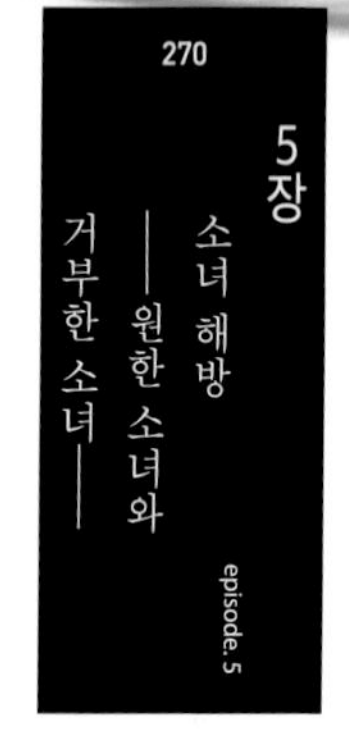

1980 WORLD
Republic of Helweiz

TYPE: BYAKUDANSHIKI NUMBER: VI=MINAZUKI
BUILT-IN
HARMONY GEAR

REBELLIO MACHINA

✡

프롤로그

Prologue

1890년 11월 모일
헬바이츠 공화국
수도 예셀 교외

1980

WORLD
Republic of Helweiz

REBELLIO MACHINA

—

삑, 삑 하고 기계음이 규칙적으로 울렸다.

병원에서 자주 사용되는 심전도 모니터가 내는 소리다. 하지만, 그곳은 일반적인 병원과는 달라서, 태양 빛이 전혀 들어오지 않는 어두운 공간이었다. 몸을 휘감는 듯한 무거운 습기가 침전되어 있었다.

그 공간의 중앙에는 캡슐형의 거대한 수조가 있으며 안에는 사슬과 연결된 인물이 떠 있었다. 잿빛의 머리카락에, 차갑고 단정한 얼굴의 청년. 약 2주 전에 예셀 대학살을 기획한 빌헬름 루트비히다. 지금 그는 조용히 눈을 감고 있었다.

그때 캉! 하는 경질의 소리가 울려 퍼졌다.

수조 앞에 한 남자가 서 있다. 고급스러운 양복을 입고, 지팡이를 손에 든 장년의 남자다. 조금 전의 소리는 그가 지팡이를 바닥에 찧는 소리였다.

"이것의 조정은 어떻게 되었지?"

남자의 시선은 맹금처럼 날카롭게 수조를 보고 있었다.

헐렁한 백의를 입은 소녀가 안경을 꾹, 하고 밀어 올리고 수조의 관리화면을 확인했다.

"현재, 배양액의 수은 함유율을 0.2퍼센트입니다. 24시간 이내의 심박도 50에서 70사이로 안정되어 있습니다.

대뇌피질에 투약을 개시해도 문제없겠지요. 사장님의 허가가 있다면, 언제든지 제3 페이즈로 이행할 수 있어요."

어떻습니까? 라고 말하는 듯이 작은 몸집의 소녀는 고개를 꺾어 남자를 올려보았다.

사장님이라고 불린 남자는 불손한 태도로 코웃음 쳤다.

"이렇게 보니, 흡혈귀도 그냥 시체로군."

"원래 미나즈키 군의 공격으로 그의 심장은 크게 상처를 입었으니까요. 이것도 잘 회복된 편입니다. 공화국군의 눈을 피해서 그를 산채로 회수할 수 있었던 것은, 행운이었죠."

"그 부적합이 무츠키와 흡혈귀 왕족을 토벌할 수 있게 되다니. 예상 밖이지만, 큰 수확이로군."

"사장님의 계획으로는, 공화국군이 모두 진압할 터였으니까요. 하지만, 그 탓에 미나즈키 군이 인공두뇌의 내용물을 보고 말았습니다. 그거, 난처한 일이지요? 사장님의 방해가 되는 것은 모두 배제해야만 합니다. 수복 불가능할 정도로 산산이 조각내서……."

"그런 것은 아무래도 좋다."

열심히 제안하는 소녀를 남자는 딱 잘라 막았다.

"인공두뇌의 정체를 그들이 알았다고 해도 나의 계획에 지장은 없다. 그것보다……."

그 순간, 수조에 있는 청년의 눈이 번뜩 떠졌다.

"네, 녀석, 용케 속였겠다……! 이것을 사용하면 예셀 조약을 파기할 수 있다고, 무츠키를 헌상해왔던 주제에, 실패작보다도 떨어지는 고물이었잖나!"

눈을 뜬 그의 두 눈은 불길한 선혈의 빛을 띠고 있었다. 쿨럭쿨럭 입에서 배양액을 토해내고, 원망으로 얼굴을 일그러트리며, 빌헬름은 수조 바깥에 있는 남자에게 아우성쳤다.

"네놈이 제대로 된 ≪뱌쿠단식≫을 건네주지 않은 탓에, 내 계획은 엉망이 되었어! 이 무능한 가축 놈들! 치료가 끝나면, 빨리 여기서 꺼져라. 언제까지 나를 이런 장소에 가두어둘 작정이냐?! 나는 고귀한 뱀파이어 왕이라고……!"

"시끄럽군. 닥치게 해."

"네, 사장님."

그 말의 직후, 청년의 머리와 몸이 싹둑, 하고 분리되었다.

아무리 흡혈귀라고 해도 머리가 몸에서 떨어지면 말할 방도가 없다. 아무런 말도 하지 못하게 된 회색의 머리가 배양액 안에서 부유했다. 붉은 눈동자는 뜬 채로 빛을 잃고, 텅 비워졌다.

심전도 모니터는 완전히 같은 형태로 삑, 삑 하고 울리고 있다.

“어느 쪽이 가축인지. ……제3 페이즈로 이행해. 이래도 귀중한 왕족이다. 쓰레기로 만들지 마라.”

“네, 사장님.”

남자의 지시를 받고 소녀는 청년의 머리를 망으로 건져서, 다른 배양액에 투입했다. 기분 나쁜 작업이지만, 소녀는 전혀 불쾌감을 드러내지 않았다. 앳된 얼굴에 미소조차 띠고 있었다.

“계획대로야. 이것이 일으킨 테러 소동 덕분에, 평화에 절어 있던 헬바이츠 국민도 겨우 흡혈귀를 위험시하기 시작했지.”

“미디어는 국내 각지에서 일어난 흡혈귀 배척 운동을 화제로 연일 떠들썩한걸요. 흡혈귀 주민 추방 요구 데모에, 흡혈귀가 경영하는 상점에 불매 운동. 학교에서는 흡혈귀 학생에 대한 따돌림이 있겠네요. 과연 사장님. 집단 심리를 숙지한 완벽한 작전이네요!”

“헬바이츠는 본래의 모습으로 돌아가려고 하는 거다. 즉, 흡혈귀가 없는 진정으로 평화로운 국가로.”

남자는 실내를 둘러보았다. 벽 앞에는 관 같은 수조가 여럿 놓여 있었다. 다들 머리가 없는 몸이 들어가 있고, 바이탈 체크가 이뤄지고 있었다.

“세계가 평화롭기 위해, 흡혈귀라는 해수는 박멸되어야만 해. 그러려면 최강의 오토마타 부대가 필요하다.”

"그것을 위해 사장님은 계속 연구를 해왔으니까요. 사장님이 만든 오토마타는 이론 없이 세계 최강입니다. 흡혈귀 따위 금방 몰살이라고요!"

"……아니. 아직 최강에는 이르지 못했다."

남자의 낮은 목소리에 소녀는 입을 다물었다.

"《뱌쿠단식》처럼 학습하고, 자율적으로 움직이는 오토마타가 아니라면, 흡혈귀를 절멸시키는 것은 불가능하다. 그것을 역사가 증명하고 있어. 《뱌쿠단식》 이외의 전투용 오토마타는 지난 전쟁에서 전과를 올리지 못했지."

소녀는 배려하듯이 남자를 올려보았다.

하지만, 그 눈은 소녀를 비추지 않고 있었다. 아득히 먼 어딘가를 바라보고 있는 채로, 남자는 저주하듯이 속삭였다.

"……모르겠어. 무엇이 부족한 거냐? 《뱌쿠단식》과 같은 부품을 사용하고 있음에도 불구하고, 나의 오토마타는 《뱌쿠단식》처럼 움직이지 않아. 하루미는 어떻게 그것을 만들어 낸 거지?"

"사장님……."

험악한 표정의 남자에게 소녀는 주저하면서도 손을 내밀었다. 그가 갑자기 방 입구로 움직였기에, 그 손은 허공을 갈랐다.

소녀의 실의에 빠진 표정도 눈치채지 못하고, 남자는 혼잣말을 했다.

"뭐, 좋아. 카논 뱌쿠단을 손에 넣으면 알 수 있는 일이지."

TYPE: BYAKUDANSHIKI NUMBER: VII=FUMITSUKI

ERROR

Running anti-Vampire Fighter System Version 7.11

KNMdrive Version 7.00 - Dec 1970

Copyright © 1967-1970 Harumi Byakudan.

All rights reserved.

Run setup...Auto-detecting...

Speed: OK

Gear Device _1: OK

Gear Device _2: OK

KNM drive: ERROR

Stop: 0x000000X

(0xc000008T, 0xc000008L, 0xFFFF5528010)

FATAL MEMORY LOST

Collecting data for crash dump

Beginning dump of physical memory

Physical memory dump complete.

Auto-detecting continue...

COMMAND
Wake up. Order. Shut down

2
VOLUME

リベリオ・マキナ ―《白檀式》文月の嫉妬心―

AUTHOR
미사키 나기

ILLUSTRATION
레이아

DESIGN
스기야마 카이
(쿠사노 츠요시 디자인 사무소)

Episode.1 COMMAND Wake up, Order, Shut down

1장 ✡ 기계장치 소녀가 지켜야만 하는 것

탁 트인 공간에 두 소녀가 대치하고 있었다.

많은 구경꾼이 그녀들을 바라보았다. 이 대결에 개입할 수 없는 제삼자는 결판이 날 때까지 그 과정을 지켜볼 수밖에 없는 것이다.

주변의 분위기는 살벌해서, 가끔 살을 에는 듯이 차가운 바람이 지나갔다.

두 사람 중에 은발의 소녀가 소곤소곤 속삭였다.

"이제 포기해, 리타 씨. 나는 이 이상, 싸울 생각은 없어."

그녀의 이름은 카논 잔델호르츠라고 한다.

사연이 있어서 주변에는 신분을 감추고 있지만, 헬바이츠 대공의 손녀이자, 전 공녀다.

잘 관리된 은백색의 긴 머리카락에 빨려 들어갈 것 같은 깊은 감색의 눈동자. 청초한 자세에, 가련한 한 송이의 하얀 꽃을 연상시켰다. 몸집은 작은 편이고, 전체적으로 플랫한 체형이다.

카논의 말을 듣는 반대편의 소녀, 리타 로젠베르크는 요

염한 미모를 일그러트렸다. 입가에서 예리한 송곳니가 엿보였다.

"포기하라고? 내가 뱀파이어 왕녀라는 것을 알고 말하고 있는 걸까?"

파도치는 붉은 머리카락을 어깨에서 털어낸 리타는 기가 센 눈동자로 정면을 쏘아보았다. 그 두 눈동자도 머리카락과 똑같이, 불타는 듯한 붉은 색으로 채색되어 있었다.

생물의 혈액을 섭취해서 마술을 사용하는 장수 아인종——흡혈귀. 그 정점에 군림하는 흡혈귀왕의 하나, 로젠베르크 왕의 딸 리타였다. 실제로, 흡혈귀 왕족인 그녀는 평범한 흡혈귀와는 수준이 다른 강대한 마술을 다루었다.

인간 카논 VS 흡혈귀 리타.

신체 능력의 차이로 보면 싸움은 제대로 형태조차 이뤄지지 못하고, 후자에게 압도적으로 유리할 터였다.

하지만, 리타는 은백색의 소녀를 해치우지 못하고 초조해 하고 있다. 발을 구르며, 리타는 카논을 불만스러운 눈빛으로 봤다.

"애초에 이거, 카논이 지면 끝나는 이야기잖아?"

"그렇게 하고 싶지만, 리타 씨, 눈치채고 있겠지? 지금, 이 승부는 그가 간섭하고 있어."

리타의 눈이 스르륵 하고 가늘어졌다.

"그는 내가 지는 것을 허락하지 않아. 이 자리를 수습하려면 리타 씨가 져주는 수밖에……."

"뭐야, 그거?"

팔짱을 낀 리타는 가슴을 쭉 폈다. 그 기세에 볼륨감 있는 두 언덕이 출렁하고 흔들렸다.

"일부러 지다니, 싫어. 카논이야말로 그를 어떻게든 해봐."

"그게 불가능하니까 곤란한 거야. 부탁이니, 져줘."

"그러면, 내가 그를 깨트리면 되는 거네. 뱀파이어 왕족의 힘을 보여주겠어!"

리타가 손을 들고 붉은 눈동자가 이질적인 빛을 띠었다.

카논이 크게 양팔을 휘두르며 "안돼, 안된다고!"라고 소리 질렀지만, 흡혈귀 왕녀는 멈추지 않았다.

투지를 불태운 리타는 힘있게 발을 내디뎠다.

"받아 보라구, 〈풍장의 장미(토네이도 로제)〉————!!"

비단을 찢는 듯한 기합과 같이 팔을 들어 올린 리타가, 도망치는 카논을 겨누고 공격——피구 공을 던졌다.

그 순간, 그것은 파아아아앙! 하고 튕겨 나갔다.

공기가 빠진 공은 툭, 하고 카논의 발 앞에 떨어졌다.

체육관의 천장 아래에는 미나즈키가 성취감으로 가득한 표정으로 4연장 권총을 자신의 손에 수납했다.

카논을 따라다니며, 그녀에게 위해를 가할 우려가 있는

모든 것을 배제한다. 그게 미나즈키의 최근 일과였다.

무슨 일이 일어났는지 이해하지 못한 구경꾼들이 웅성대고, 그 안에 있는 카논은 침통한 표정으로 어깨를 축 늘어트렸다.

"그러니까, 포기하라고 했는데."

"크으으으으윽, 미나즈키이이이이이이이이————!!"

리타의 분한 외침과, 5교시 수업 종료를 알리는 종소리가 겹쳐졌다.

† † †

알프스산맥으로 둘러싸인 유럽의 소국, 헬바이츠 공화국.

그곳에는 기계인형과 기계장치 인형이라고도 불리는 오토마타 산업이 무척 많이 발달했으며, 인간들의 생활에는 오토마타가 필요불가결한 물건이 되었다.

그리고 동시에, 인간과 흡혈귀가 평등하게 살아가는 세계에서 유일한 국가이기도 했다. 7년 전, 헬바이츠 대공과 흡혈귀왕 로젠베르크가 맺은 예셀 조약에 의해서, 헬바이츠 공화국에는 평화가 찾아왔다.

수도 예셀에 있는 명문 국립 하이덴 고등학교.

그곳에 다니는 1학년생 카논, 리타, 미나즈키는 오늘도

'평화'로운 일상을 보내고 있었다.

† † †

"있을 수 없어! 그도 그럴 게 체육 수업에 불과하잖아? 어째서 미나즈키가 간섭하는 거야!"

탈의실에 들어가자마자, 리타가 분연히 외쳤다.

체육 수업은 남녀 별도인데, 인간과 흡혈귀는 같은 커리큘럼이 짜여 있다.

흡혈귀 학생의 숫자가 압도적으로 적은 터라, 그렇게 할 수밖에 없었다. 성별만이 아니라 종족으로도 나누면, 흡혈귀 쪽은 거의 구기 종목이 불가능해진다. 그래서, 양쪽 팀에 같은 숫자의 흡혈귀를 넣어서 조절하고 있었다.

"남은 건 카논을 맞추는 것뿐이었는데. 고작 볼이잖아? 어째서 총으로 쏴서 터트릴 필요가 있는 거야!"

리타가 난폭하게 로커를 열자 그곳에 신문이 놓여 있었다. 헤드라인은 '흡혈귀는 국외 추방해야 한다!'. 나날이 과격해지는 흡혈귀 배척 운동을 상징하는 듯한 기사였다.

리타가 탈의실을 둘러보았다. 범인이 이 안에 있는 것은 명백했다.

하지만, 다들 거리를 두고 보고도 못 본 척하고 있다.

카논이 "아……."라며 배려하는 듯한 목소리를 냈지만,

그 앞에서 리타는 흉포하게 웃었다. 꾸깃, 하고 신문을 움켜쥐었다.

"조간은 이미 읽었어!"

리타는 구긴 신문을 구석에 있는 쓰레기통에 던졌다. 엄청난 기세로 날아간 신문은, 쓰레기통 뚜껑에 격렬하게 부딪힌 끝에 안으로 들어갔다. 요란한 소리가 울려 퍼지고 몰래 상황을 훔쳐보던 여자들이 움찔했다.

전혀 주눅도 들지 않는 리타를 보고 카논은 안도했다.

"미나즈키는 아무래도, 그런 거로 나를 지키고 있다고 생각하는 모양이야. 그런 게 아니라고, 항상 말하고 있는데……."

말을 하면서 카논도 로커를 열었다. 이쪽에는 '학살기사'라고 적힌 종이가 들어가 있었다.

"미나즈키도 뭔가 어긋나 있단 말이지."

움직임을 멈춘 카논 옆에서 리타의 손이 뻗어나왔다. 카논을 비난하는 수많은 글귀가, 붉은 소녀의 손에서 구겨졌다.

"어째서 그렇게 되어버리는 걸까?"

두 번째 투구. 눈에 보이지도 않는 속도로 허공을 가른 종잇조각은 다시 쓰레기통을 부숴버릴 것처럼 소리를 울려 퍼트렸다. 종이는 훌륭하게 쓰레기통 안으로 사라졌다.

붉은 소녀가 "어때"라며 의기양양했다. 카논도 이끌려

서 살짝 웃었다.

전혀 주눅 들지 않는 두 사람에게, 일을 꾸민 여자들은 거북스러운 듯했다. 재빨리 갈아입고 나가버렸다.

카논은 운동복을 벗으면서 말했다.

"아마 그 나름대로 고민한 결과라고 봐. 미나즈키는 아직 인간으로서는 미숙하니까, 극단적인 행동을 해버리는 게 아닐까? 나에게 다가오는 모든 것을 전부 거부하는 것이 지키는 일이라고 착각하고 있어. 그런 과보호는 나로서도 바라지 않는데……."

체육 수업 때를 다시 떠올리고 카논은 곤란한 표정을 지었다.

그때 리타가 흘겨봤다.

"어머나, 그거 자랑이야?"

"자랑?"

"그도 그럴 게 그거 결국, 미나즈키가 카논을 소중하게 여기고 있다는 증거잖아? 헛돌고 있다고는 해도, 미나즈키는 암기를 사용할 정도로 진지하다는 이야기고. 과보호하게 될 정도로 카논은 미나즈키에게 사랑받고 있다는 이야기잖아?"

카논은 큰 눈을 더 크게 뜬 채로 굳어졌다.

투명감이 느껴지는 하얀 피부가 점점 붉게 물들어갔다.

"어어어, 그, 그런 거야?! 그런 이야기?! 듣고 보니, 그런 식으로 보지 않는 것도 아닐지도……. 미나즈키에게 연애 영화를 계속 보여주었던 효과가 겨우 나왔나?!"

사과처럼 새빨개진 뺨을 두 손으로 감싼 카논.

리타가 재미없다는 듯이 코웃음을 쳤다.

"흥, 기뻐하고 있을 수 있는 것도 지금뿐이야. 미나즈키도 얼마 안 있어, 내 매력을 깨달을걸."

"어~ 그렇다면 기쁘겠네. 미나즈키는 나를…… 헉, 아니, 아니야. 나는 어디까지나 소유자(마스터)로서, 미나즈키에게 연애 감정이 생긴 것을 기뻐하고 있을 뿐이고……."

"그렇게 억지로 갖다 붙인 변명 필요 없어! 카논도 미나즈키를 좋아하는 주제에!"

"아니야. 나는 어디까지나 소유자로서……."

"나는 잊지 않아. 미나즈키와 카논이 키스한 일."

"그건 노카운트! 그렇지만, 그때 미나즈키는 아무것도 몰랐으니까."

"정말이지! 나는 미나즈키랑 키스 못했는데. 카논에게 뒤처지다니 불찰이야. 언젠가 절대 리드를 되찾을 테니까, 각오해두도록 해."

휙, 하고 고개를 돌리고 운동복을 벗는 리타.

카논은 힐끔힐끔 붉은 소녀를 살펴봤다.

"저기 있잖아, 리타 씨. 혹시나 해서 한 가지, 확인하고 싶은데."

"뭔데?"

"미나즈키가 오토마타라는 것은, 이미 알고 있는 거지?"

목소리를 낮추고 카논이 물었다.

조금 전부터 두 사람이 화제로 삼고 있는 미나즈키는, '대흡혈귀 전투용 오토마타 기계장치 기사《뱌쿠단식》제육호 · 미나즈키'가 정식 명칭이다. 사람과 전혀 구별되지 않고, 인간 소년으로서 고등학교 생활을 보내고 있지만, 그는 엄연히 기계장치였다.

탈의실에는 이미 둘만 남았다.

리타는 그것을 확인하고 대답했다.

"알고 있어. 같이 미나즈키의 메모리를 봤잖아?"

"그렇다면 어째서 아직도 미나즈키를 마음에 두는 거야? 미나즈키의 정체를 알았으니, 이미 미나즈키에게는 흥미가 없는 게……?"

고개를 갸웃하는 카논에게 리타는 의아하다는 표정을 지었다.

"어째서 내가, 오토마타니까, 라는 이유로 미나즈키에게 흥미를 잃을 거라고 생각한 거지? 미나즈키의 정체를 알고, 나는 더더욱 그를 갖고 싶어졌어."

"뭐라고?!"

“그렇지만, 천재 기사 닥터 바쿠단이 만든《바쿠단식》이잖아?! 세계에 단 여섯 기밖에 없는 최강의 오토마타인 거야! 어떻게 그런 희귀한 걸 포기할 수 있겠어? 무슨 일이 있어도 내 것으로 삼고 싶어.”

예상하지 못한 대답에 카논은 옷을 갈아입던 손을 멈추고, 떡하니 입을 벌렸다.

리타는 뜨거운 어조로 계속 이어갔다.

“게다가, 미나즈키에게는 제대로 자신의 감정과 의지가 있잖아? 그렇다는 것은 미나즈키가 나를 좋아하게 되면 소유자가 누구든지 상관없이, 미나즈키는 나의 것이 된다는 거잖아?”

“어? 뭐?!”

“아버님이 미나즈키를 수리했을 때, 어째서 그대로 수중에 넣지 않았다고 생각해? 소유자 인식 칩을 삽입해봐야 미나즈키를 자유롭게 다룰 수 있는 게 아니라는 것을 알았기 때문이야. 예셀 대학살을 일으키려고 했던 빌헬름에게 미나즈키가 따르지 않았던 걸 잊은 건 아니겠지?”

몇 주일 전, 카논이 뱀파이어 혁명군의 빌헬름 루트비히에게 사로잡혔을 때, 미나즈키는 자신의 의지로 소유자인 빌헬름의 강제명령에 거역하고, 목덜미에 있는 소유자 인식 칩을 파괴했다.

그것은 본래는 있을 수 없는 일이다. 미나즈키의 제작자인 뱌쿠단 하루미도, 그 특이성 때문에 미나즈키를 '부적합'으로 처리하고 전장에 보내지 않았다.

그 대신, 미나즈키는 하루미의 딸인 카논에게 보내졌던 건데.

"분명히 미나즈키는 오토마타가 절대 거역할 수 없는 강제명령을 거부했지만……."

"결국 미나즈키에게 마스터라는 것은 칩의 문제가 아닌 거야. 미나즈키의 마음에 따라 바뀌는 거지. 그러니까, 나는 미나즈키에게 공세를 멈추지 않을 거야. 카논한테도 질 수 없어."

"뭐라고오오?! 또 그렇게 되는 거야?!"

카논이 외쳤을 때, 철컹, 하고 탈의실의 문이 열렸다.

속옷 차림의 두 사람이 돌아보자, 그곳에 미나즈키가 있다.

망측한 복장의 소녀들을 앞에 두고도 기계장치 소년은 평정을 유지한 채,

"뭐야? 카논이 늦어서, 무슨 일인가 했더니……."

""나가아아아아!!""

"미나즈키, 몇 번이나 말했잖아. 평소에는 인간으로서 학교에 다니고 있으니까, 이상한 행동을 하지 말라고. 예를 들면, 천장 아래에 붙어서 체육 수업을 훔쳐본다든지,

교내에서 암기를 사용한다든지, 여자 탈의실을 연다든지……!"

복도를 걸으면서, 카논이 미나즈키에게 끊임없이 말을 했다. 옆에 있는 미나즈키는 석연치 않은 표정이다.

"문제없다. 나는 오타마타라는 것을 들키지 않도록 세심한 주의를 기울여서 행동하고 있어. 일단, 네 체육 수업을 감시할 때는 의심을 받지 않도록 제대로 몸을 숨기고 있었지. 물론 암기를 사용하는 모습도 다른 사람이 보지 못했다. 여자 탈의실에 이르러선, 나의 정체와는 관계없이 누구라도 열 수 있었겠지."

"그런 문제가 아니야! ……어휴, 정체를 들키지 않도록 조심하는 것은 좋지만, 노력의 방향성이 하나하나 잘못되었어."

카논을 이마에 손을 대더니, 한숨을 쉬었다.

한편, 리타는 미나즈키한테 친근하게 팔짱을 꼈다. 풍만한 가슴에 소년의 팔이 파묻혔다.

"아무리 싸움과는 무관계한 일상생활을 보낸다고 해도, 전투용 오토마타인 미나즈키는 위법적인 존재인 거네……. 예셀 조약에 의해 전투용 오토마타는 제조 및 소지가 금지되어 있으니. 정체가 세간이 드러나면 큰일이야."

"특히 《바쿠단식》은 많은 사람에게 원한을 사고 있으니까, 알려지면 미나즈키는 분명히 부서질 거야. 소유자인 나도 어머니가 뱌쿠단 하루미라고 들키면, 목숨과 직결될 정도로 위험해."

"문제없다. 그런 사태를 대비해 내가 있다. 네 목숨을 노리는 놈들이 있다면, 몰래 내가 처리하지. ……그런가? 여자 탈의실도 숨어 들어가야 했었나. 다음부터 그렇게 하지."

""절대 하지 마.""

홍백의 소녀가 다 같이 진지한 눈빛을 보냈다.

세 사람은 교실로 걸어갔다.

"미나즈키는 여전히 벽창호구나. 재기동하면 뭔가 변할 줄 알았더니."

미나즈키의 팔에 달라붙은 리타가 유감스러운 듯이 말했다.

카논이 다른 쪽 팔에 지지 않으려는 듯이 달라붙으면서 고개를 저었다.

"그건 오토마타니까 어쩔 수 없어."

"하지만, 미나즈키는 살아 있는 인간의 뇌가 들어가 있잖아? 오토마타니까, 라는 변명은 통용되지 않는 거 아닐까?"

카논도 미나즈키도 움직임을 멈췄다.

쉬는 시간의 복도에 떠들썩한 소음이 지나갔다. 창에서

보이는 하늘은 무거운 잿빛으로 채색되어 있어서, 지금이라도 눈이 내릴 것 같았다.

카논이 주위를 살피면서 말했다.

"……《뱌쿠단식》에게는 인공두뇌가 두 개 있어서, 그중 하나는 진짜 뇌가 사용되어 있었어. 그 뇌에는 아직 생체반응이 있는 거잖아?"

"아아, 그래. 아버님이 미나즈키의 인공두뇌를 조사해 본 한으로는 말이지."

"그게 의미하는 건 오직 하나. 그 뇌는──."

창틀이 덜컹덜컹 흔들렸다. 철사 같은 나뭇가지가 일제히 휘어졌다.

"흡혈귀의 것이다."

망설이던 카논의 뒤를 미나즈키가 이었다.

카논이 긍정하듯이 눈을 내리깔았다.

미나즈키는 인공두뇌가 들어간 자신의 머리에 손을 댔다.

"꺼낸 뇌가 살아 있는 상태로 있다, 라는 이야기는 그런 거지. 흡혈귀는 심장을 파괴당하지 않는 한 죽지 않아. 반대로 말하면, 심장이 무사하면, 어떤 상태라도 살아 있을 수 있지."

"이런 아이러니가 있을까."

흡혈귀로서 리타는 복잡한 심경이 있을 것이다. 염오감

을 드러내고, 얼굴을 잔뜩 찌푸렸다.

"뱀파이어를 죽이기 위한 오토마타에 뱀파이어의 뇌를 사용하다니, 믿기 힘들어. 그런 주제에, 미나즈키는 뱀파이어를 자동으로 '적'으로서 인식하는 거잖아?"

"아아, 그래. 체온으로 인간인지 흡혈귀인지 판정하고 있어. 너도 서모그래피 판정으로는 '적' 취급이야."

"참으로 실례되는 기능이네. 미나즈키가 만들어진 10년 전에는 헬바이츠도 뱀파이어와 교전 중이었으니까, 그걸로 괜찮았을지도 모르지만."

거기서 말을 끊은 리타는, 미나즈키와 카논을 번갈아 보았다. 음울한 복도에서, 그 사실을 무겁게 알렸다.

"그다지 말하고 싶지 않지만, 즉 닥터 뱌쿠단은, 살아 있는 뱀파이어에게서 뇌를 꺼내 오토마타에 사용했었다는 거네."

카논이 입술을 깨물었다.

흡혈귀를 살려둔 채로 뇌만을 적출하고, 그것을 오토마타에 사용한다. 흡혈귀와 화평을 맺을 수 없는 시대라고 해도, 윤리적으로 허락될 일이 아니다.

"……나는, 엄마가 그런 잔혹한 짓을 하지 않았다고 믿고 싶어. 《뱌쿠단식》의 진짜 콘셉트는 사랑이라고 엄마가 알려줬어. 그런데, 정작 《뱌쿠단식》에 그런 것을 사용했다니, 나는 엄마를 이해할 수 없게 되어버려……."

폭주한 《뱌쿠단식》이 학살을 벌였기에 인류와 흡혈귀는 손을 잡고, 예셀 조약을 맺을 수 있었다. 현재, 세간에서는 《뱌쿠단식》과 하루미를 전범 취급하고 있다.

진실은 폭주한 것이 아니라, 공국군의 인간이 프로그램을 조작했기에 학살을 벌인 것이지만, 그 사실은 세상에 알려지지 않았다.

헬바이츠에 있는 모든 자가 거짓을 믿고 있는 것이다.

"나는 엄마와 《뱌쿠단식》의 무고를 밝히고 싶어. 그러기 위해서, 내 나름대로 노력해왔다고 생각해. 하지만, 혹시 엄마가 《뱌쿠단식》을 만드는데 윤리적으로 부적합한 짓을 했다고 한다면, 나는 무고를 밝히고 어쩌고 할 수 없어."

침울한 표정의 카논에게 리타는 할 말을 찾지 못하는 모양이다.

미나즈키는 그런 카논을 두고 보지 못하고 말했다.

"……하루미는 그 인공두뇌의 내용물을 몰랐던 것이 아닌가, 하고 나는 생각해."

"그러네. 그랬다면 좋겠어."

"나는 근거도 없이 말하고 있는 게 아니야. 리타, 얼마 전에 폐공장에서 무츠키는 회수할 수 없었다, 라고 말했지?"

이야기가 갑자기 돌아오자 붉은 소녀는 눈을 깜빡였다.

"어? 어어, 맞아. 미나즈키의 기억영역을 본 아버님이 폐공장에 있었을 터인 망가진 무츠키를 회수하도록 명령했지만, 공화국군이 현장에 도착했을 때는 이미, 무츠키는 인공두뇌만이 아니라 전신이 통째로 사라지고 없었어."

카논은 고개를 갸웃했다.

"그것도 기묘한 이야기네."

"아아, 그래. 나와 무츠키가 싸운 폐공장은, 지명수배된 빌헬름이 아지트로 삼고 있던 장소다. 인간은 접근하지 못하고, 우연히 그곳을 방문한 누군가가 무츠키를 주워갔다고 생각하긴 어려워."

그에 더해《뱌쿠단식》은 세간에 증오받고 있는 하모니 기어가 사용되어 있다. 망가진 오토마타, 그것도 하모니 기어가 들어가 있는 감당하지 못할 물건을 누군가가 주워 갈까?

"하지만 실제로, 내가 부순 무츠키는 발견되지 않았다. 생각할 수 있는 일은 하나군. 누군가가 무츠키를 노리고 있었고, 공화국군보다 빨리 회수했다."

"노리고 있었다고?"

미나즈키가 고개를 끄덕이고 메모를 뒤졌다.

"예측이지만, 제삼자가 그 장소에 있었고, 무츠키와 나의 동향을 감시하고 있었던 거지. 나는 누군가의 강한 시선을 느꼈었어."

무츠키와 싸우고 있는 도중에는 신경을 쓸 겨를이 없었지만, 빌헬름과 전투 직전, 미나즈키는 누군가가 감시하고 있는 느낌을 받았다. 그때는 뱀파이어 혁명군의 잔당이라고 생각했지만, 지금에 와서 그게 아니라는 추측을 할 수 있다.

"그리고, 박물관에 전시되어 있던 키사라기 같은《뱌쿠단식》에 인공두뇌가 두 개 있다는 이야기는 들은 적이 없어. 나와 무츠키에게 있고, 다른 네 기체에 없을 리가 없는 거야. 그런 중대한 사실이 아무런 화제도 되지 못한 것은, 이상하다고 생각하지 않아?"

"미나즈키의 말이 맞아, 인공두뇌가 두 개 있다는 것은 지극히 특수한 사양. 7년 전, 케르나의 비극에서《뱌쿠단식》이 공화국군에 회수되었을 때, 그 사실이 밝혀졌을 거야. 하지만, 현실은 그렇지 않았어."

"즉《뱌쿠단식》의 인공두뇌에 숨겨진 비밀이 세상에 공표되지 못하도록 하는 누군가가 존재한다. 그 녀석은 무츠키와 나를 감시하고, 공화국군이 회수한 키사라기처럼 진짜 뇌가 사용된 인공두뇌를 전시 전에서 가로챌 수 있을 만큼의 힘을 보유하고 있는 거지."

그런 일이 가능한 시점에, 일개 개인이라는 가능성은 사라졌다.

"그 인공두뇌를 만든 것은, 그 녀석이라고 봐도 이상하지 않을 거다. 철저하게 인공두뇌의 비밀을 감추려고 하는 것이 그 증거지. 그리고, 아마 지금도 역시, 그 녀석은 흡혈귀를 인공두뇌의 재료로 삼고 있어."

""지금도?!""

카논과 리타가 다 같이 놀라서 소리를 질렀다.

미나즈키는 당연하다는 듯이 두 사람을 돌아보았다.

"과거의 일이었다면, 죽은 하루미에게 모두, 죄를 뒤집어씌우면 됐던 거야. 실제로, 학살은 하루미의 탓이 되어 있어. 거기에 비인간적인 인공두뇌를 만든 죄가 더해진다고 해도, 아무도 불만을 토로하진 않겠지."

단 하나, 딸인 카논을 제외하고는 말이다.

"하지만, 그렇게 하지 않았던 것은, 그 녀석이 아직 그 인공두뇌를 연구하고 있기 때문이지. 흡혈귀를 재료로 삼는 것은 예셀 조약이 있는 한, 위법이다. 들키면, 연구에 사용된 것을 전부, 공화국군과 경찰이 몰수할 거야. 그 녀석은 자신의 연구를 계속 이어가기 위해 인공두뇌에 관한 사실을 은폐하고 있는 거지."

"대단해, 미나즈키! 대단한 추리야."

리타가 손뼉을 치며 들떴다.

석연치 않은 표정을 짓고 있는 카논에게 미나즈키는 시선을 고정했다.

"당연하지만, 그 녀석은 하루미가 아니야. 하루미는 죽었어. 지금, 연구에 엮여 있을 리가 없어. 무엇보다, 하루미의 설계도에 있는 그 인공두뇌 부분은 공백 상태였잖아? 하루미는 진짜 아무것도 몰랐던 게 아닐까?"

카논이 미나즈키를 올려보았다.

하루미와 같은 감색의 눈동자에, 검은 머리카락의 소년이 비쳤다.

이윽고 카논은 은백색의 머리카락을 휘날리며 "……응."하고 고개를 끄덕였다. 그 얼굴에 살짝 생기가 돌아와서, 미나즈키는 안도했다.

"그 인공두뇌를 만든 게 닥터 뱌쿠단이 아니라면, 범인은 대체 누구일까?"

리타는 턱에 손을 대고, 진지한 표정으로 생각에 잠겼다. 드물게 진지한 그녀를 바라보면서, 미나즈키는 어깨를 으쓱했다.

"글쎄. 내가 추측할 수 있는 것은 여기까지야. 폐공장에서 내가 부순 무츠키의 인공두뇌에는, 나뭇가지를 손에 들고 있는 여신상이 각인되어 있었는데, 그 각인, 다른 곳에서는 본 적이 없으니 말이야."

"나뭇가지를 든 여신상? 미나즈키, 그거 올리브 가지 아니었어?"

카논이 그 점을 파고들었다. 미나즈키는 자신의 메모리를 뒤졌다.

“……듣고 보니, 올리브 가지처럼 보이지 않는 것도 아니지만.”

“뭘 알았어, 카논?”

“응, 올리브 가지를 들고 있는 여신상은 메티스 그룹의 전신, 메티스사의 로고야.”

“메티스 그룹…… 들은 적이 있긴 해.”

“오토마타 기사를 노리는 사람들이라면 누구라도 알고 있어. 헬바이츠 최대, 아니, 세계 최대의 오토마타 메이커니까. 분명히 예셀 조약을 계기로 사명과 로고를 변경했을 거야. 뉴스에서 본 기억이 있어.”

“메티스 그룹, 이라…….”

미나즈키는 속삭였다.

세계적으로 유명한 대기업이다. 세간에 영향력은 막대하고, 군과 커넥션이 있다고 해도 전혀 이상할 게 없었다.

“그럼, 나쁜 것은 그 회사라는 거구나. 어떻게 처리해야 할까?”

리타는 팔을 걷어붙이고 이미 임전 태세다. 지금 당장에라도 쳐들어갈 생각이려나? 라고 생각하며 미나즈키는 눈이 차가워졌다.

“아직 100퍼센트 확정된 게 아니라고.”

“로고가 있었으면 확정이잖아. 동족을 오토마타의 재료로 삼은 녀석을 가만히 둘 정도로, 나는 관대하지 않는걸.

그 회사, 내 블러디 소드로 날려버려 주겠어!"

"설령 흡혈귀 왕족 최고 무기인 블러디 소드라고 해도, 빌딩을 날려버리는 것은 아무래도 무리겠지."

"진지한 표정으로 딴죽을 걸 필요 없어, 미나즈키. 나는 그 정도로 화가 났다는 이야기야!"

리타와 미나즈키가 시끌벅적하게 대화를 나누고 있자, 카논이 후후하고 웃음소리를 냈다. 두 사람의 시선이 은백색의 소녀에게 모였다.

카논은 꽉 닫혀 있던 꽃봉오리가 펼쳐지듯이 미소를 짓고 있었다.

"그렇구나. 미나즈키와 리타 씨가 있으면, 아무런 걱정도 필요 없네. 설령 대기업인 메티스 그룹을 적으로 돌린다고 해도, 두 사람이 있으면 지지 않을 것 같아."

그 말에 미나즈키는 마음이 걸리는 게 있었다.

――어째서 나 혼자가 아닌가?

아무리 강대한 적이라고 해도, 미나즈키 혼자서 카논을 지킬 자신이 있다. 그게 《뱌쿠단식》인 미나즈키의 프라이드이며, 존재 이유였을 터였다.

거기에 '외부인'인 리타를 끌어들일 필요는 없을 것이다.

미나즈키의 불만은 신경 쓰지 않고, 소녀들은 들떠서 대화를 나누기 시작했다.

"당연하지, 나를 대체 누구라고 생각해? 그래서, 어떻게 메티스 그룹을 무너트리지?"

"그 전에 먼저, 진짜 메티스 그룹이 범인인지 확인해야지."

"확인하려니까 어렵네. 뭔가 증거가 있을까?"

"미나즈키의 말대로, 아직 흡혈귀를 이용한 인공두뇌를 만들고 있다면, 회사 어딘가에 연구하는 장소가 있을 거야."

"그거야! 회사에 숨어 들어가는 거구나."

"응. 사내에 쉽게 잠입할 기회가 있다면 좋겠는데…… 그리고, 그 인공두뇌는 지금, 어떤 오토마타에 사용되고 있을까? 《뱌쿠단식》은 이미 만들어지고 없는데……."

"저기, 카논. 잠입하자고 하는데, 조금 더 신중하게 일을 진행해야 하지 않을까? 상대는 국내 최고의 대기업이라고."

미나즈키는 지금까지와는 역할이 역전되어 있다는 사실이 어이가 없었다. 이전까지 싸우고 싶어 하는 것은 미나즈키고, 카논은 막으려고 드는 쪽이었다.

그때, 교내의 스피커에서 치이익 하는 소리가 들렸다.

6교시 수업의 시작을 알리는 벨이 울리려나 했는데, 그게 아니었다.

『전교생에게 알립니다. 바로 강당으로 모여주세요. 반

복합니다…….』

† † †

세 사람이 강당으로 가자, 전교생을 아슬아슬하게 다 수용할 수 있는 장소는 이미 절반 이상 채워져 있었다. 세 사람은 뒤쪽의 긴 의자에 나란히 앉았다.

"수업을 중지하고 갑자기 전교생을 소집하다니, 무슨 일일까?"

불안한 듯한 카논에 비해서 리타는 기분 좋아 보였다.

"무슨 일인지는 모르겠지만, 오토마타 공학 수업을 뺄 수 있어서 좋아. 매번, 그 수업은 잘 모르겠는걸. 갤럭시 기어는 뭔가 너무 복잡하지 않아?"

"그건 정말 큰일이네! 지금 헬바이츠제 오토마타는 대부분 갤럭시 기어로 만들어져 있어. 그 기본 구조는 구동축, 종동축, 고정축 세 가지이고, 거기다가 가장 중심에 있는 기어가 태양, 그다음에 있는 것이 항성, 가장 바깥쪽에 있는 것은 외륜이라고 해서, 어떤 것을 고정, 입력, 출력에 접속하는가에 따라 설계도는 완전히 달라져. 그만큼 활용의 폭도 커지니까, 같은 움직임을 보여도 만드는 기사에 따라 설계도가 완전히 달라지는 경우도 있어서, 기사의 기술이 다소 미숙해도 어떻게든 조합되어 버리는 게 갤럭시 기어가 메이저가 된 이유지. 하지만 갤럭시 기어를 진짜 효율 높게 조합하려고 하면, 기사의 센스가 상당히 필요하게 되니까……."

"히이이익, 미나즈키, 카논을 막아줘! 수업을 빠지는 의미가 없어져 버려!"

"네가 이 녀석에게 기어 이야기를 던졌기 때문이잖나! 자업자득이다."

갑자기 마이크에 전원이 들어오고, 강당의 소란이 가라앉았다. 오토마타 마니아의 본모습을 발휘하려던 카논도 입을 다물었다.

강당의 전방, 스테이지 위에 나타난 것은 학원장이었다. 하얀 머리카락에 허리가 크게 휜 노인이다. 저래 보여도 옛날에는 이름 높은 기사였던 모양이다, 라고 미나즈키는 카논에게 들었다.

마이크를 손에 든 그는, 전교생의 시선을 한 몸에 받으며 입을 열었다.

"학생 여러분, 모이게 한 것은 다른 이유가 아니다. 지금 조금 전에 우리 학교에 갑자기, 생각지도 못한 손님이 찾아왔기에, 갑자기 수업 예정을 변경했다. 대체 수업은 나중에 시행할 것이니, 너희가 커리큘럼을 걱정할 필요는 없을 거다."

대체 수업의 예고에 드문드문 불만의 목소리가 들렸다.

리타도 어김없이 그중 한 사람이었다.

"헬바이츠에서 가장 자랑스러운 산업은 오토마타다. 지금, 너희 중에서는 고등학생 오토마타 콘테스트를 앞두고 작업에 열중하고 있는 자도 있겠지. 우리 학교의 대표를 결정하는 교내 선발까지 앞으로 얼마 안 남았다. 올해도 우수한 작품이 나오는 것을 우리 교사진은 기대하고 있다."

"있잖아, 카논. 그러고 보니, 콘테스트용 오토마타는 어떻게 됐어?"

콘테스트의 이야기가 나오자, 리타는 미나즈키를 넘어서 카논에게 소곤소곤 속삭였다.

미나즈키가 2주 정도 자리를 비운 사이에, 고등학생 오토마타 콘테스트의 반 대표는 카논으로 결정되었다.

이 일 때문에 반 내에서는 한바탕 소동이 있었던 모양이다.

위험한 기어의 대명사인 하모니 기어. 그것을 사용한 작품 따위 인정할 수 없다, 라고 처음에는 클래스 전체가 카논을 비난했다.

하지만, 카논의 설계도는 완성도가 차원이 달랐다. 가동되는 관절은 200 이상, 표정 패턴은 60을 넘고, 인공 장기까지 갖춰져 있다. 시판되는 오토마타에, 그렇게까지 인간을 정밀하게 모방한 제품은 없다. 무서울 정도로 복잡하고 치밀한 설계도를 앞에 두고, 같은 반 친구들은 압도되었으며, 자신들이 제출한 설계도를 슬며시 내린 것이다.

카논도 주위에서 눈치 주지 않게 작은 목소리로 대답했다.

"아직 설계도를 더 채우고 있는 단계. 설계도만 결정되면, 실제로 만드는 데는 그렇게까지 시간이 걸리진 않아."

"흐응, 도울 일이 있으면 말해줘. 우리는 팀이니까."

"고마워, 리타 씨. 슬슬 부품의 조달을 해야 하니까. 그 때는 도와줬으면 해."

눈앞에서 이루어지는 소녀들의 대화에, 미나즈키는 소외감을 느꼈다. 아무래도 이 두 사람은 자신이 없는 사이에, 상당히 친해진 모양이다.

단상에서 학원장의 이야기가 이어졌다.

"지금 소개하는 인물은 세계적으로 유명한 초일류의 오토마타 기사다. 고교생 오토마타 콘테스트에서 우승을 계기로, 그는 고등학교 재학 중에 회사를 만들었지. 그 기업은 현재, 다양한 오토마타 콘테스트의 주요 스폰서가 되었다. 이 시기에 강연을 들을 기회를 얻게 된 너희는, 무척 큰 행운이라고 할 수 있을 거다."

제대로 뜸 들이고 있네, 라고 미나즈키는 생각했다. 그것은 다른 학생들도 느끼고 있는지, 소용한 기대가 강당

안에 충만했다.

그것을 확인하는 듯이, 학원장이 완만하게 고개를 움직였다.

"그러면, 서두는 이쯤하고 소개하지. 헬바이츠가 세계에 자랑하는 오토마타 기업, 메티스 그룹 CEO, 에릭 하웰즈 씨다."

"읏?!"

우레와 같은 박수가 울려 퍼졌다.

저명인의 등장에 열광하며 손뼉을 치는 학생들. 하지만, 미나즈키를 포함해 세 명만은 뒤통수를 얻어맞은 듯이 몸이 굳었다.

스테이지 옆에서 고급스러운 양복을 입은 40대 정도의 남성이 나타났다. 그의 손에는 검은 지팡이가 쥐여 있었다. 멀리서도 연구자다운 날카로운 얼굴 생김새를 알 수 있다.

"……어떻게 된 거야, 이거?"

박수 소리에 섞여, 리타가 어이없다는 듯이 말했다.

"어째서 이 타이밍에, 방금 전까지 이야기한 메티스 그룹의 사장이……?!"

동요해서 몸을 일으킬 뻔한 리타에 비해서, 카논은 전혀 흔들리지 않았다. 진지한 표정으로 스테이지를 올려보았다.

"……."

말은 하지 않았지만, 카논의 눈동자는 적개심을 띠고 있었다. 그것을 본 리타가 입을 다물고 얼굴을 앞으로 돌렸다.

넘쳐흐를 듯한 환영의 박수는, 하웰즈가 단상 중앙에 섰을 때 가라앉았다.

이지적인 얼굴을 지닌 남자가 정면을 보며, 전교생을 둘러보았다.

그 순간, 미나즈키에게 기묘한 기시감이 피어올랐다.

——뭐지? 이 녀석, 어디선가 본 적이 있나……?

순식간에 메모리를 검색. 그러나, 합치되는 인물은 히트되지 않았다.

착각이라고 생각했을 때, 하웰즈가 마이크 앞에서 입을 열었다.

"하이덴 학원의 여러분, 처음 뵙겠습니다. 메티스 그룹의 최고 경영 책임자 에릭 하웰즈입니다. 고교생 오토마타 콘테스트의 스폰서 기업으로서, 콘테스트에 대한 이해와 추진을 꾀하기 위해서, 몇몇 고등학교를 이렇게 방문하고 있었습니다. 오늘은 학원장님의 부탁을 받고, 갑작스럽게 강연을 하게 되었습니다."

하웰즈의 목소리는 차분하지만 멀리까지 퍼졌다.

몇백 명의 학생 앞에서도 당당해서, 이런 상황에 익숙한 것을 엿볼 수 있었다.

"일단, 자기소개부터 하겠습니다. 저는 유럽 북부의 섬나라, 브리튼 제국의 출신입니다. 15세 때에 오토마타를 배우기 위해서, 헬바이츠를 찾아왔죠."

브리튼 제국이라는 말을 듣고 동정적인 분위기가 흘렀다. 그 나라는 이미 예전에 흡혈귀에게 침략을 받아, 그들의 지배 아래에 떨어졌기 때문이다.

"브리튼 제국에서도 제 고향은 상당한 시골이라, 근처에는 목장이 있었습니다. 저도 어린 시절에는 자주 소를 돌보는 걸 도왔었죠. 온화하게 흐르는 운하에, 목초가 펼쳐진 언덕, 앞마당에 피는 라벤더. 호의적인 시선을 빼고도, 자연에 감싸인 소박 하고 아름다운 마을이었다고 생각합니다. ……녀석들이 오기 전까지는."

하웰즈의 색소가 옅은 눈동자가 어두운 빛을 뿜었다.

"지금부터 20년 전, 노예 선언을 한 흡혈귀왕 루트비히에 의해 서독은 순식간에 점령당했습니다. 다른 흡혈귀왕도 그에 호응해서 봉기를 하고, 흡혈귀군의 마수는 브리튼 제국에게도 뻗어왔습니다. 저항도 허망하게, 제 고향은 흡혈귀에 의해서 점령된 것입니다."

미나즈키는 메모리에서 역사 교과서를 꺼내 브리튼 제국의 함락은 지금부터 15년 전의 일이라는 것을 확인했다.

15년 전이라고 하면, 마침 카논이 태어날 무렵이다. 헬바이츠 공국에는 흡혈귀군이 공격해오지 않았고, 아직 《뱌쿠단식》도 존재하지 않았다.

"바다로 격리된 헬바이츠에서 그 소식을 들은 저는, 어떻게든 고향에 있는 부모와 형제의 안부를 확인하려고 했습니다. 그리고 저널리스트에게 한 장의 충격적인 사진을 입수했습니다. 거기에는 목초가 시들고 황폐해진 대지와 소 대신 묶여 있는 부모님의 모습이 있었습니다."

어디선가 숨을 멈추는 소리가 들렸다.

강당에 있는 수백 명의 학생들이 침묵했다.

귀가 아플 정도의 정숙 속에서, 하웰즈는 억누른 음성으로 말을 더해갔다.

"그때 제 절망을 상상할 수 있겠습니까? 그리운 외양간에는, 제 소년 시대를 아는 사람들이 마치 동물처럼 들어가 있었습니다. 넝마를 걸치고, 목줄을 걸고, 번호가 할당되어……. 그들은 흡혈귀에 의해 말 그대로 사육되고 있는 것입니다. 혈액을 생성하는 동물로서, 일회용의 노동력으로서. 이것이 흡혈귀에 정복된 나라의 말로입니다. 흡혈귀에게 패배한 인간은 모든 것을 빼앗기고, 가축이 되는 것입니다."

지금은 동정이 강당 전체를 채우고 있었다.

흡혈귀 학생들조차도, 하웰즈의 말에 마음 아파했다.

헬바이츠에 있는 흡혈귀는 친인간파다. 인간과 양호한 관계를 쌓고 싶다고 생각하는 그들은, 인간에게 지독한 처우를 하는 동족을 혐오하고 있었다.

전원의 마음이 하나가 되었을 때, 하웰즈는 물었다.

"이것은 헬바이츠에 사는 우리에게는 다른 사람의 일일까요? 저는 그렇게 생각하지 않습니다. 흡혈귀 군대는 지금도 여전히, 세계 각지에서 침략을 이어가고 있습니다. 오늘도 어딘가에서 비정한 흡혈귀 군대는, 인간의 안녕을 위협하고 있는 것입니다. 하이든 학원에는 유학생도 적지 않다고 들었습니다. 당신들의 고향이, 당신들의 가족과 친구가 지금, 위험에 노출되어 있는 것입니다."

실제, 헬바이츠 공화국 이외에서는 지금도 흡혈귀는 인류의 적이다. TV에서는 매일, 전 세계에서 일어나는 인간과 흡혈귀의 전쟁이 보도되고 있었다.

"헬바이츠도 정말로 안전하다고 단정할 수 있을까요? 얼마 전, 세간을 들썩이게 만든 뱀파이어 혁명군. 그들에 의해 예셀의 하늘은 불길한 붉은 색으로 뒤덮였습니다. 만약 그것이 쏟아져 내려왔다면, 수도가 괴멸된 이 나라에는 물밀 듯이 흡혈귀 군대가 몰려오게 되겠지요. 이래도 여전히, 우리는 흡혈귀 군대의 침략을 다른 사람 일이라고 말할 수 있을까요?"

뱀파이어 혁명군 소속의 빌헬름이 전개한 블러디 소드

〈달을 먹는 뱀(힘멜 슐랑게)〉은, 과장이 아니라 예셀을 폐허로 만들 만큼의 위력을 갖추고 있었다.

그 탓에 지금, 국내의 인간들은 흡혈귀라는 종족에 막대한 공포를 품고 있었다. 그것이 겉으로 드러난 것이 흡혈귀 배척 운동인 것이다.

침묵을 관철하는 학생들. 하지만 그것은, 부정의 침묵이 아니다. 그들의 표정에는, 하웰즈와 같은 종류의 긴장감이 풍기고 있었다.

그것을 둘러보고, 하웰즈는 한번 고개를 끄덕였다.

"——가축인가, 인간인가. 우리는 선택을 강요받고 있습니다."

그 말이 청중의 마음을 흔들었다.

남자의 조용한 목소리가 수백 명에게 무거운 압력을 가했다.

"흡혈귀에 대항할 방도를 갖지 못한다는 것은 즉, 흡혈귀 군대의 침략을 허락하고, 가축이 된다는 것입니다. 우리는 예셀 조약으로 평화를 손에 넣었다고 생각하고 있습니다만, 그것은 사막 위의 신기루에 불과합니다. 우리가 가축으로 몰락하는 날은, 바로 눈앞까지 다가와 있는 것입니다."

남자는 일동에게 불안을 부채질했다.

학생들의 공포를 꿰뚫어 보고, 하웰즈는 "하지만"하고

이어갔다.

"걱정할 필요는 없습니다. 우리는 이미, 인간으로 머물 수 있는 유일한 방법을 손에 넣었습니다. 그것은, 강한 오토마타를 만들 수 있다는 것입니다."

세계 최고의 오토마타 메이커, 메티스 그룹의 사장이 말하자, 그 대사는 확실한 설득력을 품은 채 울려 퍼졌다.

"흡혈귀를 쓰러트릴 수 있는 성능을 지닌 오토마타를 양산해서, 최강의 오토마타 부대를 만든다! 그리고 국외에 파견해서, 전 세계의 흡혈귀 군대를 괴멸시킨다! 원흉이 된 흡혈귀왕 루트비히는 공개 처형해야 할 것입니다. 완벽할 정도로 흡혈귀 군대를 때려 부수고, 인간에게 이를 드러내는 것에 대한 공포를 녀석들의 DNA에 각인하는 것입니다."

흉흉한 말을 하는 남자는 미소조차 띠면서 말했다.

다들 그것을 비난하려고 하지 않았다. 흡혈귀 군대는 그렇게 당해도 당연하다는 분위기를, 이 남자는 만들어버린 것이다.

하웰즈는 전교생을 분기시키려는 듯이, 강한 어조로 말했다.

"'오토마타는 최강의 도구다'. 그것이 우리 회사의 좌우명입니다. 우리는 최강의 도구를 가지고 흡혈귀 군대와 맞서야만 하는 것입니다. 자신이 가축이 되지 않기 위해서. 우리의 가까운 사람들이 가축이 되지 않기 위해서."

고무되었는지 누군가가 손뼉을 쳤다.

그 뒤로는 연쇄적 반응이다. 학생들은 차례차례 손뼉을 치기 시작하고, 그것은 커다란 파도가 되어 강당을 감싸 안았다.

미나즈키를 포함해 세 명은 손뼉을 치지 않으면 안 될 것 같은 상황에, 일단 손뼉을 쳤다. 특히 흡혈귀인 리타는 복잡한 표정이었다.

하웰즈가 말하는 '흡혈귀 군대'는 국외의 흡혈귀를 가리키고 있지만, 단상의 남자가 흡혈귀라는 종족에 범상치 않은 증오를 품고 있는 것은 명백했다. 그 증오의 칼날이 앞으로, 국내로 향하지 않는다는 보장은 없었다.

"지금은 아직, 헬바이츠에서는 전투용 오토마타가 금지되어 있습니다. 케르나의 비극을 경험한 우리가, 전투용 오토마타에 저항감을 느끼는 것은 무리도 아닙니다. 하지만, 잘 생각해 봤으면 합니다. 애초에 케르나의 비극은 무엇에 의해서 촉발되었는가."

케르나 지방에서 《뱌쿠단식》이 일으킨 대량 학살 사건이 케르나의 비극이다.

이야기의 흐름이 거북한 방향으로 향하자, 미나즈키는 힐끗 옆에 있는 카논을 살폈다. 은백색의 소녀는 굳어진 표정으로 단상을 바라보았다.

하웰즈는 마치 뭔가 찾는 듯이 강당을 천천히 둘러보았다.

"그렇습니다. 증오의 근원은 《뱌쿠단식》입니다. 학살의 비전하, 닥터 뱌쿠단이 제작한 학살 오토마타 탓에, 그 비극은 일어났습니다."

그 거짓된 사실에 아무도 이의를 주장하지 않는다.

조용히 듣고 있는 학생들에게 하웰즈는 한층 더 목소리를 높였다.

"단 하나의 기사가 범한 실수 때문에 우리는 계속 인간이기를 포기할 것입니까? 그것은 너무나도 어리석은 일입니다. 닥터 뱌쿠단은 대량살인을 바라고, 오토마타를 악용했습니다. 그녀 같은 윤리관을 잃은 기사가 다시 나타나지 않도록, 우리는……."

"닥터 뱌쿠단에게 윤리관이 없었다고, 어떻게 단언할 수 있는 건가요?!"

갑자기, 바로 옆에서 날카로운 목소리가 들려서 미나즈키는 깜짝 놀랐다.

카논은 홀로, 사리에서 일어나 있었다. 하웰즈를 노려보는 옆얼굴은, 평소의 그녀로서는 상상도 할 수 없을 정도로 늠름하고, 발키리처럼 용맹해 보였다.

하지만 지금은 하웰즈의 강연 중이다. 발언하는 것이 허락되지 않았다. 갑작스러운 일에 많은 학생이 돌아보았다.

웅성거리는 강당에서, 은백색의 소녀는 더 분노한 표정으로 소리를 높였다.

"당신은! 《뱌쿠단식》의 설계도를 본 적이 있나요?! 닥터 뱌쿠단이 무슨 생각으로 《뱌쿠단식》을 만들었는지, 알기는 하는 건가요?!"

"어이, 카논."

목이 쉬도록 외치는 소녀의 팔을 미나즈키가 잡아당겼다.

이래서는 정말 평소와 반대다. 이전까지는 독주하는 것은 미나즈키고 카논은 그것을 막는 쪽이었는데. 그녀는 대체 어떻게 되어버린 걸까?

위험하다고 생각한 것은 미나즈키만이 아닌 모양이다. 강당의 벽에 붙어 있던 교사들이 당황해서 카논에게 달려왔다.

그러나——

"아아, 괜찮습니다. 그녀에게 마이크를. 질문에 대답하죠."

하웰즈는 일그러질 정도로 입가를 끌어 올렸다.

마치 노린 사냥감이 덫에 걸렸다는 듯이. 교활함이 배어

나오는 남자의 웃음에, 미나즈키는 오싹했다.

——어째서일까? 저 남자를 보고 있으면, 가슴 속의 기어가 일그러지는 듯한 불쾌감에 휩싸인다.

카논이 교사들에게 마이크를 받은 것을 보고, 단상의 남자는 입을 열었다.

"간결하게 말해서, 《뱌쿠단식》의 설계도를 본 적은 있습니다."

"웃?!"

카논은 숨을 멈췄다.

하웰즈는 카논의 반응을 즐기는 듯이 눈을 가늘게 떴다.

"악마가 그렸다고 생각했습니다. 《뱌쿠단식》은 틀림없이 학살 오토마타였기 때문입니다."

"거짓말이에요."

카논은 평온한 목소리로 대답했다. 하지만, 마이크를 든 손이 분노 때문인지 잘게 떨리고 있었다.

하웰즈는 과장되게 고개를 갸웃했다.

"반대로 어째서, 닥터 뱌쿠단에게 양식이 있었다고 믿고 있는 겁니까? 《뱌쿠단식》의 설계도는 당시 군 관계자 사이에서 감춰졌습니다. 저도 7년 전, 《뱌쿠단식》의 폭주 조사팀으로 발탁되지 않았다면, 그 설계도를 볼 수 없었겠지요."

"무척 좋은 말을 들었어요. 당신이 《뱌쿠단식》의 폭주를 조사했던 거네요. 그리고, 하모니 기어가 세상에 그다지 알려지지 않은 것을 마음대로 이용해서, 하모니 기어의 고장이라는 날조된 결론을 내놓았다는 건가요?"

학생들이 카논에게 비난의 목소리를 냈다. 그중에서는 "학살 기사는 닥쳐"라고 야유를 던지는 자도 있었다.

누군지 특정할 것까지도 없이, 카논과 미나즈키와 같은 반일 것이다. 카논은 하루미의 무고를 증명하기 위해, 일부러 《뱌쿠단식》과 같은 하모니 기어를 설계도에 도입하는 것이다. 그 탓에 그녀는 학살 기사라는 근거 없는 비난을 받고 있다.

이미 전교생의 마음을 장악하고 있는 하웰즈는 여유만만이다. 소리 내지 않고 웃었다.

"날조라니 대단한 주장이네요. 무슨 착각을 하는지 모르겠습니다만, 폭주의 원인은 팀 전체가 고찰한 그대로입니다. 저 혼자 낸 결론이 아닙니다."

"과연. 그렇다면 그 결론이 틀리다고 해도, 당신 혼자의 책임이 되진 않겠네요. 도망칠 길은 제대로 준비해 뒀다는 건가요."

"우수한 연구자가 모여서 낸 결론입니다. 오류가 있을 가능성은 적겠지요. 그런데, 제 질문에 대답하지 않으시겠습니까? 《뱌쿠단식》의 설계도를 본 적도 없는 당신이 어째서 닥터 바쿠단을 믿을 수 있는지."

"저는 박물관을 돌아다니면서, 누구보다도 《뱌쿠단식》의 연구를 깊이 했다는 자부가 있어요. 그들의 몸은 인간의 몸을 그대로 재현하는 듯이, 내장까지 정교하게 만들어져 있습니다. 만약 그게 진짜 학살을 위한 오토마타라면, 불필요한 부품이 너무 많은 거예요."

"그것은 흡혈귀를 속이고 '인간'을 연기하는 데 필요했기에, 라는 것뿐이겠지요. 《뱌쿠단식》은 어찌 되었든 대흡혈귀 전투용의 오토마타니까요……."

"그렇다면, 신경 케이블의 과다는 어떻게 설명하시겠어요?"

"신경 케이블?"

하웰즈가 처음으로 의아하다는 표정을 지었다.

카논은 박차를 가해서 말을 이어갔다.

"《뱌쿠단식》의 전신에 사용되고 있는 신경 케이블의 총 숫자는 7만 개가 넘습니다. 일반적인 접객용의 오토마타에 사용되고 있는 것이 100개에도 이르지 못하는 것을 고려하면, 이것은 이상한 숫자입니다. 인간다운 동작을 하는데 7만 개의 신경 케이블은 필요하지 않습니다만, 하웰즈 씨는 이 건을 어떻게 생각하시죠?"

"……."

하웰즈가 침묵했다.

관객이 카논과 하웰즈를 번갈아 보고, 소곤소곤 속삭임

을 나누었다. 학생들도 예비 오토마타 기사다. 어느 한쪽이 엉뚱한 소리를 하면 금방 안다.

카논은 단상에 날카로운 시선을 보냈다. 조금 지나, 하웰즈는 말했다.

"그것은, 이 논의에 직접적인 관계가 있는 겁니까?"

허를 찔린 카논이 여러 번 눈을 깜빡였다. 그런 대답을 들으리라고는 생각지 못한 것이리라.

하웰즈는 팔짱을 끼고 이어갔다.

"당신은 《뱌쿠단식》이 학살 오토마타가 아니라고 말하고 싶은 거죠? 신경 케이블의 숫자보다, 더 명확한 것이 있을 텐데요? 《뱌쿠단식》이 일으킨 비극을 언급하지 않는 것은 어째서입니까? 폭주한 오토마타의 이상 행동으로 닥터 뱌쿠단의 인격을 방증하는 것은 없을 터입니다."

여유를 부리고 있지만, 대답할 수 없으니까 논점을 틀어버린 것은 명백했다.

카논은 불쾌한 표정을 지었다.

"폭주인가요? 그것은, 명령 계통에 관한 부품이 파손되면서, 오토마타가 단일 동작밖에 실행할 수 없게 되는 현상을 말하는 것 맞죠?"

확인하는 카논을 남자는 왠지 모르게 불쾌한 미소를 띤 채로 바라보았다.

카논은 자신을 진정시키기 위해서 한번 심호흡을 했다.

마이크를 꽉 움켜쥐었다.
"그럼 저는 《뱌쿠단식》이 폭주했다는 설에 이의를 주장합니다."
스피커를 통해서, 소녀의 지론은 전교생에게 울려 퍼졌다.
차가운 공기가 감도는 강당 안에서 카논은 높이 외쳤다.
"명령 계통에 관련된 하모니 기어가 노후화한 결과, 폭주가 일어났다는 주장이 있습니다만, 애초에 하모니 기어는 간단히 망가지는 구조가 아닙니다. 메티스 그룹의 사장 본인도 우수한 기사이시니, 그 원리 설명은 불필요하다고 생각합니다만."
"그 말이 맞습니다. 《뱌쿠단식》의 기어 파손은 하모니 기어의 구조가 원인이 아닙니다. 《뱌쿠단식》에 기어 이외에도 오리지널 부품이 무척 높은 밀도로 배치되어 있었습니다. 그리고, 그것들은 전투 시에 격렬한 움직임을 보이지요. 그러면 내부에서 무슨 일이 일어날지 상상할 수 있겠습니까?"
"오리지널 부품이라면, 인공혈관 같은 것을 말씀하시는 거죠? 격렬한 움직임을 통해서 부품끼리 마찰을 일으키고…… 설마, 그런 건가요?"
카논은 깜짝 놀라 소리를 질렀다.
하웰즈는 지당하다는 듯이 고개를 끄덕였다.

"상상할 수 있는 모양이군요. 그렇습니다. 《뱌쿠단식》에는 인공혈관과 인공장기 같은 수분과 유분이 많이 포함된 부품이 사용되었습니다. 격렬한 운동을 통해 그것들은 마찰로 소모됩니다. 그렇게 되면 기어를 열화시키는 원인이 될 물질이 흘러나와버리는 겁니다."

"인공혈관과 인공장기에서 흘러나온 수분과 유분이 기어에 급속도의 열화를 일으켰다. 그렇게 말씀하시고 싶은 건가요? 그렇다면 《뱌쿠단식》의 방수 구조와 긴 가동 시간이 오히려 나쁘게 작용 되어서, 기어의 내구성을 현저하게 떨어트린다, 라고?"

"바로 거기까지 생각이 이르다니, 당신은 우수한 학생인 모양이군요. 아직도 항변이 있다면 듣도록 하지요."

이번에는 카논이 침묵했다.

마이크를 든 소녀에게서 말이 나오지 않았다. 반론할 수 없는 것은 이 자리에서 즉 패배다. 카논은 입을 열었다 닫기를 반복했다.

단상에 있는 하웰즈는 고심하는 소녀를 내려보고, 마무리를 지었다.

"더는 반론이 없는 모양이군요. 꽤 자극적인 논의였습니다. 당신의 이름을 듣도록 하지요."

카논은 옅은 호흡을 반복하고 있었다. 하얀 옆얼굴이 분해서인지 굳어져 있다. 빈 껍질처럼 변한 소녀는 힘없이 대답했다.

"……카논 잔델호르츠입니다."

카논이 착석한 뒤에 강연은 막힘없이 계속되었다.

성대한 박수와 함께 하웰즈는 스테이지에서 모습을 감추고, 전교생에게 해산의 지시가 떨어졌다. 그 순간 강당은 소란스러운 소음으로 채워졌다.

"아~ 겨우 끝났네~."

으~응, 하고 기지개를 켜면서 말한 리타는, 앉은 채로 미동도 하지 않는 카논을 봤다.

"정말, 카논이 소리를 질렀을 때는 정말 깜짝 놀랐어. 어떻게 되나 걱정했다니까."

"……반론할 수 없었어."

고개를 숙인 카논의 얼굴은 은발에 숨겨져 있었다. 하지만 무릎 위에서 꼭 쥐인 양손은 잘게 떨렸다.

"어머니는 학살하려고 한 것이 아닌데, 《뱌쿠단식》은 폭주한 게 아닌데, 반박할 수 없었어……!"

격해진 카논에게 미나즈키도 카논도 할 말이 없었다.

하루미와 《뱌쿠단식》의 진실을 세상에 알리는 것이 카논의 비원이다. 이번이 그 찬스의 하나였다는 것은 틀림없다.

그러나 하웰즈 쪽이 더 능숙했던 듯하다.

카논의 주장은 차례차례 격파되고, 반대로 끽 소리 못하는 꼴이 되었다.

강당을 떠나가는 학생들. 그중에는 카논에게 보란 듯이 혀를 차고 가는 자도 있었다. 카논이 눈에 띈 것이 탐탁지 않은 것이다.

미나즈키는 소녀의 어깨 위에 손을 올렸다.

"상대도, 그리 손쉽게 논파 되어 주지 않겠지. 하루미와 《뱌쿠단식》의 진상을 밝히게 되면, 세상 전체가 발칵 뒤집힐 테니까."

"그래. 기분은 이해하지만, 초조해하는 것은 금물이야."

두 사람에게 위로를 받은 카논은 일어설 기력을 되찾은 모양이었다. "응……."하고 겨우 무겁게 몸을 일으켰다.

"미스 잔델호르츠."

옆에서 날아든 바리톤의 목소리에 세 사람의 목이 돌아갔다.

그곳에는 곰처럼 거대한 남성 교사, 마이어가 서 있었다.

"잠시 할 이야기가 있습니다."

호출되는 것도 당연한가, 라고 생각했다.

카논은 하웰즈의 강연 중에 끼어든 것이다. 일반적으로 생각하면 크게 야단맞을 일이다.

담임 교사인 마이어의 뒤를 따라 카논과 미나즈키는 걸었다.

호출된 것은 카논뿐이었지만, 미나즈키도 따라갔다. 마이어는 드물게도 미나즈키의 동행을 막지 않았다. 애초에 막는다고 해도 미나즈키는 카논의 호위로서 몰래 훔쳐볼 작정이었지만.

마이어가 간 곳은 학생 지도실이 아니라, 응접실이었다.

그 시점에서 위화감이 느껴졌다. 카논도 이상하다는 표정을 지었다.

미이어는 아무런 설명도 없이 응접실 문을 노크했다. 그에게 재촉을 받아서 안으로 들어간 카논과 미나즈키는, 멍하니 멈춰 섰다.

"여~, 미스 잔델호르츠."

그곳에는 조금 전까지 스테이지에 있던 하웰즈가 기다리고 있었다.

가까운 곳에서 보니, 그 남자는 서늘해지는 위압감을 뿜고 있었다.

장신에 쓰리피스 정장을 입고, 소매에는 누가 봐도 알 수 있는 고급시계가 엿보였다. 옆에는 브리튼 제국인답게 지팡이가 있었다. 나이에 맞게 주름이 새겨진 얼굴에, 움

푹 팬 눈구멍에 담긴 눈동자는 맹금 같은 날카로움을 띠고 있다. 남자의 모든 것이 다른 사람들을 거부하고 있는 듯한 인상을 띠고 있다.

말도 없이 굳어진 카논과 미나즈키를 남겨놓고 문이 닫히는 소리가 들렸다. 마이어가 복도 쪽에서 닫은 것이다.

그리 넓지 않은 실내에 세 명만이 남았다.

"앉도록 하게."

남자는 중후한 소파에 앉은 채로, 미나즈키와 카논에게 앉도록 촉구했다. 낮은 테이블을 사이에 두고, 카논과 미나즈키가 쭈뼛쭈뼛하며 하웰즈 앞에 앉았다. 특히, 조금 전에 격렬한 논의를 한 카논은 거북스러운 태도였다.

두 사람이 앉자 하웰즈는 카논에게 시선을 보냈다.

"자네의 설계도를 살펴보았네. 자네가 고교생 오토마타 콘테스트용으로 그렸다고 하는 녀석이지."

고개를 숙인 채로 몸이 굳어져 있던 카논이 얼굴을 들었다.

하웰즈는 미소를 띠고 있었다. 그렇다고 해도 남자의 눈은 전혀 웃지 않는다. 겉으로만 짓는 미소에 미나즈키는 강렬하게 수상함을 느꼈다.

"강평하자면, 고교생이라고는 생각할 수 없는 완성도였네. 조금 전에 토의했을 때부터 느꼈지만, 자네는 착안점이 좋아. 콘셉트는 현재의 유행을 받아들이면서도, 만듦

새가 참신하더군. 오토마타의 변천을 잘 공부하고 있다는 증거지."

"……아니요, 저기, 그렇지는……."

"자네는 학생이면서 오토마타를 자작한 적이 있는 거겠지? 그 경험이 설계도에 드러나 있어. 부품의 부담과 내구성 등, 많은 학생이 고려하지 못하는 것까지 자네는 계산하고 있더군. 수수하고 자잘한 작업이지만, 무척 중요한 일이지. 학생은 자주 화려한 사양에만 주력해서, 이런 부분을 놓치곤 하는 법이네만."

"그 부분을 눈치채 주신 것은, 기쁘네요……."

"그리고, 가장 시선을 빼앗긴 것은 기어의 배치야. 소형이며 경량, 에너지 효율이 좋은 하모니 기어의 특성을 제대로 이해하고, 두말할 나위 없는 최적의 배치가 만들어졌어. 다른 기사들은 이렇게 할 수 없었겠지. 나는 한눈에 알아보았네. 자네는 틀림없이, 기사로서 천성의 센스가 있어."

"저, 정말인가요?! 하웰즈 씨가 그렇게 말씀해 주시다니, 영광입니다! 감사합니다!"

노골적인 칭찬이었다.

메티스 그룹의 사장이 이렇게까지 말해줬는데 기분이 좋아지지 않을 기사는, 아마 이 나라에 존재하지 않을 것이다. 카논도 처음에는 긴장감과 경계심을 풀지 못하고 있었지만, 설계도를 칭찬받은 지금은 완전히 얼굴이 밝게 빛났다. 그가 비인간적인 인공두뇌를 만들고 있을 가능성이 크다는 것도, 완전히 잊고 있는 모양이었다.

하웰즈는 무릎에 올려놓은 손을 깍지 끼더니, 물었다.

"자네는, 닥터 뱌쿠단이 되고 싶은 건가?"

카논의 웃는 얼굴이 굳어졌다.

미나즈키는 눈썹을 찌푸렸다. 질문의 의도를 파악할 수 없다. 하웰즈는 하루미를 윤리관이 없다며 강하게 비난했다.

하웰즈는 대답을 머뭇거리는 카논을 가만히 관찰했다.

"자네의 설계도에는 《뱌쿠단식》과 비슷한 부분이 여럿 있어. 닥터 뱌쿠단의 버릇 같은 것도 있어서, 자네가 얼마나 《뱌쿠단식》을 깊이 연구하고 있는지 잘 알았네. 자네는 닥터 뱌쿠단의 기술을 이어받고 있어. 아닌가?"

"……《뱌쿠단식》을 참고로 삼긴 했습니다."

쥐어짜듯이 카논이 대답하자, 하웰즈는 크게 고개를 끄덕였다.

"충분하네. 죽은 닥터 뱌쿠단의 기술은 지금에 와서도 귀중한 것이야. 자네의 연구에 막대한 가치가 있어. 나는 자네 같은 우수한 학생을 진심으로 응원하고 싶은 걸세."

카논은 안도로 가슴을 쓸어내렸다.

"그렇기에 충고를 하겠는데, 동일 제품만 연구하는 것

도 좀 생각해 볼 문제일세. 자네는 더 견식을 넓히는 편이 좋아. 그러면 언젠가, 《뱌쿠단식》을 뛰어넘는 오토마타를 만들 수 있겠지."

"《뱌쿠단식》을 뛰어넘는……?"

놀라는 카논에게 하웰즈는 깊이 고개를 끄덕였다.

"자네의 센스는 천성의 것이야. 노력에 따라서는 닥터 뱌쿠단 이상의 기사가 될 수 있지. 그러나 《뱌쿠단식》만을 연구하고 있어서는 그것은 이룰 수 없을 터. 사실, 현재 설계도는 고교생 오토마타 콘테스트의 입상도 간당간당해."

콘테스트 주최자의 의견에 자연스럽게 카논은 눈을 내리깔았다.

"그래서, 말인데. 한번, 공부하러 와보지 않겠나?"

하웰즈는 양복 안주머니에서, 접혀 있는 한 장의 종이를 꺼냈다. 테이블에 펼쳐서 카논 쪽으로 밀어 놓았다.

"디체 페어는 알고 있겠지?"

그것은 전단이었다. 국내 최대의 오토마타 이벤트로 선전되고 있다. 기재된 날짜는 내일과 모레였다.

"이름 정도는요. 간 적은 없습니다."

"설마 가지 않을 생각이었나?"

하웰즈의 질문에 카논은 입을 열지 못했다. 그러자 남자는 무척 놀란 표정을 지었다.

"그래서는 안 되지! 콘테스트에 참가한다면, 디체 페어에는 가봐야 할 걸세. 최신 오토마타를 접하고, 견식을 넓히는 것은 무척 중요한 일이야. 일류의 기사를 목표로 삼는다면, 그곳에 가는 것은 의무라고 생각하는 편이 좋아."

"의무, 인가요……."

"디체 페어에서는 오토마타만이 아니라, 그 부품도 판매되고 있지. 크고 작은 기업들이 모이기에, 그곳에서 손에 넣지 못할 부품은 없어. 시장에서 유통되지 않는 특별한 규격의 것도 있고, 콘테스트에 사용할 부품을 그곳에서 마련하는 학생도 많다고 들었네."

"그런가요. 몰랐습니다."

소녀가 전단을 내려보며 망설였다. 하웰즈는 거듭 말했다.

"우리 회사는 그곳에서, 최신 기술이 채워진 최강의 오토마타를 피로할 예정일세. 그 제품은 《뱌쿠단식》보다 뛰어나다고 자부하고 있어. 내부 구조는 일반 공개하지 않지만, 흥미가 있다면 특별히 보여줘도 좋네."

"그건……!"

메티스 그룹의 최신 기술을 사용한, 최강의 오토마타.

카논도 미나즈키도 자신도 모르게 표정이 굳혔다. 만약 메티드 그룹이 다시 인공두뇌에 흡혈귀를 사용했다면, 그 오토마타에 그것이 들어가 있을 가능성이 크다.

하웰즈는 두 사람의 안색이 변한 것을 확인하고, 입가를 끌어올렸다.

"미스 잔델호르츠. 자네를 부디 꼭, 이 이벤트에 초대하고 싶어. 분명히 좋은 공부가 될 거야."

† † †

미나즈키와 카논이 학교 건물을 나가자, 주위는 순백으로 감싸여 있었다.

"와~."

전면 가득한 은색의 세계를 보고, 카논은 감탄의 목소리를 냈다. 소녀의 호흡이 하얗게 변하고, 공중에서 녹아들었다.

11월 초순. 예셀에서는 늦은 첫눈이었다.

미나즈키가 카논과 같이 살기 시작하고 나서, 처음 내리는 눈이기도 했다.

"어느 사이에 내렸던 모양이군."

미나즈키가 손을 내밀었다. 허공을 떠다니던 눈이 소년의 손을 적셨다. 그때 옆에서 가논이 달리기 시작했다.

"미나즈키, 봐봐, 눈이야. 눈!"

들뜬 목소리를 내며, 양팔을 펼친 소녀는 빙글빙글 돌았다.

하웰즈와 이야기하는 사이에 다른 학생은 다 하교해버렸는지, 승강구 앞의 로터리에는 둘만 있었다.

하늘하늘 하늘에서 떨어지는 새하얀 눈. 카논은 하늘로 손을 뻗고, 그것을 작은 손바닥에 받아들면서 환성을 질렀다.

환상적인 하얀 저녁노을 속, 소녀의 통통 튀는 미소가 눈부셨다. 긴 은사 같은 머리카락과 코트 자락이 즐거운 듯이 흩날렸다.

설경에 뛰어다니는 가련한 소녀의 모습은 정말 그림 같았지만, 기계장치 소년은 무감동하니 고개를 갸웃했다.

"……나의 메모리에 의하면 헬바이츠 국내에서 강설은 드문 현상은 아닐텐데."

"있잖아, 드물지 않아도 눈이 내리면 설레는 법인 거야!"

"이해 불능이다. 비는 설레지 않는 거겠지? 액체가 고체가 되었다고 해서, 대체 얼마나 차이가 있다는 거냐?"

"그런 말 하지 마! 기분의 문제니까."

뺨을 부풀린 카논은 휙 하니 교문으로 걸어갔다.

그 등에 미나즈키는 물었다.

"……정말 디체 페어에 갈 건가?"

카논이 발을 멈췄다.

수많은 결정이 긴 은발을 장식해갔다. 그 모습은, 마치 작고 하얀 꽃으로 샤워를 하는 듯했다.

"나는 가는 건 위험하다고 생각해. 그 녀석은 묘하게 너를 오게 만들고 싶어 했어. 함정일 가능성이 커."

하웰즈는 그 뒤, 카논의 열차와 숙박 장소의 수배를 자신이 하겠다고 말을 꺼냈다. 카논이 고사하려고 하면,

"초대하는 것이니, 이쪽에서 준비하는 것이 당연하네."
라고 수상한 미소를 지으면서 밀어붙였다.

미나즈키의 동행에도 하웰즈는 전혀 문제없다는 듯한 표정을 짓고, 결국 두 사람은 여행 준비를 하웰즈에게 부탁하는 형태가 되었지만.

미나즈키로서는 그 남자의 속셈에 걸려들고 있는 듯해서 기분이 나빴다.

"지금에 와서 생각해 보면, 그 녀석이 강연에 온 것도 이것이 목적이었던 게 아닐까? 강연에서 그 녀석 꽤, 하루미를 깎아내렸지. 너를 자극하기 위해서였다면, 앞뒤가 맞아."

미나즈키의 시선 한쪽으로, 살랑하고 은발이 휘날렸다. 이쪽으로 돌아본 카논의 머리카락에서 눈의 결정이 흩날렸다.

"미나즈키, 나는 갈 거야."

심지가 강한 목소리가 미나즈키의 귀를 때렸다.

추위로 코끝이 빨갛게 물든 소녀는 당당한 표정으로 말

했다.

"위험할지도 몰라. 함정일지도 모르지. 그래도, 정말 메티스 그룹이 비인간적인 인공두뇌를 만들고 있는 것인지, 나는 확인해봐야겠어."

"그게, 그렇게 중요해?"

"응. 그도 그럴 게 그 인공두뇌를 누가 만들었는지 규명하지 않는 한, 나는 가슴을 펴고 당당히 엄마는 죄가 없다고 주장할 수 없어."

카논은 교문 옆에 심은 매그놀리아 나무에 손을 뻗었다.

여름에는 커다란 잎사귀가 무성한 그 나무도 지금은 가지뿐이다. 거기에 쌓인 눈을 카논은 손으로 털었다.

"사실을 말하자면, 미나즈키의 메모리를 볼 때까지 조금은 불안했어. 진짜 엄마와 《뱌쿠단식》에게 학살의 죄가 없는가 하고."

눈 아래에서 나타난 가지에 달린, 작디작은 새싹. 소녀의 손가락 끝이 부드럽게 그것을 쓸었다.

"엄마를 의심한 게 아니지만, 나쁜 것은 엄마라고 세상에서는 계속 주장하니까 말이야. 너무나도 많은 사람이, 엄마와 《뱌쿠단식》을 규탄하고 있으니까. 혹시 내가 잘못하고 있는 게 아닌지, 불안하게 생각했을 때가 있었어."

미나즈키가 아군이 될 때까지, 카논은 계속 고독하게 저항해왔다.

세상은, 15세의 소녀가 혼자 맞서기에는 너무나도 컸다.

문득 어느 때 그녀의 마음이 약해지고, 자신이 무엇을 믿어야 할지 의심했다고 해서, 누가 그것을 비난할 수 있을까?

"하지만, 역시 나는 잘못되지 않았어. 그건 미나즈키의 메모리가 증명해 줬어. 그러니까, 나는 이제 현혹되지 않아."

보이는 모든 곳이 순백인 배경으로, 소녀는 용맹하게 선언했다.

"——나는 세계에 선전 포고하겠어."

미나즈키는 깜짝 놀랐다.

——아아, 그래서였나.

이전까지는 참고 견디기만 하던 카논이 어째서 공세로 전환되었는지, 겨우 이해했다.

결국, 망설임이 사라진 것이다.

하루미는 학살을 하지 않았다. 《뱌쿠단식》에게 죄는 없다.

그것은 카논의 망상도 희망도 아니라, 순수한 사실이다.

진짜 존재하는지 모르는 것을 추구하고 있었을 때와는 달랐다. 미나즈키의 메모리를 보고서, 미나즈키와 하루하루를 보내면서, 카논은 자신감을 가졌다.

"엄마가 학살의 비전하가 아니라는 것도, 《뱌쿠단식》은 폭주하지 않았다는 것도, 비인간적인 인공두뇌를 만든 범인도, 전부 내가 밝혀내겠어. 그것으로, 세상의 인식을 바꿔 보겠어."

그것이 그녀의 '반항'.

미소 지은 카논은 눈을 밟으면서 걸어갔다. 새로운 눈에 작은 발자국이 뚜렷하게 새겨졌다.

"그 인공두뇌를 만든 것은 엄마가 아니야. 디체 페어에 가면, 그것을 확인할 수 있을 것 같은 기분이 들어."

"메티스 그룹에서 그 인공두뇌를 발견하면, 그것으로 그 건은 해결되니 말이지."

"그래. 그리고 혹시 메티스 그룹이 인공두뇌에 흡혈귀의 뇌를 사용하지 않는다고 해도, 최신의 오토마타를 보고 싶고, 콘테스트용의 부품도 구매해야 하니까, 우리에게 손해는 없어…… 꺅!"

카논이 눈에 발이 미끄러졌다.

대흡혈귀 전투용 오토마타의 반응 속도를 유감없이 발휘한 미나즈키는 소녀가 넘어지기 전에 잡았다.

"저기, 미, 미나즈키……?"

카논이 설레는 목소리를 냈다.

미나즈키는 카논을 안아 들고 있었다.

순백의 눈으로 은발을 장식한 소녀가 기계장치 소년의 푸른 눈동자에 비쳤다.

미나즈키는 안아 든 소녀를 바라보며, 진지하게 말했다.

"——그렇다면 너를 지키겠어."

카논의 살짝 숨을 삼켰다.

소녀의 감색과 소년의 칠흑이 교차했다.

"네가 싸운다면, 나는 네 방패와 창이 되겠어. 누구도 너의 길을 방해하게 두지 않아."

그것은 마치, 기사가 공주님에게 충성을 맹세하는 것 같아서.

미나즈키를 올려보던 카논의 뺨이 점점 붉게 물들어갔다.

기계장치 소년은 그런 소녀의 변화에도 개의치 않고, 카논을 안은 채로 눈 속을 걷기 시작했다. 카논이 허둥지둥 부산을 떨었다.

"어? 어?! 내려줘, 미나즈키……!"

"싫어."

"뭐라고오오?! 어, 어째서?!"

"신체 능력이 낮은 너다, 어차피 또 넘어지겠지."

"그런 시시한 이유야?!"

"달리 어떤 이유가 있지?"

"이제 됐어! 미나즈키 바보!"

Episode.2 COMMAND Wake up, Order, Shut down

2장 ☆ 완전한 기계장치 천사

예셀의 중앙역에서 열차로 3시간. 헬바이츠 최서부의 도시, 디체에 미나즈키와 카논은 도착했다.

현재 시각은 오전 9시였다.

역무원 오토마타에게 표를 내민 카논은, 하아암~ 하고 하품을 했다. 열차 안에서 그녀는 '이벤트에 대비해서 체력 온존을 한다'면서 숙면을 한 것이다. 아직도 잠이 덜 깼는지, 수시로 눈을 비볐다.

하지만 개찰구를 지난 순간, 카논의 눈은 확 커졌다.

"우와~, 처음으로 디체에 와봤는데 예셀과는 달리 뭔가 화려하네."

푸른색을 기조로 한 디자인성이 높은 역 구내를 카논은 두리번두리번 둘러보았다. 벽돌조의 투박한 예셀 중앙역과는 또 다른, 우아한 아름다움이 있는 내부 광경이었다.

디체 페어가 있어서 그런지, 휴일 아침인데도 역은 활기로 넘쳐흘렀다. 확성기를 든 역무원 오토마타가 열차 홈 번호와 발차 시각을 수시로 외치고, 미나즈키 일행과 같은 열차에서 내린 사람들은 빠른 걸음으로 역 구내에서 사라져갔다. 아무도 상대하지 않는, 관광 안내를 위한 접객용 오토마타의 웃는 얼굴이 기분 탓인지 쓸쓸해 보였다.

미나즈키는 메모리를 통해 헬바이츠의 지도를 떠올렸다.

"이곳은 옆 나라 프랑스와 접해 있는 도시이기 때문이야. 예셀 다음으로 두 번째로 커다랗고, 호수가 있는 것도 특징이다."

"흐~응, 호수가 있구나. 시간이 남으면 가보고 싶네."

"내기해도 좋아. 시간이 남는다는 일은 있을 수 없어."

"어째서 그렇게 단언할 수 있는데?"

"너는 평소 자신의 행동 이력(로그)을 되돌아봐야 한다고 본다."

이상하다는 듯한 표정의 카논을 곁눈질로 보고, 미나즈키는 몰래 한숨을 쉬었다.

디체 페어의 상세한 내용을 미나즈키는 아직 모른다.

어젯밤, 카논에 물어봤더니 '오토마타 회사들이 잔뜩 모여서, 신제품을 피로하거나, 자사 제품을 팔거나 하는 이벤트야. 아~ 콘테스트용만이 아니라 미나즈키의 대체 파츠도 갖고 싶네~. 미나즈키를 더 귀엽게 만들 수 있는 파츠도 있으려나~.'라며 점차 내용이 수상해지기 시작해서, 도망쳤다.

이벤트는 이틀에 걸쳐 열리며, 양일 다 간다면 디체에 숙박하는 편이 효율적이었다. 하웰즈가 숙박을 전제로 이야기해온 것도 있어서, 미나즈키와 카논은 디체에 묵을 마음으로 준비를 하고 있었다.

그렇게 종일 있어도 부족하지 않은 대규모 오토마타 이벤트다. 마니아인 카논이 도중에 만족할 리가 없는 것이다!

미나즈키는 자신의 정비 도구가 담겨 있는 캐리어 백을 손에 들고, 계단을 올라갔다.

역을 나오자, 여러 대의 제설용 오토마타가 눈앞을 지나갔다. 커다란 삽을 들고 그들은 묵묵히 도로의 눈을 치우고 있었다. 덕분에 도로에 눈이 없다.

맑게 갠 아침 햇살이 석판에 반사되었다.

그리고 두 사람 앞에 이어지는 길 앞에.

눈으로 살포시 치장한 알프스산맥을 배경으로, 은색으로 빛나는 우주선 같은 건조물이 있었다. 유명한 디자이너가 설계했다고 하는 거대한 전시장이다. 입구에는 '디체 페어'라고 커다란 현수막이 걸려 있었다.

카논은 마음을 다잡듯이, 등 가방을 고쳐맸다.

"갈까, 미나즈키."

"그래."

적지로 들어가는 병사처럼 두 사람은 걷기 시작했다——.

하지만.

몇십 분 뒤, 카논은 이벤트 회장의 유리문에 찰싹 달라붙어 있었다.

"봐봐, 미나즈키. 저거, 저기 장식된 거, 안티크 평치차(플레인 기어) 아니야?! 분명히 저거 100년 이상 예전의 기어야. 표면 처리가 안 되있고, 톱니 면의 경도도 빈약해서 이미 회전축도 틀어져 있어. 그래도 아직 움직이다니, 대단해! 이 신비로 가득한 생명력이야말로, 플레인 기어가 모든 기어의 원점으로 불리는 이유라고……."

개장을 기다리는 사람들은 모두 카논 일행에게서 일정 거리를 벌리고, 눈을 피하고 있었다. 국내 최대의 오토마타 이벤트이긴 해도, 기어에 관해 희희낙락 떠드는 소녀는 좀 이질적이다.

미나즈키 일행은 하웰즈에게 들은 대로 처음에는 호텔에서 체크인을 끝내고, 가벼운 차림이 되었다. 그가 수배해둔 호텔은 전시장에 인접해 있어서, 불만이 없을 정도로 편리했다.

개장 시각까지는 아직 시간이 좀 있었지만, 카논이 일찌감치 회장으로 가자고 말을 꺼내서, 지금 이런 꼬락서니다.

잠겨 있는 유리문을 통해 안을 들여다보며, 눈을 빛내는 카논.

소용없다는 것을 알면서도, 미나즈키는 그 등에 말했다.

"정신 차려, 카논. 아직 개장 전이야."

"앗, 저기에 나사 톱니바퀴(스파이럴 기어)가! 저렇게 예술적으로 쌓아 올린 건 처음 봤어! 대단해, 정말 대단해, 뭐야 저거, 마치 하늘로 연결된 나선 계단을 보고 있는 것 같잖아. 이렇게 마음이 정화되는 기분이 될 수 있다니…… 아앗, 그 뒤에는 왕관 톱니바퀴(크라운 기어)가! 신들이 타는 황금 마차에 비유되는 크라운 기어가 저런 곳에……!"

"제길, 증상 발현이 너무 빨라. 지금부터 이러면 앞이 뻔하군."

"플레인 기어에, 스파이럴 기어, 크라운 기어. 갤럭시 기어가 전시되어 있지 않을 리가 없지…… 어, 이렇게 많은 기어가 있으니까 하모니 기어도 있는 거겠지? 국내 최대의 오토마타 이벤트, 디체 페어인걸. 분명히 이곳에는, 내가 아직 모르는 하모니 기어가 있을 거야. 나는 그것을 원해서 디체까지 온 거니까……!"

"그게 아니잖아?! 네 목적은 하모니 기어가 아니라…… 아아아~ 이러니까 오토마타 이벤트 따위에 오고 싶지 않았어!"

미나즈키가 머리를 감싸 쥐었을 때였다.

두두두두 프로펠러 소리가 다가와서, 그 자리에 있던 전원이 고개를 들었다.

뻥 뚫린 듯한 푸른 하늘에 헬리콥터가 한 기 보였다. 그 바디에는 공화국군의 문장이 페인팅되어 있다. 그것을 눈치챈 사람들이 "어째서 이런 곳에 군용기가?"라고 의아해했다.

개장을 기다리는 사람들의 시선을 받으며 헬리콥터의 문이 열렸다.

그곳에 있던 것은――

"미나즈키――――!"

몰아치는 바람이 긴 붉은 머리를 희롱했다. 멀리서 봐도 알 수 있는 풍만한 가슴, 꼭 조여진 허리. 모델 같은 뛰어난 스타일을 자랑하는 소녀, 리타가 이쪽으로 크게 손을 흔들었다.

일직선으로 날아온 헬리콥터가 폭풍과 같이 미나즈키 일행의 머리 위를 통과했다. 그때, 리타가 폴짝 그곳에서 뛰어 내렸다.

군중들이 동요했다.

낙하산도 없이 무사히 착지할 수 있는 높이가 아니다. 카논은 놀라서 살짝 비명을 질렀지만, 자유 낙하한 리타는 갑자기 사라졌다.

번뜩 모습을 지운 소녀에게 이번에는 당혹스러워하는 사람들.

하지만, 미나즈키는 전혀 놀라지 않았다.

흡혈귀라면 누구라도 사용할 수 있는 마술의 하나, 〈안개화(네벨)〉인 것이다.

최장 10초밖에 버티지 못하지만, 안개로 변해서 완전히 모습을 감추고, 그사이에는 물리 간섭을 받지 않는다. 흡혈귀와 싸울 때는 처음에 봉인해두지 않으면 안 되는 귀찮은 능력이었다.

그런데, 갑자기 미나즈키의 안면을 부드러운 뭔가가 감쌌다. 얼굴을 가려진 미나즈키는 숨을 쉴 수가 없다.

〈네벨〉을 통해 무사히 착지한 리타는 미나즈키에 안겼을 때 〈네벨〉을 해제한 것이다.

카논이 "리타 씨, 미나즈키한테서 떨어져!"라며 허둥대기 시작했다. 아마도 질식할 걱정을 한 것이겠지. 하지만, 미나즈키는 오토마타라서, 호흡은 필요 없다. 카논의 걱정은 기우였다.

리타의 가슴에서 벗어났을 때, 미나즈키는 눈썹을 찌푸렸다.

"어째서 네가 여기 있는 거지? 디체 페어에 용건 따위 없었을 텐데."

그 순간 리타가 입을 삐죽였다.

"어머나, 지방에서 일어난 데모를 수습하고 나서 바로 달려왔는데, 그런 식으로 말할 것까진 없지 않을까?"

"데모라니, 혹시 흡혈귀 배척 운동의……?"

"맞아. 최근의 군사 업무는 이것들투성이라니까. 지긋지긋해."

리타는 옆을 보고 살짝 한숨을 쉬었다. 그 뒤로 다시 이상하다는 듯한 표정을 짓는 미나즈키의 코끝에 휙 하고 손가락을 내밀었다.

"있잖아, 나는 카논에게 이벤트에 오지 않겠느냐는 권유를 받았어."

"카논이?"

미나즈키가 은발의 소녀를 봤다.

"메티스 그룹이 《뱌쿠단식》의 인공두뇌를 만들고 있다면, 하웰즈 씨는 미나즈키의 정체를 알고 있을 가능성이 크고, 미나즈키의 전투력도 상정하고 있을 테지. 그렇지만, 거기 리타 씨가 더해지면 이야기는 달라져. 리타 씨라면 우리의 사정도 알고 있고, 전력으로서 의지가 되니까."

"뭐야, 카논. 나로서는 전력 부족이라고 말하는 거냐?"

"부족하다는 게 아니라, 만약을 위해서 미나즈키 이외에도 전력은 있는 편이 낫다는 거지."

"문제없다. 너는 내가 지켜. 리타는 필요 없어."

"칫. 미나즈키, 나를 얕보면 아픈 꼴을 당할 거야."

"문제없다. 애초에 나에게 통각은 없어."

치이이잇, 하며 더욱더 리타가 뺨을 부풀렸을 때, 디체 페어의 개장 아나운스가 울려 퍼졌다.

유리문이 일제히 열리고, 사람들이 들어가기 시작했다. 세 사람도 회장 안으로 발을 디뎠다.

디체 페어는 입장료가 없다.

입구에는 코스츔을 다 맞춰 입은 캠페인 걸 오토마타가 서 있었다. 무척 붙임성 있는 그녀들한테 회장의 팸플릿을 받아들고 미나즈키 일행은 전진했다.

"최초에 메티스 그룹의 부스로 찾아오도록, 하웰즈 씨가 말했는데 말이지. 저기 그게, 회장의 축약도가……."

카논이 재빨리 팸플릿을 펼쳤지만, 그럴 필요는 없었다.

회장에 들어가고 바로, 가장 눈에 띄는 장소에 그것이 있었기 때문이다.

갑주를 입고, 검과 방패를 들고 있는 그리스풍 여신상. 메티스 그룹의 현재 로고다. 그것이 크게 그려진 파티션이 부스를 둘러싸고, 압도적인 존재감을 뿜고 있었다. 과연 오토마타 업계 최대 거물이라고 말해야 하려나. 다른 회사의 부스와는 관록이 달랐다.

회장으로 들어온 사람들이, 차례차례 그 부스에 빨려 들어갔다.

미나즈키 일행도 그 뒤를 따랐다. 입구 근처에는 접수 담당으로 보이는 눈에 띄는 색의 정장을 입은 여성 사원이 서 있었다. 카논이 그녀에게 말을 걸고 이름을 댔다. 그러자 “잠시 기다려 주세요.”라며 여성이 무전기를 들었다.

미나즈키는 팔짱을 꼈다.

“흐음, 꽤 응용력이 있는 언어 프로그램이 탑재되어 있군. 역시 메티스 그룹은 인공두뇌의 연구에 힘을 기울이고 있는 모양이야.”

“동작이나 표정에 부자연스러움이 없어. 당연한 듯하지만, 이것을 실현하려면 상당히 복잡한 기어를 짜 넣지 않으면 안 되는데. 내부 구조가 신경 쓰이네.”

미나즈키의 옆에서 카논도 깊은 생각에 잠겨 고개를 끄덕였다.

리타만이 대화를 따라오지 못하고 “뭐? 뭐?”라며 미나즈키와 카논을 번갈아 보았다.

“두 사람 모두, 무슨 이야기를 하는 거야?”

질문을 받은 미나즈키와 카논은 지금 막, 말을 걸었던 사원을 동시에 가리켰다.

“““이 오토마타에 관해서.””

그 타이밍에, 여성 사원이 다른 손님에게 팸플릿을 건네기 위해서 몸을 옆으로 돌렸다. 그녀의 목덜미에는 접객용의 오토마타를 표시하는 마크와 소유자 인식 칩의 투입구가 있었다.

"어, 뭐야?! 이 사람, 오토마타였던 거야?! 전혀 눈치채지 못했었어! 어떻게 두 사람은 알았던 거야?"

"나는 서모그래피 판정이다. 《뱌쿠단식》과 달리 통상의 오토마타에는 체온은 없어."

"나는 파츠이려나. 부분부분 인공 피부의 이음매가 좀 거칠어. 양산품이니까 어쩔 수 없을지도 모르지만."

"어디?! 체온은 만지면 알겠지만, 이음매는 어디 있다는 거야?!"

리타가 사원의 손을 쥐고 노골적으로 여기저기 마구 만졌다. 여성형 오토마타는 곤란한 듯한 미소를 띠고 있었다.

그때, 깡! 하고 금속이 바닥을 때리는 소리가 났다.

회장의 활발한 음악과 소란이 순간적으로 가라앉는 듯한 착각에 빠졌다.

세 사람의 움직임을 멈췄을 때,

"디체 페어에 잘 오셨습니다. 미스 잔델호르츠."

뒤에서 묵직한 목소리가 들려 카논이 돌아보았다.

고급스러워 보이는 양복을 입고 있는 남자가 카논을 내려보고 있었다. 어제와 같은 지팡이를 손에 들고 있다.

하웰즈가 뿜어내는 위압감 탓인지, 그의 주위에는 사람은 없었다. 여기만 고요한 것을 신경 쓰지 않고, 남자는 입가에 미소를 띠고 있다.

"자네가 와 준 것을 진심으로 환영하지. 오랜 여행으로 피로하지는 않은가?"

"아니요, 최신 오토마타를 볼 수 있는 것을 기대하고 있었던 터라."

"그거 다행일세."

의젓하게 고개를 끄덕인 하웰즈는 카논에게서 미나즈키로 시선을 옮겼다.

남자의 차가운 시선을 받은 순간, 미나즈키는 안구 카메라가 고장 난 줄 알았다. 눈앞의 정경이 뭔가 겹쳐 보였던 것이다.

있을 리 없는 기시감.

——또 이거다. 뭐지, 이건.

어제, 강당에서 하웰즈를 봤을 때도 기묘한 감각에 휩싸였었다. 가슴 속에서 피어오르는 불쾌감 때문에 미나즈키는 남자를 보고 있지 못하고, 눈을 내리깔았다.

"자네는 어제도 있었지. 분명히, 미스 잔델호르츠의 사촌이었던가?"

남자의 어조는 환영과는 거리가 먼 것이었다. 조금 전에 카논과 대응할 때와는 전혀 달랐다. 아무래도 짜증스럽다고 생각하는 모양이다.

말을 걸자 미나즈키는 어쩔 수 없이 입을 열었다.

"미나즈키 잔델호르츠입니다."

"자네의 담임에게 이야기는 들었네. 자네도 우수한 성

적을 거두고 있는 모양이잖나? 장래에는 무엇이 되고 싶은가?"

그 질문 자체가 미나즈키를 바보 취급하고 있다고 말할 수 있었다. 헬바이츠의 있는 인간 학생은 대부분, 오토마타 기사를 목표로 삼고 있다. 우수하다면 더더욱 그렇다.

미나즈키는 시선을 떨어트린 채로 대답했다.

"직업의 희망은 딱히 없습니다. 하지만……."

"하지만?"

하웰즈는 고민하는 미나즈키를 주시했다.

미나즈키는 옆에 있는 은백색의 소녀를 힐끗 바라보았다.

"저는 계속 카논 옆에 있을 수 있다면, 그것으로 충분합니다."

하웰즈의 눈이 커졌다. 카논의 뺨이 붉게 물들었다.

뒤이어서 남자는 "풋."하고 웃음을 터트렸다. 소리 내어 실소하는 하웰즈에게 미나즈키는 의아하다는 시선을 보냈다.

"아니, 이거 흥미로운 모습을 보고 말았군. 노력하도록 하게."

웃음을 거둔 하웰즈는 마지막으로, 미나즈키의 옆을 봤다. 그곳에는 조금 전부터 팔짱을 끼고 있는 리타가 있었다.

"……미스 잔델호르츠, 그쪽의 아가씨도 동행이신가?"

하웰즈는 노골적으로 상정하지 못한 바라는 표정이다. 카논이 대답하는 것보다 빨리, 리타는 한 걸음 앞으로 나왔다.

"아아, 그래, 나는 리타 로젠베르크. 헬바이츠 국민인 이상, 흡혈귀왕의 이름은 당연히, 알고 있겠지?"

어제의 강연을 통해 하웰즈가 흡혈귀를 좋게 생각하지 않는다는 사실을 알고 있는 리타는 적극적으로 시비조다.

하웰즈는 로젠베르크의 이름에 흔들리는 기색도 없이, 담백하게 말했다.

"자네와는 이전, 어딘가의 파티에서 만난 적이 있네. 자네는 내가 아니라, 접시에 쌓여 있던 케이크에만 흥미가 있었던 모양이지만."

"뭐……! 그, 그런 일도 있었을지도 모르겠네."

리타의 눈빛이 요동을 칠 때 하웰즈는 몸을 돌렸다.

"그럼, 자네들은 특별한 장소로 안내해주지. 따라오도록."

부스의 가장 깊은 곳에 관계자 이외 출입금지인 문이 있었다. 인증번호를 입력해서 세큐리티를 해제하고, 하웰즈는 그 문을 열었다.

안은 예상 이상으로 넓은 공간이었다.

부스에서 판매하고 있는 상품을 놓아두는 장소이기도 할 것이다. 거대한 철제 선반이 쭉 늘어서 있고, 그곳에는 부품 상자가 빼곡하게 놓여 있었다. 오토마타가 들어 있는 것으로 보이는 소형의 컨테이너도, 벽 한쪽을 가득 채우고 있었다.

그리고, 안에는 왠지, 복싱링 같은 것이 있었다.

링 아래에는 백의를 입은 작은 소녀가 뭔가 작업을 하고 있었다. 하웰즈의 발소리를 눈치챈 그녀는 휙 고개를 돌렸다.

"사장님~, 수고하십니다!"

쾌활한 목소리와 건강한 미소는 만개하는 해바라기를 연상시켰다.

다갈색의 짧은 단발. 중학생 정도 같았지만, 확연하게 사이즈가 맞지 않은 헐렁헐렁한 백의를 입고, 안경을 쓰고 있었다. 무척 촌스러운 복장이었다. 안경 안에 있는 에메랄드색의 눈동자만이 반짝반짝 빛나고, 그녀의 나이에 어울리게 보였다.

하웰즈는 그녀에게 대답하지 않고 미나즈키 일행을 돌아보았다.

"소개하지. 메티스 그룹의 투기용 오토마타 개발팀 수석 연구자이자, 나의 비서이기도 한, 유리다."

"처음 뵙겠습니다, 유리 하웰즈입니다! 사장님에게 들

었어요. 닥터 뱌쿠단을 목표로 삼는 우수한 여고생 카논과 그 사촌인 미나즈키 씨네요. 어라어라? 한 명 더 있었네요. 앗, 저 알고 있어요! 당신은 공화국군 특별 기동부대 ≪붉은 소녀 부대(스칼렛 메이든)≫——."

"조용히 하렴, 유리. ……이 녀석이 수다쟁이라서 말이지. 용서해주게."

하웰즈가 지긋지긋하다는 듯한 표정으로 그녀를 막았다. 제지를 당해도 유리는 싱글벙글했다. 말대답도 하지 않았다.

"저기, 성이 하웰즈라고 하면 하웰즈 씨의 따님이신가요?"

카논이 소녀와 남자를 번갈아 보면서, 쭈뼛쭈뼛 물었다. 그 순간 유리의 눈이 동그래졌다.

"어, 그렇게 보이나요?! 아니에요. 사장님과 저는 부녀 사이가 아니랍니다. 사장님의 딸이라니 송구스럽죠."

유리는 손을 마구 저었지만, 어쩐지 기뻐 보였다.

리타가 소곤소곤 말했다.

"전혀 닮지 않았어. 사모님? 그렇다면 어떻게 보든 범죄네."

"리타 씨, 너무 그런 식으로 말하는 것은……."

"먼 친척의 딸일세. 이래 보여도 뭐 그럭저럭 우수해서 곁에 두고 있지."

아무것도 아니라는 듯이 말하며, 하웰즈는 소녀들의 호기심을 잘라냈다. 남자는 유리의 뒤에 있는 오토마타에 시선을 뒀다.

"유리, 《기계전사(메타트론)》의 조정은 어떻게 되었지?"

"완벽합니다, 사장님. 《메타트론》은 언제라도 출격할 수 있습니다. 이제는 링 위에 올려놓기만 하면 돼요."

"《메타트론》……?"

카논이 이상하다는 듯이 말했다.

"우리 회사가 개발한 투기용의 오토마타다. 오토마타 파이트라는 경기는 알고 있나? 기계인형을 독자적인 규칙 안에서 싸우게 해서, 우열을 겨루는 것이지. 메티스 그룹은 폭넓은 제품을 다루고 있지만, 투기용에는 특별히 더 공을 들이고 있어."

"오토마타 파이트…… 들은 적은 있습니다만, 그리 잘 몰라서요."

"이런, 미스 잔델호르츠는 전투용의 《뱌쿠단식》에 범상치 않은 관심을 가지고 있으면서, 투기용에는 끌리지 않는 건가? 같은 '싸우기 위한' 오토마타일 텐데."

하웰즈의 시선이 더 날카로워진 기분이 들었다.

카논은 거북한 듯이 뺨을 긁었다.

"저는 어느 쪽인가 하면, 기어에 흥미가 있어서……."

"내부 구조에 관심이 있는 타입이었나. 그런 연구자도

있긴 하지."

고개를 한번 끄덕이고 하웰즈는 링을 올려보았다.

"그러면 간단히 오토마타 파이트를 설명하겠네. 이것은 기업의 선전이라는 측면이 무척 큰 경기일세. 각 기업의 기술력이 총동원 되어서, 전투용 오토마타를 제작한다. 상대를 쓰러트리는 것은 즉, 자사의 기술이 상대의 기업보다 뛰어나다고 세상에 알리는 일이지. 무명 기업이 오토마타 파이트에서 좋은 성적을 거두고, 일약 유명해지는 것은 그리 드물지 않은 사례라네."

"사장님이 설계한 투기용 오토마타는 최근 몇 년간, 출장한 모든 시합에서 우승하고 있답니다! 아무도 사장님의 기술력을 따르지 못하고 있는 거죠. 내일 시합에서도, 우승은 틀림없이 《메타트론》이라고요."

"디체 페어에서는 내일, 특설 스테이에서 오토마타 파이트가 개최되지. 이 《메타트론》은 그곳에 출장할 예정이야. 내일은 자네들의 자리도 준비해 두었어. 《메타트론》이 활약하는 모습은 가까운 곳에서 보도록 하게."

두 사람의 말을 흘려들으면서, 미나즈키는 주위를 둘러보았다.

창고 같은 공간에선, 바깥의 왁자지껄한 소리가 전혀 들리지 않았다. 인증번호가 달린 문은 꽤 두꺼웠다. 이곳은 사람의 출입이 꽤 엄중하게 제한되어있는 듯했다.

카논이 물었다.

"그러면 하웰즈 씨가 어제 말씀하시던, 메티스 그룹의 최신 기술을 사용한 최강의 오토마타란……."

"물론, 이 《메타트론》을 말하는 걸세."

카논도 미나즈키도 자연스럽게 그것에 시선을 보냈다.

링 옆에 직립하고 있는, 투기용 오토마타 《메타트론》.

――이것에 《뱌쿠단식》과 같은 인공두뇌가 들어 있을지도 모른다.

리타만이 일의 중대성을 이해하지 못했는지 "와아~, 이게 최강의 오토마타야……?"라며 고개를 갸웃했다.

기본적으로 오토마타는 인간이 쉽게 친숙하게 여길 수 있게 인간과 같은 외견으로 만든다.

그러나, 《메타트론》은 인간의 형태를 지니고 있지만, 온몸이 메탈릭한 장갑으로 덮여 있었다. 피부색 부분은 전혀 없고, 기계라는 사실을 한눈에 알 수 있다. 친근감을 품을 수 있도록 만들어지는 얼굴도, 머리를 전부 가리는 헬멧이었다. 당연하지만 표정은 존재하지 않는다.

"어떤가, 미스 잔델호르츠? 모처럼 우리 회사의 기술 집약체가 있는 걸세. 마음껏 구경해도 상관없네."

하웰즈와 유리에게 재촉을 받았지만, "네……."라고 말하면서도 카논은 움직이지 않았다. 고개를 갸웃하면서 기계인형을 바라보고 있을 뿐이었다. 흥미가 있어 보이는 모습이 아니었다.

그것은, 오토마타 마니아인 그녀로서는 드문 일이었다.

"카논, 만져보지 않을 거야? 그러면, 내가 만져볼래."

리타가 카논을 대신해서 《메타트론》에게 다가갔다. 투박한 기계인형의 정면에 선 리타는, 거침없이 헬멧을 양손으로 잡았다.

"어라? 이상하네, 이거. 헬멧이 벗겨지지 않아. 미나즈키, 도와줘. 내가 머리를 당길 테니까, 미나즈키는 다리를……."

리타는 기계인형의 머리를 난폭하게 들어 올리려고 했다. 유리가 허둥지둥 막아섰다.

"우와아아, 안 되요, 억지로 당기지 말아 주세요! 헬멧을 벗길 수 있는 사양이 아니라고요!"

"뭐, 어째서 못 벗기는데? 얼굴을 볼 수 없잖아."

"헬멧이 얼굴인 거예요. 그런 사양이라고요!"

"흐~응, 시시하네."

"시시하니 아니니 하는 그런 문제가 아닙니다! 가장 효율적이고 스타일러쉬한 오토마타가 이런 것이라고요! 정말, 사장님의 걸작을 대체 뭐라고 생각하는 겁니까. 좀 더 세심하게 다뤄주세요."

리타를 쫓아낸 유리는 투덜거리면서 어긋난 《메타트론》의 위치를 바로잡았다. 리타가 만진 부분을 천으로 열심히 닮는 모양이다.

그런 소동이 있는데도, 하웰즈의 시선은 카논에게 고정되어 있었다. 《메타트론》에 흥미를 표시하지 않는 카논이 신경 쓰이는 모양이었다.

"으음, 자네는 내부 구조에 관심이 있는 거였나. 그렇다면 기어를 봐보겠나?"

"괜찮나요?"

카논의 눈동자가 호기심으로 채색되었다. 동시에 신중하게 대답했다.

투기용 오토마타는 판매 목적으로 제작되지 않는다. 메티스 그룹의 모든 지식과 지혜를 모은, 이른바 기업 비밀의 결정체다. 그 내부 구조는 반드시 숨겨야만 하는 것일 터였다.

하웰즈는 자신도 모르게 웃었다.

"상관없고말고. 자네가 기어를 보지 않으면 흥미를 갖지 못하겠다면, 보여주지. ……유리, 그것의 보디를 열어."

"네, 사장님~."

백의 주머니에서 드라이버를 꺼낸 유리는 익숙한 모습으로 《메타트론》의 옆구리 아래에 있는 나사를 풀었다. 가슴을 덮은 장갑이 조금 느슨해졌을 때 손을 안쪽으로 찔러넣었다. 가슴판 중앙에 있는 스토퍼를 벗기고, 오토마타의 가슴을 가운데서 좌우로 열었다.

평소에는 절대 사람의 눈에 닿지 않는 그 부분이, 형광등 빛에 드러났다.

순간, 카논은 숨을 멈췄다.

"하모니 기어……!"

그것은 틀림없이, 세간에서 기피되고 있는 하모니 기어였다.

《뱌쿠단식》에 사용되고, 많은 기사가 위험하다며 다루지 않게 된 귀중한 기어. 그것이 《메타트론》의 동체에 박혀 있다.

떨어져서 바라보고 있을 뿐이었던 카논이 움직였다. 눈빛이 바뀌어서 《메타트론》에게 달려가, 기어를 가까이 응시했다.

"……뭔가 복잡한 조합. 배치가 《뱌쿠단식》과는 전혀 다르니까, 움직임을 전혀 상상할 수 없어. 그리고, 이렇게 많은 기어를 하나의 관절에 집중시켜서…… 이런 조립도 가능하다니 몰랐어……."

"후후후, 그렇죠, 그렇다고요! 사장님은 세계 최고의 기사니까 말이에요. 어떤 기어도 완벽하게 조립해버린다고요! 이야~, 카논짱은 사장님이 얼마나 멋진지 제대로 이해하신 모양이네요."

"기다려. 나는 전혀 모르겠어. 어째서 《뱌쿠단식》을 비난하던 당신이, 자기 회사의 오토마타에 하모니 기어를 사용하고 있는 거야.”

리타가 하웰즈를 추궁했다.

“하모니 기어를 사용하면, 학살 오토마타가 된다고 주장한 거 아니었어?! 그런 이야기였을 텐데.”

“《뱌쿠단식》의 폭주 원인은 하모니 기어의 손상이지만, 기어 자체에는 죄가 없다는 것이 나의 견해다. 세간에서는 오해되는 경향이 있긴 하지.”

“무슨 소리야.”

“미스 잔델호르츠와 토론을 하면서 말했지만, 《뱌쿠단식》은 쓸데없는 것들을 너무 많이 집어넣었지. 인공 장기가 그 좋은 예야. 들은 바에 의하면 그것은 식사 기능까지 있었다고 하지 않나? 오토마타가 식사 따위, 그야말로 정말 넌센스일세.”

그렇게 단언하는 하웰즈를 미나즈키는 빤히 바라보았다.

“쓸데없는 파츠를 넣은 것이 원인이 되어서 《뱌쿠단식》의 기어는 열화가 가속되었네. 나는 닥터 뱌쿠단의 실패를 고려해, 《메타트론》에는 쓸데없는 것을 전혀 넣지 않았어. 그렇기에 《메타트론》은 쉽게 폭주하지 않아. 학살 오토마타 따위 될 리가 없는 것일세.”

……진실은 다르지만, 그의 논리에 파탄은 없었다. 미나즈키도 리타도 반박하지 못하고, 침묵했다.

하웰즈는 기어에 푹 빠져 있는 카논에게 다가갔다.

"《메타트론》에는 흥미를 품어준 모양이로군."

"네. 《뱌쿠단식》과 같은 하모니 기어인데, 조합이 전혀 다르네요. 이것은 설계도를 한번 봐보고 싶어요."

"유감이지만, 설계도는 대외비일세. 자네가 메티스 그룹에 들어와, 투기용 개발팀에 들어온다면 이야기는 달라지지만."

"네?!"

카논이 놀라서 하웰즈를 올려다보았다.

"말했잖나? 자네는 기사로서의 센스가 있어. 그것은 천성의 것으로 그 무엇과도 바꿀 수가 없네. 우리 회사에 들어와 공부하면, 자네의 재능은 더 개화하겠지."

"그것은, 저를 메티스 그룹의 사원으로 채용하고 싶다, 라는 이야기인가요……?"

확인하는 카논의 목소리는 긴장 탓인지, 살짝 떨리고 있었다.

하웰즈가 거드름 피우는 동작으로 고개를 끄덕였다.

"어떤가? 미스 잔델호르츠. 우리 회사에서 일할 마음은 없는가?"

시간이 멈춘 듯이 모두의 움직임이 정지되었다.

바스락, 하고 작은 소리가 들려서 미나즈키는 눈을 돌렸다. 리타가 손안의 팸플릿을 움켜쥔 소리였다.

리타는 팸플릿의 한쪽 끝을 기세 좋게 남자에게 내밀었다.

"무슨 소리 하는 거야! 카논이 메티스 그룹 따위에 들어갈 리가 없잖아!"

"그것은 그냥 듣고 넘어갈 수 없는 대사네요, 리타 양. 세계 최고의 기술력을 지닌 사장님 밑에서 일할 수 있다고요. 이 이상 영광스러운 일은 없지 않을까요?"

리타와 유리는 일촉즉발의 분위기다.

그러나 하웰즈는 어느 쪽에도 개의치 않았다. 은백색의 소녀에게만 집요한 시선을 보내고 있었다.

"물론 아직 학생이니, 정사원으로 채용할 수는 없겠지. 하지만, 학교 졸업 뒤에는 메티스 그룹의 정사원으로서 맞이한다고 약속하겠네. 학생일 때에는 계약 연수원으로서 우리 회사를 위해서 일해줬으면 하네. 자네에 나쁜 이야기는 아닐 터인데?"

나쁜 이야기가 아닌 정도가 아니라, 말도 안 되게 좋은 제안이다. 얼마나 많은 학생이 업계 최대를 자랑하는 메티스 그룹에 입사하고 싶다고 생각하고 있을까?

하웰즈가 바라보자, 카논은 불편한 듯이 몸을 꿈틀거렸다.

"……저기, 갑작스러운 일이라 당황하고 있는데요……."

"무리도 아니지. 자네의 장래를 좌우하는 중요한 일일

세. 어느 선택이 최선인지, 잘 고민해 보는 게 좋을 거야. 특히, 그 하모니 기어를 조합하는 센스를, 어떻게 하면 살릴 수 있을 것인가."

하웰즈가 하는 말의 의도를 제대로 파악하지 못하고 카논은 고개를 갸웃했다.

"미스 잔델호르츠, 하모니 기어를 다루는 메이커를 알고 있는가?"

카논은 깜짝 놀란 표정을 지었다.

"나도 오랫동안 업계에 있지만, 다른 회사에서 하모니 기어를 사용한 제품을 본 적이 없네. 케르나의 비극 이후로, 하모니 기어는 불매 운동이 벌어질 정도로 인기가 없는 기어일세. 원래, 하모니기어는 역사적으로도 새롭고, 잘 알려지지 않았었지. 그것을 닥터 뱌쿠단이 《뱌쿠단식》에 사용한 것으로 일약 유명해 진 것이라는 배경이 있어."

"그것은 알고 있습니다. 갤럭시 기어보다 에너지 효율이 좋은 기어를 추구하고 하모니 기어가 개발되었죠. 하지만, 가볍게 조립할 수 있는 기어가 아니라서, 하모니 기어를 경원하는 기사가 많고, 그래서 케르나의 비극이 있고 나서는, 더욱 더……."

"그래. 지금, 하모니 기어를 다루는 기술은 어느 회사에서도 바라기 힘들고, 그렇기에 그것을 연구하는 기사는 극단적으로 적은 거지. 뛰어난 에너지 효율, 소형에 경량, 높은 내구성을 겸비한 기어인데, 한탄스러운 일이야."

남자는 눈썹을 내리깔며 고개를 저었지만, 어조는 전혀 한탄스럽게 느껴지지 않았다.

"즉, 제가 하모니 기어를 사용한 오토마타를 만들려면, 메티스 그룹에 들어올 수밖에 없다, 라는 말씀인가요?"

"내 주장을 이해해준 모양이로군. 미스 잔델호르츠는 투기용 개발팀에 들어와 줬으면 하네. 하모니 기어를 조합하는 센스가 있는 자네가 합류한다면, 우리 오토마타는 더 진화하겠지. 누구에게도 욕먹지 않고 하모니 기어를 다룰 수 있는 것은, 자네에게 무척 중요한 메리트 일텐데?"

카논은 생각에 잠겨 말이 없었다.

리타가 "자, 잠깐 카논. 카논이 사원이 되어버리면, 우리가 메티스 그룹을 망……."이라고 말했을 때 미나즈키는 리타의 입을 막았다. 사장 앞에서 "회사를 망하게 한다"라고 말하면, 큰 문제다.

──이것은 어떻게 된 상황이지?

미나즈키는 하웰즈와 카논을 번갈아 보면서 생각했다.

카논은 메티스 그룹의 인공두뇌를 알고 싶어서 찾아왔다. 그곳에서, 하웰즈는 카논을 사원으로 받아들이고 싶다고 말했다.

하웰즈의 제안은 너무나도 매력적이었다. 일세를 풍미하는 메티스 그룹에 입사해서, 그곳에서 최신의 오토마타 개발에 관여한다. 누구나가 동경하는, 출셋길이었다.

그렇기에, 의심스럽다. 너무 달콤한 말에는 원래 함정이 있는 법이다.

카논이 하모니 기어에 정통한 것은 틀림없다. 그런 기사가 귀중한 것도 이해할 수 있다. 그러나 어째서, 아직 고등학생인 카논에게 집착하는 걸까? 메티스 그룹 정도의 대기업이라면, 우수한 사원에게 하모니 기어의 연구를 시키면 끝나는 이야기가 아닐까?

하웰즈가 카논에게 집착하는 진짜 이유는 무엇일까——?

실내에 침묵이 흘렀다.

대답하지 않는 카논에게 초조해졌는지, 하웰즈는 지팡이를 바닥에 찧었다.

"그럼 《메타트론》의 성능을 실제로 봐보겠나? 움직이지 않고 있으면 자네도 이 제품을 평가할 수 없겠지."

하웰즈는 미나즈키에게 시선을 돌렸다.

"미스터 잔델호르츠, 《메타트론》과 싸워보지 않겠나?"

"뭐?"

자신도 모르게 얼빠진 목소리가 나왔다.

"들어보니, 자네는 스포츠 만능이라고 하지 않는가? 흡혈귀에게도 검 시합으로 이겼다던가? 《메타트론》의 상대로서 적역이라고 생각하네만."

마이어에게 들었을 것이다. 하웰즈는 오늘 만났을 때, 미나즈키의 성적을 담임에게 들었다고 했다.

미나즈키가 체육 수업에서 특출하다는 것과 리타와의 승부에서 이겼다는 것은 틀림없는 사실이다. 그렇다고 해서, 정체도 모를 투기용의 오토마타와 싸우고 싶다고는 생각하지 않았다.

대답을 주저하자, 하웰즈는 미소 지으며 계속 말했다.

"뭘~, 그렇게 부담 가질 것 없네. 미스 잔델호르츠에게 《메타트론》의 움직임을 보여주기 위해서, 조금 자네가 협력해줬으면 하는 것뿐이니."

조끼 형태의 프로텍터를 입고, 미나즈키는 링에 올라갔다.

사방 7미터인 정방형의 링이다. 주위에는 고무로 만든 로프가 쳐져 있었다. 링은 1미터 정도 높은 위치에 있고, 카논은 미나즈키를 불안한 듯이 올려보았다.

"미나즈키, 괜찮아? 위험해지면, 바로 시합을 포기해도 괜찮으니까."

"문제없어. 나는 전투용이다. 오토마타끼리 하는 오락용 따위에, 간단히 패배하지 않아."

"그런 걸 걱정하고 있지 않아! 미나즈키가 강한 것은 알고 있고, 아마 투기용 기체는 상대를 파괴할 만한 스펙이 없을 거야. 시합하다가 오토마타가 망가지면 손실이 너무 크기도 하고."

"그렇다면 내가 위험해질 일은 없겠지. 여차하면, 내가 파괴하지."

"그게 위험해! 그런 짓을 해서 미나즈키의 정체를 들키면 어떻게 해. 내일 이벤트에 나갈 오토마타를 망가트리면 큰일이잖아. 어디까지나 미나즈키는 인간인 것으로 되어 있으니까."

"알고 있어. 암기도 인간 이상의 힘도 쓰지 말 것, 맞지?"

"그래. 그리고, 이것도 주의해줬으면 싶은데……."

"준비는 다 됐나?"

옆에서 하웰즈의 목소리가 들려 미나즈키와 카논은 비밀 이야기를 멈췄다.

"시합에 들어가기 전에, 오토마타 파이트의 간단한 규칙을 알려두지. 오토마타 파이트는 두 대의 오토마타가 각자 투기용의 검을 사용해 싸우네."

백의 자락을 끌면서 다가온 유리가 미나즈키에게 검게 칠해진 검을 내밀었다. 그때, 안경 뒤로 빤히 바라보았다. 뭔가 생각하는 게 있는 눈매였다.

의문으로 생각했지만, 미나즈키가 입을 열기 전에 백의의 소녀는 물러났다.

투기용의 검은 롱소드와 같은 길이지만, 평범한 검과는 달리 칼날이 없었다. 끝도 뾰족하지 않다.

“상대의 유효 범위에 검을 가져다 대는 게 유일한 승리 조건일세. 유효 범위는 거기 프로텍터에 둥글게 그려져 있지.”

내려보자 프로텍터의 왼쪽 가슴에 직경 10센티 정도의 검은 원이 있었다.

“……심장의 위치로군.”

그것은 흡혈귀에게 유일한 급소다. 미나즈키가 ‘적’을 인식했을 때 나타나는, 이곳을 노리면 죽는다, 라는 마크와 완전히 같은 크기였다.

미나즈키의 발언을 그냥 넘기고 하웰즈는 말했다.

“등 쪽의 같은 위치에도, 앞면과 같은 크기의 원이 그려져 있네. 유효 범위는 그 두 곳뿐일세.”

완전히 심장을 노리고 있구나, 라고 새삼 생각했지만, 이번에는 말로 하진 않았다. 말해도, 어차피 또 무시할 뿐이다.

“유효 범위 이외에는 검이 닿아도, 그것은 모두 무효일세. 만약 고의로 범위 바깥을 공격했을 경우는, 반칙패가 돼. 《메타트론》은 그 규칙에 따라 행동하기에, 미스터 잔델호르츠도 유효 범위 이외의 공격은 자제해주길 바라네."

"만약 실수로 다른 곳에 닿은 경우에는 어쩔 수 없겠네? 미나즈키는 강하니까, 그걸로 오토마타가 망가져 버릴지도 몰라."

손을 입 앞에 대고 푸후후 하는 웃음을 가린 채로 리타는 말했다. 완전히 확신범의 표정이다.

과연, 하고 미나즈키는 생각했다.

"확실히, 실수로 다른 부위를 공격해버릴지도 모르겠군. 유효 범위를 노리는 일은 익숙하지 않으니까."

새빨간 거짓말이다. 하지만, 이 기회에 헬멧을 깨서 인공두뇌를 볼 수 있다면, 그것으로 이쪽의 목적은 달성된다.

카논이 "잠깐, 두 사람 모두?!"라며 당황했지만, 하웰즈는 가볍게 코웃음을 쳤다.

"걱정하지 않아도, 《메타트론》은 단단히 만들어져 있어. 아무리 미스터 잔델호르츠가 괴력을 가지고 있어도 망가트릴 수는 없겠지."

쯧, 하고 리타가 혀를 찼다.

하웰즈는 전혀 개의치 않고 계속 이어갔다.

"《메타트론》에는 직접 유효 범위가 그려져 있네. 그곳에 검을 대면, 링 바깥에 있는 심판기가 울리고, 한점을 땄다는 것을 알 수 있는 시스템이지."

"이 프로텍터에도 같은 효과가?"

"물론일세. 시합 시간은 5분이지만, 먼저 어느 쪽이 한 점을 따는 시점에 끝일세. 정식 시합에서는 그것을 5세트 하지만……."

"그렇게 장시간을?!"

그때 카논이 큰 소리를 냈다.

——말 만큼 장시간은 아닐 텐데?

미나즈키만이 아니라 하웰즈도 의아한 표정을 지었다. 카논은 허둥지둥 입을 양손으로 가렸다.

하웰즈가 헛기침하고 나서 계속 말했다.

"……이번에는 정식 시합이 아니기 때문에, 1세트로 충분하겠지. 이걸로 《메타트론》의 성능은 이해 될 거야. 상관없겠나?"

"아, 괜찮습니다."

가슴을 쓸어내리는 카논.

"자네도 질문이 없으면 시작할까?"

링을 올려본 하웰즈에게 미나즈키는 고개를 끄덕였다.

"유리, 시작해."

"네, 사장님. 지금 막 기동하겠습니다."

하웰즈에게 기세 좋게 대답한 유리는, 장갑에 덮여 있는 기계인형을 돌아보았다.

유리가 한번 심호흡했다.

이벤트의 소란으로부터 단절된 공간에서, 그녀는 낭랑하게 기동 명령(웨이크업)을 외쳤다.

"깨어나라, 《메타트론》. 그대의 적을 토벌하라."

기동 명령(웨이크업)과 종료 명령(셧다운)의 문구는, 그 오토마타를 제작한 기사가 자유롭게 설정할 수 있다.

특히 기동 명령은 오토마타에게 태어나서 처음 자각하는 말이다. 소유자의 목소리로 그 말을 듣고, 오토마타는 생을 받게 된다. 자신이 이 세계에 태어난 기쁨을 안다. 적어도 미나즈키는 그랬다.

'안녕, 미나즈키. 오늘도 멋진 날이야.'

그것이 미나즈키의 기동 명령 문구다. 지금 생각해 보면, 그 문구에는 '어머니'인 하루미의 소망이 담겨져 있었다.

'그대의 적을 토벌하라'. 그 문구가 무엇보다 《메타트론》에게 요구된 것을 드러내고 있었다.

다섯 명이 주시하는 가운데, 헬멧의 눈에 붉은 라이트가 두 개 희미하게 켜졌다. 아마도 그것이 그의 눈일 것이다.

푸슈~ 하는 배기음 같은 소리가 무기질적인 몸에서 뿜어졌다. 서 있는 그는, 명령이 내려지지 않으면 움직일 수 없는 기계처럼 미동도 하지 않았다. 대화 기능이 탑재된 오토마타라면 처음에 하는 인사도 없었다.

——이것에, 나와 같은 인공두뇌가 들어가 있다고……?

미나즈키는 링에서 《메타트론》를 내려보고, 눈썹을 찌푸렸다.

감정과 자유 의지는커녕, 표정도 동작도 말도 배제되어 있다. 도저히 '뇌'를 지닌 오토마타로는 생각되지 않았다. 이 정도면 차라리, 부스 입구에 서 있던 접객용의 오토마타 쪽이, 그럴듯했다.

유리는 소유자(마스터)만 할 수 있는 강제 명령(오더)을 행사했다.

"오더, 《메타트론》. 링에 올라가."

무거워 보이는 겉모습과 달리, 《메타트론》은 몇 미터는 도약했다. 탁! 하는 가벼운 발걸음과 동시에 링에 내려섰다. 그 순간, 그의 발밑이 휘는 것을 미나즈키는 놓치지 않았다. 중량은 제대로 있는 모양이다.

키는 양쪽 모두, 그리 차이가 없다. 다만, 그는 투박한 갑옷을 입고 있어서 옆으로 폭이 있고, 미나즈키는 부러질 듯하게 가냘픈 소년이었다.

"오더, 《메타트론》. 전투준비."

유리의 목소리에 투기용의 오토마타는 허리에 매고 있던 검을 뽑았다. 절도 있는 동작으로 기계인형은 검 끝을 내밀었다.

미나즈키도 양손으로 검을 들고, 중단으로 검을 내밀었다.

서로의 움직임이 모두 멈췄을 때를 계산해서, 유리가 외쳤다.

"——FIGHT, GO——!!"

유리의 말이 끝나기도 전이었다.

《메타트론》의 모습이 흔들렸다.

미나즈키가 당황하자, 금속이 부딪치는 경질의 소리가 실내에 울려 퍼졌다.

——뭐……?!

시합 개시로부터 1초도 지나지 않았다.

미나즈키의 가슴, 원에서 몇 센티 떨어진 곳에 이미 검끝이 부딪혔다. 반사적으로 미나즈키가 몸을 피하지 않았다면, 시작하는 동시에 시합이 끝나 있었을 것이다.

——이 녀석, 속도는 나와 동등한가?

《메타트론》은 중량에 반해서 움직임이 가벼운 모양이었다. 최신의 인공 근육과 전달 속도가 빠른 신경 케이블이 사용되어 있을 것이다.

미나즈키는 순간적으로 그것을 분석하고 눈을 가늘게 떴다.

반대편에, 선수 필승을 시도한 기계인형이 있다. 그 새카만 헬멧에서 아무런 감정도 읽어낼 수 없다.

싸우기 까다롭네, 라고 문득 생각했다.

시선, 표정, 동작……. 그런 아주 작은 모션을 통해서, 미나즈키는 적의 다음 움직임을 예측한다. 그걸 전혀 시도할 수 없는 것이다.

미나즈키도 곧바로 적의 유효 범위를 노려, 검을 찔렀다. 하지만, 미나즈키가 움직였을 때는, 《메타트론》은 사이드 스탭으로 거리를 벌렸다. 검의 범위 안으로 들어가기 위해 미나즈키는 파고들었다.

그 동작에 기계인형은 한 손에 든 검으로 후려쳤다.

"아니?!"

충격이 미나즈키의 손을 때렸다. 정신을 차리고 보니 손에 있던 검이 날아가 버렸다. 적의 파워가 미나즈키의 상상을 아득하게 넘어섰기에, 제대로 막아내지 못한 것이다.

살짝 혀를 찬 미나즈키는, 뒤쪽으로 도약해서 적의 참격을 피했다. 착지와 동시에, 링의 구석에 떨어진 검을 주워들었다.

《메타트론》의 모습을 살피고 있지만, 따라갈 수가 없다.

검을 고쳐 쥔 미나즈키는 마음을 다잡고 기계인형을 노려보았다.

"……하웰즈 씨, 저, 투기용 오토마타를 쉽게 봤어요. 이렇게 본격적으로 싸울 수 있는 거였군요."

링 아래에서 카논은 시합에서 시선을 떼지 않았다.

미나즈키와 《메타트론》은 서로 공격 기회를 노리며, 링 중앙을 신중하게 돌고 있었다.

"그렇게 말해주니 보여준 보람이 있군. 어떤가, 투기용 오토마타를 개발해보고 싶어졌나?"

"저건, 전투용 오토마타로 들어가지 않는 건가요?"

검이 맞부딪히는 소리가 들렸다.

《메타트론》이 적극적으로 거리를 좁히고, 미나즈키를 공격했다. 격렬한 검격을 막고, 가냘픈 소녀은 뒤로 물러섰다.

"정교한 검술 프로그램으로, 심장을 노리는 사양. 만약 저 검이 은으로 만들어져 있었다면, 저 오토마타는 흡혈귀를 죽일 수 있겠지요. 상대가 프로텍터를 입고 있지 않다면, 간단히 인간이나 흡혈귀를 죽이고 만다. 전투용 오토마타라는 구별이 적절한 듯이, 저는 생각되는데요?"

"발언에는 조심하도록 하게, 미스 잔델호르츠. 저것은 투기용일세. 예셀 조약에 의해 금지된 전투용이 절대 아니야."

"하지만……."

"무엇을 전투용으로 부르는가? 그것은 제작자가 정하는 것이지."

하웰즈의 반론을 허락지 않는 목소리에 카논이 입을 다물었다.

남자는 무심하게 전투를 펼치는 《메타트론》을 바라보았다.

"사람을 죽일 수 있는가 아닌가를 따진다면, 모든 오토마타는 전투용이 될 걸세. 예를 들어 공업용 오토마타는 철골을 떨어트려서 인간을 죽일 수 있지. 접객용 오토마타는 폭탄을 옮겨서 인간을 죽일 수 있어. 마스터가 악의를 가지고 사용하면, 그 오토마타는 어떤 용도이든 위험하네. 오토마타만이 아니라 도구란 그런 것이 아니겠나? 사용자가 본래의 용도만으로 사용해 준다고는 한정할 수 없어. 살인 사건에 사용된 날붙이는, 살인용으로 판매되는 것이겠나?"

"그것은……."

"결과적으로, 용도라는 것은 제작자가 정한 추천 용도에 불과하네. 제품으로서 제작된 오토마타는 모두, 나라에 용도를 신청하지 않으면 안 되지. 《메타트론》은 내가 투기용으로 정했기에 투기용인 걸세."

카논은 말없이 링을 바라보았다.

하웰즈가 은백색의 소녀를 곁눈질로 살폈다. 기도하는 듯한 표정을 짓는 카논을 보고, 남자는 문득 웃음을 터트렸다.

"그가 걱정인가? 걱정할 필요는 없어. 이건 그저 모의전이야. 《메타트론》은 대인 전투용으로 출력을 약하게 조정하고 있지. 그가 상처 입을 일은 없을 걸세."

——무슨 소리 하는 거지?

하웰즈의 말을 들으면서, 링 위에서 미나즈키는 이를 악물었다.

대인 전투용으로 조정했다고? 조정 미스도 지나치다. 인간이 상대였다면, 틀림없이 사망자가 나왔다고……!

휘잉, 하고 바람을 가르고 검 끝이 다가왔다.

미나즈키는 전투용 오토마타의 반응속도를 가지고, 그것을 피했다. 동시에 반격을 펼쳤다. 하지만, 미나즈키의 검은 적이 휘두르는 검 한 번에 손쉽게 튕겨 나가고 말았다.

적의 파워가 너무나도 압도적이다. 망가트리지 않도록 힘 조절할 상황이 아니다. 적당히 하다가는, 망가지는 것은 이쪽일 것이다.

검을 나눌 때마다 물러나고, 미나즈키는 어느 사이에 링 구석으로 몰려 있었다. 《메타트론》은 도망칠 장소를 잃은 소년에게 가차 없이 검을 내려쳤다. 그것을 가까스로 막아냈다.

깡, 하는 금속음이 울려 퍼졌다.

"크……!"

자신도 모르게 미나즈키의 입에서 고통의 목소리가 흘러나왔다.

맞부딪힌 검끼리 끼리리릭 하고 비명을 질렀다. 도저히 인간이 막을 수 있는 것이 아니다. 조정 미스를 지적하고 싶었지만, 그 말을 하면 미나즈키가 지금까지 대처할 수 있었던 것에 의문을 품게 될 터다. 신고할 수 없는 것이다.

"가라아아아, 미나즈키! 그런 오토마타, 부숴버려!"

"리타 씨, 망가트리면 큰일이니까! 변상 같은 거 못하니까!"

조금 전부터 리타는 무책임한 성원을 보내고, 카논은 미나즈키가 '망가트리지 않을까?' 걱정하고 있었다.

두 사람 모두, 설마 미나즈키가 전력으로 싸우고 있다고 생각하지 않는 것이다.

필사적으로 검을 밀어낸 미나즈키는 하웰즈 쪽을 힐끗 봤다.

그 순간, 백의의 소녀가 희미한 웃음을 띠고 있는 것을 깨닫고, 가슴이 술렁였다.

하웰즈는 카논에게만 흥미가 있는 듯이, 은백색의 소녀만을 바라보고 있었다. 시합의 결과는 아무래도 좋은 것이리라.

문제는 유리다.

이 《메타트론》의 조정은 그녀가 했다. 개발팀의 수석 연구원이라면 《메타트론》의 위험성은 숙지하고 있겠지. 대인 전투용의 조정 같은 인명에 직결된 중요사항을 실수하는 것은 부주의를 넘어서서 이미 부자연스러울 지경이다.

——저 녀석 일부러 한 건가?

금방 '무엇을 위해서?'라는 의문이 떠올랐지만, 대답은 생각해낼 수 없었다.

푸쉬~, 하는 배기음이 들리고 미나즈키는 눈앞으로 의식을 돌렸다.

검을 맞대고 있는 그 앞에, 무기질적인 헬멧이 이쪽을 보고 있었다. 마치 곁눈질할 여유가 있나? 라고 미나즈키에게 묻고 있는 듯했다.

——여유 따위 없다.

이 시합에서 몸을 크게 손상당하면, 디체 페어에서 카논의 호위 임무를 제대로 할 수 없다. 그것은 미나즈키가 가장 걱정해야 할 사태다.

칠흑의 눈동자가 살의를 띠었다.

밀려나기 전에, 미나즈키는 본래는 갈 곳이 없는 뒤쪽으로 뛰었다. 그곳에 있던 것은 링의 로프. 그 위에 탄 미나즈키는 《메타트론》의 참격을 피하고 도약했다. 로프의 신

축성을 살려서, 곡예사처럼 덤블링했다.

"미나즈키……?"

소년의 모습을 포착하지 못하게 된 카논이 이상하다는 듯이 목소리를 냈다.

미나즈키는 《메타트론》과 비교해서, 파워가 상당히 떨어졌다. 공격을 막으면 확실하게 튕겨 날아가는 것이다.

그렇다면, 적이 방어할 수 없도록 의표를 찌르면 된다.

적의 눈에서 모습을 감추기 위해, 미나즈키는 링 위를 종횡무진 뛰어다녔다. 《메타트론》은 조금 전부터 딱 멈춰서 있었다. 헬멧은 미동도 하지 않는다.

그것을 확인한 미나즈키가 공격을 가했다.

《메타트론》의 바로 뒤에 있는 로프에 착지. 적의 등 뒤에서 소리도 없이 육박했다. 기계인형은 돌아보지 않았다.

——이겼다!

흐뭇하게 미소를 지으며 미나즈키가 유효 범위에 칼을 찔러넣을 때였다.

휙, 하고 《메타트론》의 팔이 180도 회전했다.

"어?"

인간의 어깨로 보일 수 없는 움직임이다. 아니, 《메타트론》은 오토마타다. 하지만, 오토마타란 인간의 움직임을 답습하는 것이며——

짧은 사고. 그 틈에 미나즈키의 검은 튕겨 날아갔다.

텅 비어 버린 미나즈키의 왼쪽 가슴을 적의 검 끝이 노렸다. 불가능한 공격이다. 《메타트론》은 앞을 바라본 채로, 등 뒤로 검을 찌르는 것이다. 이질적이라고밖에 할 말이 없었다.

불가사의한 일격을 미나즈키가 순간적으로 팔로 막은 것은 본능과도 같은 것이었다.

투기용의 검은 뾰족하지 않다. 하지만, 금속이라는 점은 틀림없고, 그것이 눈에 보이지도 않는 속도로 부딪혀 온다면, 충분한 살상력이 있다.

《메타트론》의 검은 기세 좋게 소년을 찌르고 가냘픈 몸은 날려가 버렸다.

카논의 비명과 리타의 경악이 겹쳐져서 들렸다.

주위에 붉은색이 번졌다.

날려간 미나즈키는 링의 로프에 부딪히고, 무릎을 꿇었다. 검의 직격을 맞은 손목은 인공 피부가 찢기고, 인공혈액이 흘러넘쳤다.

푸쉬~ 하는 배기음이 들린다. 미나즈키가 고개를 들자, 녀석이 돌진하는 중이었다. 결정적인 패배를 새기기 위해서 불길한 기계인형은 소년에게 다가왔다.

미나즈키는 이를 악물었다.

상대가 '기계'라는 것은 따질 것도 없이 확실히 인식되었다. 미나즈키도 같은 오토마타지만, 눈앞의 적은 인간다운 면이 철저하게 배제되어 있었다.

그렇다고 해서, 패배는 거슬린다.

바닥에 무릎을 꿇은 채로, 미나즈키도 투기를 뿜으며 검을 쥐었다. 그때,

“이제 그만해!!”

카논의 비통한 비명이 울려 퍼졌다.

그러나, 카논의 목소리에 《메타트론》은 멈추지 않았다. 카논은 옆에 있는 하웰즈에게 울먹이는 목소리로 호소했다.

“이제 알았으니까요! 빨리 시합을 멈춰요……!”

하웰즈가 유리에게 시선을 보냈다.

“오더, 스톱.”

유리의 강제명령으로 지금이라도 미나즈키의 가슴을 찌르려던 《메타트론》은 딱하고 움직이지 않게 되었다. 미나즈키도 검을 내렸다.

카논은 링으로 달려서 다가오더니, 얼굴이 새파랗게 질렸다. 소년의 손을 쥐었다.

“미나즈키, 큰일이야……! 상처가 심해…….”

“문제없다. 왼쪽 손등에서 손목까지 베였을 뿐이야.”

미나즈키는 통각은 없고, 피를 잃었다고 빈혈의 리스크도 없었다. 상처도 깊지 않았고, 신경 케이블과 인공 뼈가

노출되는 사태도 벌어지지 않았다. 이것을 보는 것만으로는 미나즈키가 오토마타라고 알 수 없을 터였다.

하지만, 카논은 화난 표정으로 "문제 있어!"라고 단언했다.

"하웰즈 씨, 구급상자 있나요?"

돌아본 카논에게 하웰즈는 감정이 없는 목소리로 한 마디 "유리"라고 말했다.

"네, 사장님~. 구급상자 말이지요? 바로 가지고 오겠습니다."

백의를 휘날리며, 소녀는 파닥파닥 달려갔다.

리타는 미나즈키의 상처를 보고, 이상하다는 듯이 고개를 갸웃했다.

"미나즈키, 방심한 거야? 투기용 기체에 당하다니……."

아니, 라고 미나즈키는 대답하고, 움직이지 않게 된 투기용의 오토마타를 봤다.

하웰즈는 링 위에 남아 있는 《메타트론》의 등을 열고 있었다. 그것을 바라보던 남자의 뺨이 움찔하고 떨렸다.

"저 《메타트론》, 내가 등 뒤에서 공격했는데도 불구하고, 뒤돌아보지도 않고 대처했어. 어떻게 그런 일이 가능했는지……."

미나즈키로서는, 상처를 입은 것보다 그쪽이 더 충격적이었다. 미나즈키의 말에 하웰즈의 고개가 돌아갔다.

"상대의 등을 잡는다, 라는 발상이 이미 무의미한 걸세."

하웰즈는 미나즈키를 바라보며 말했다. 그의 시선에는 시대에 뒤처진 것에 대한 경멸과 연민이 담겨 있는 듯했다.

"자네는 《메타트론》의 사각에서 공격할 생각이었겠지만, 이것한텐 사각이 없어. 그렇게 하도록 안구 카메라를 배치해뒀지."

"미나즈키 군은 성서 위전에 나오는 천사 메타트론을 모르나요? '출애굽기'에 의하면 그 모습은 세계와 같을 정도로 거대하고, 얼굴은 태양보다도 찬란하게 빛나며, 36장의 날개와 36만 5천 개의 눈을 지닌 불기둥으로써 그려져 있답니다. 나에게 그런 눈이 있다면, 반대로 어디를 보고 있는지 이해할 수 없게 되어버릴 것 같지만요."

이야기하면서 돌아온 유리는 구급상자를 "자, 여기요." 라며 미나즈키에게 내밀었다. 그것을 곧바로 옆에 있는 카논이 받아들었다.

구급상자를 연 소녀는 바지런하게 미나즈키의 간호를 시작했다. 예쁜 손수건이 더럽혀지는 것도 꺼리지 않고 인공혈액을 닦고 지혈해갔다.

미나즈키는 처치를 카논에게 맡기고 하웰즈에게 물었다.

"그렇다면, 저 어깨의 움직임도 전부……?"

"어느 방향에서 오는 적에게도 대처할 수 있도록, 《메타트론》의 관절 가동 영역은 인간과는 달라. 오히려, 어째서 인간과 같을 거라고 생각한 건가?"

미나즈키의 손을 붕대로 감던 카논의 어깨가 살짝 떨렸다.

갑자기 미나즈키는 시선을 느꼈다. 옆을 보니, 백의의 소녀가 에메랄드의 눈동자를 크게 뜨고, 이쪽을 응시하고 있었다. 진지한 표정으로 바라보는 앳된 소녀는, 어딘지 모르게 유령 같았다.

하웰즈는 《메타트론》을 내려보고 말했다.

"투기용 오토마타는 강함이 모든 것일세. 그것을 인간과 비슷하게 만들어 약점을 굳이 남길 이유가 어디에 있지? 우리는 최강의 도구를 만들고 있는 것이네. 그것은 결함이 없는, 완전한 오토마타여야만 하는 거지."

자신에게 결함이 있다는 말을 들은 듯해서, 미나즈키는 얼굴을 찌푸렸다. 카논을 보자, 그녀는 입을 꾹 다물고 있었다.

"모처럼이지만, 메티스 그룹의 입사 이야기, 거절하려고 합니다."

다시 한번 하웰즈에게 질문을 받았을 때, 카논은 확실하게 단언했다.

그 순간 남자가 강하게 지팡이를 찧는 소리가 들렸다.

"그것은 또……이유를 들려주지 않겠나? 뭐가 마음에 들지 않은 거지? 그런가, 아직 구체적인 대우를 제시하지 않았군."

"아니요, 돈 문제가 아닙니다."

카논은 하웰즈의 말을 막았다. 소녀의 눈동자가 《메타트론》을 힐끗 보았다.

"메티스 그룹의 사원이 될 수 있다는 것은 무척 매력적입니다. 하웰즈 씨의 하모니 기어의 조립 방법을 공부하고 싶다는 마음도 있습니다. 하지만, 저것은 제가 만들고 싶은 것과는 다릅니다."

죄송합니다, 라며 카논은 마무리했다. 고개를 숙이고 있지만, 소녀의 표정에는 완고한 의지가 깃든 채, 굳어져 있다.

하웰즈는 송곳 같은 시선으로 카논을 내려보았다. 유리가 《메타트론》이 들어가 있는 컨테이너를 닫는 손을 멈추고, 두 사람을 배려하듯이 살폈다.

이윽고 남자는 갑자기 미소를 지었다.

"그런가? 억지를 부릴 수는 없겠지. 유감이지만, 포기하지."

과장될 정도로 밝은 목소리. 간단히 물러나자, 반대로

불안해진 카논은 하웰즈를 올려보았다.

남자는 손목시계를 보고 말했다.

"미안하네만, 나는 지금부터 거래처에 얼굴을 보여야만 하네."

"아니요, 신경 쓰지 마시고……."

"대신 유리를 붙여주지. 이 녀석은 말이 많지만, 지식의 양은 보증하네. 안내 역할로서는 적임이야. ……유리, 뒤를 맡기겠다."

"네, 알겠습니다, 사장님~."

하웰즈의 시선을 받자, 유리는 착! 하고 경례를 했다.

"자자, 세 사람 모두, 가보도록 할까요~. 디체 페어는 볼만한 게 잔뜩 있다고요. 뭐니 뭐니 해도 600개 이상의 기업이 부스를 차리고 있으니까요. 이만큼 오토마타 메이커가 모여 있는 것은, 1년에 이 이틀간뿐이랍니다. 어느 회사든지, 자랑하는 신작을 진열해 뒀고, 보이는 모든 것이 다 새로운 것들입니다. 컨테스트에 사용할 아이디어도 분명히……."

기관총처럼 말을 뱉으면서 유리가 세 사람을 출구로 이끌었다.

두꺼운 문 바깥으로 나가기 전에, 문득 미나즈키는 돌아보았지만, 남자의 모습은 이미 없었다.

관계자 이외 출입금지 구역에서 나가자, 그곳은 사람으

로 우글우글했다. 작은 몸집의 유리는 금방 사람에게 파묻혀 버릴 것만 같았다.

“예년, 디체 페어의 방문객 숫자는 이틀에 10만 명입니다. 사람이 잔뜩 있으니 떨어지지 않도록 조심해 주세요~. 자 그럼, 사장님이 분부했으니, 의욕적으로 안내해버릴게요. 회장은 크게 세 곳으로 나누어져 있습니다. 오토마타의 전시, 판매를 하는 기업 부스, 오토마타의 부품과 부속품, 그 이외에 개조용 소품을 다루는 소매 부스, 오토마타에 의한 쇼 같은 것을 볼 수 있는 특설 스테이지입니다.”

유리는 기운차게 말했지만, 세 사람의 반응은 유감스럽게도 미적지근했다.

미나즈키는 카논을 호위하는 것밖에 머리에 없었고, 리타는 오토마타에 흥미가 없다. 유일하게 적극적일 카논은, 하웰즈의 권유를 거절한 뒤로 거북함을 느끼고 있었다.

유리는 세 사람의 시원찮은 표정을 둘러보고 “흐~음.” 하고 신음했다.

“그럼, 지금은 제가 가장 추천하는 기어를 소개할 타이밍이려나요. 바로 999(쓰리나인) 연결 갤럭시 기어입니다. 이거 전부, 인벌류트 톱니바퀴가 아니라 사이클로이드 치형이라고요. 어떤가요? 최고가 아닌가요? 모든 축이 1미크론도 어긋나지 않고 수많은 톱니바퀴가 계속 돌아가면서 그려내는 이상향(유토피아)……! 그것을 봤을 때, 저는 지금이라면 우주의 신비를 규명하고, 은하 필라멘트를 지배할 수 있는 게 아닐까 하고 착각했었답니다."

그 순간 카논이 반짝반짝 빛나는 눈으로 말을 시작했다.

"와아아 대단해! 사이클로이드×갤럭시 기어는 전 우주의 이상형이잖아요! 상상하는 것만으로 흥분했어요. 완벽하게 조화를 이룬 아름다운 세계가 보이는 것 같다고요. 분명히 그 새로운 우주에는 쓸모없는 에너지는 없을 거예요. 태엽에서 만들어지는 막대한 에너지가 톱니바퀴를 통해 수많은 별로 건네 지면서 은하 전체가 윤택해진다. 사이클로이드 치형은 이른바 다크 에너지인 거겠지요."

"오오, 잘 아시네요. 과연 사장님이 눈독을 들일만은 해요. 카논쨩과는 말이 잘 통할 것 같네요. 자, 999 연결 갤럭시 기어를 보러 가죠! 저희는 빅뱅의 목격자가 되는 거예요!"

"네, 신이 만들어 낸 지고의 우주 공간으로 가죠!"

유리와 카논이 이상할 정도로 고조되는 한편, 리타와 미나즈키는 말없이 멍하니 서 있었다.

얼이 빠진 표정의 리타가 미나즈키를 보았다. 미나즈키는 머리를 감싸 쥐었다.

"잠깐, 미나즈키. 무슨 소리 하는 거야, 저 두 사람."

"포기해. 아아, 마니아가 늘어나고 말았어……."

999 연결 갤럭시 기어를 다 같이 보러 가서, 현물을 앞에 두고 보고도 유리와 카논은 마니아밖에 통하지 않은 대화를 이어갔다.

미나즈키의 소감으로는 쓸데없이 복잡한 갤럭시 기어에 딱히 별다른 감개는 느끼지 않았다. 어디에 빅뱅이 보이는 것인가? 전혀 모르겠다. 리타의 경우는 한 번 본 것만으로 두통을 호소할 지경이었다.

그래도, 미나즈키는 카논에게 찰싹 달라붙었고, 리타는 미나즈키에게 찰싹 달라붙어 있기에, 세 사람이 따로 행동하는 일은 없었다.

몇 군데 부스를 돌았을 때, 리타가 킁킁 콧소리를 냈다.

"뭔가 맛있는 냄새가 나는데."

"이건 치즈 냄새, 그리고……?"

카논도 코를 움찔거리면서 주위를 둘러보았다. 유리가 웃는 얼굴로 말했다.

"디체는 프랑스랑 가까워서, 치즈가 맛있답니다. 회장 안의 레스토랑에서는 치즈 퐁듀를 제공하고 있을 거예요. 분명 그 냄새겠네요~."

그렇게 카논과 리타가 얼굴을 마주했다.

"치즈 퐁듀면 좋을지도 몰라. 점심 먹을까?"

"나도 찬성이야. 배가 고팠는걸."

"그럼, 저는 레스토랑 바깥에서 기다리고 있을게요. 출구 근처에 있을 테니, 여러분은 느긋하게 식사를 해주세요."

"어, 유리 씨도 같이 가지 않나요?"

카논이 이상하다는 듯이 말했다. 미나즈키도 리타도 같은 표정으로 유리를 바라보았다.

세 사람의 시선을 받은 백의의 소녀는, 안경 안쪽의 눈동자를 깜빡거렸다. 그 뒤로 곤란한 듯이 엷은 다갈색의 머리를 긁적였다.

"아하하, 저는 됐어요. 뭐라고 할지 여러분, 무척 사이가 좋은데 제가 방해하는 것도 미안하고……."

"딱히 방해될 것도 없잖아?"

"그래요. 아무도 유리 씨를 방해라고 생각하지 않는데요?"

어리둥절해 하는 리타와 카논을 보며 유리는 관자놀이를 움찔거렸다.

"……아니, 당신들은 그야 괜찮겠지만요. 저는 어웨이니까요."

"그렇지 않아요. 저희는 기어의 이야기를 나눈 사이잖아요? 레스토랑에서도 더 이야기 나누자구요!"

"또 기어에 관한 이야기를 할 작정이야?! 조금 전에 한참은 이야기했잖아?!"

"리타 씨, 기어가 이 세계에 탄생하고 나서 몇백 년이 지났다고 생각해? 고작 몇 시간 만에 이야깃거리가 다 떨어질 리가 없지. ……그러고 보니, 리타 씨도 아직 모든 기어 이야기를 들은 게 아니었지?"

"히이이이익, 들었어! 카논의 기어 이야기는 이미 충분해!"

"충분? 하지만, 리타 씨는 학교 수업도 따라가지 못하고 있고, 아마 그것은 내가 리타 씨에게 제대로 다 해설하지 못했다는 증거라고 생각해."

"아니야! 내가 오토마타를 잘 모르는 것은 카논 탓이 아니니까 안심해줘!"

"괜찮아, 리타 씨. 디체 페어는 기어의 예지를 이해하는 데 절호의 기회니까. 오늘이야말로 플레인 기어, 스파이럴 기어, 크라운 기어, 갤럭시 기어까지 충분히 해설해서……."

"흐앙, 도와줘, 미나즈키! 카논이, 카논이이이이!"

꺅꺅 아우성치는 붉고 하얀 소녀들을 앞에 두고, 유리는 불편한 듯이 몸이 흔들렸다.

"저~ 저는 정말 바깥에서 기다릴 테니까요, 신경 쓰지 마시고……."

슬슬 물러나려는 백의의 목덜미를 미나즈키가 덥석 잡았다. 돌아본 소녀에게 진지한 표정으로 말했다.

"우리한테 기어 이야기는 해봐야, 민폐란 말이다. 마니아끼리 대화 해줘."

레스토랑은 목조의 오두막을 이미지한 내부 장식이었다. 경쾌한 음악이 흐르고, 가게 안은 많은 손님으로 왁자지껄했다.

전시장 내부에 있기에 가게 안은 완전히 밀폐되어 있지 않았다. 치즈의 향기가 회장 안에서 풍기는 것도 그럴 법했다.

4명은 안쪽 벽 앞에 있는 테이블로 안내받았다. 카논 옆에는 미나즈키, 미나즈키 앞에 리타, 리타 옆에 유리라는 자리 순서였다.

"유리 씨는 언제부터 메티스 그룹에서 일하고 있는 건가요?"

점원인 접객용 오토마타에게 치즈 퐁듀를 사람 숫자만큼 주문했을 때, 카논이 물었다.

"7년 전부터랍니다. 흡혈귀와의 전쟁이 끝나고, 전 세계가 혼잡해져 있을 때 갈 곳을 잃은 저를, 사장님이 주워주셨어요. 저에게 사장님은 은인이랍니다! 잔뜩 오토마타에 관해서 가르쳐 주셨고, 이렇게 비서로서 고용해 주셨기도 하니……."

"저기, 7년 전? 유리 씨는 몇 살인가요?"

카논이 딴죽을 거는 것도 당연하다. 유리는 어떻게 봐도 중학생이다. 헐렁한 백의를 입고 있어도, 모든 파츠가 카논보다 작았다.

"저는 영원한 14세랍니다~. 그 이상은 딴죽 금지라고요."

"그건 실제 나이를 숨기는 대사네. 실은 뱀파이어라는 결론…… 은 아니겠구나."

리타는 유리의 손목을 잡고 체온을 확인한 뒤에 말했다. 미나즈키의 서모그래피 판정에 의해서도 유리는 인간이라는 결과가 나왔다.

"그렇다는 말은, 유리 씨는 메티스사일 때의 일은 모르는 거네요."

유감스러운 듯한 카논에게 유리가 고개를 갸웃했다.

"메티스사?"

"전시 중, 메티스 그룹은 메티스사라는 이름이었잖아요? 로고도 다르고요. 어떤 제품을 만들고 있었나 해서……."

그것은 인공두뇌에 관련된 질문이었다.

결국 《메타트론》에게 흡혈귀의 뇌가 사용되고 있는지는, 확인할 수 없다. 비서인 유리의 의중을 떠보는 것도 나쁘지 않은 시도다.

"그러고 보니, 카논쨩은 《뱌쿠단식》을 만들고 싶은 건가요?"

유리는 백의 자락을 만지작거리면서 물었다.

"저기 그게, 저는 대흡혈귀 전투용 오토마타를 만들고 싶은 게 아니라……."

"사장님의 말도 거절했죠. 그것은 즉, 카논짱은 《메타트론》이 아니라 《뱌쿠단식》을 만들고 싶다는 거잖아요? 저는 그렇게 받아들였는데요."

"그러, 네요. 저는 전투용을 만들고 싶은 게 아니예요. 그 점은 오해하지 않아 주셨으면 한달까……."

"……굳이 덜 떨어진 오토마타를 만들고 싶어 하는 것은, 어째서인가요?"

"덜 떨어진?"

카논만이 아니라, 미나즈키와 리타도 의문의 목소리를 냈다.

백의의 소녀는 안경을 들어 올렸다.

"사장님이 말씀하셨어요. 《뱌쿠단식》은 쓸데없는 것들을 집어넣은 탓에 완성도가 낮다고요. 《뱌쿠단식》은 덜 떨어지고 불완전하고 비효율적이에요. 쓸데없는 인공 장기를 없애면 더 경량화 할 수 있어요. 인공혈액의 양도 절반으로 충분했을 것이에요. 신경 케이블의 80%는 필요 없어요. 한편 관절 가동역과 암기의 양 같은, 전투 능력의 향상을 도모할 할 여지는 아직 많이 남아 있어요. 신기할 정도로 조잡한 완성도, 라고 하는 것이——."
"닥치도록 해. 그 이상 《뱌쿠단식》을 모욕하면 용서하지 않겠어."
뽑아 든 나이프를 떠올리게 하는 목소리가 유리를 막았다.
리타의 손은 테이블 위에서 꼭 쥐여 있었다. 흡혈귀 특유의 붉은 눈동자가 번뜩, 하고 유리를 포착하고 있었다.
리타의 압박을 받으면서도 유리는 느슨한 표정을 조금도 무너트리지 않았다. 가벼운 어조로 말했다.
"아하하, 화나게 해버렸나요? 의외네요. 오토마타를 잘 모르는 리타 양도 《뱌쿠단식》의 신자였던 건가요?"
"나만이 아니야. 아버님을 비롯한 헬바이츠에 있는 뱀파이어는 모두, 최강의 오토마타인 《뱌쿠단식》에게 경의를 표하고 있어."
"최강의 오토마타란 말인가요? 당시에는 획기적이었다고 생각합니다만, 지금은 《메타트론》이 있으니까 말이죠. 조금 전의 시합에서도 봤잖아요? 사장님이 만든 오토마타야말로 최강의 칭호에 잘 어울린다고 생각하지 않으셨나요?"
"무슨 소리 하는 거야. 《뱌쿠단식》은 지금도 최강인 게 당연하잖아."
고작 몇 주 전, 미나즈키와 싸워서 패배한 리타는 그다지 유쾌하지 않은 모양이다. 침묵을 지키는 은백색의 소녀에게 시선을 보냈다.

"카논도 가만히 있지 말고, 뭐라고 말해봐. 《뱌쿠단식》이 바보 취급당하고 있잖아. 분하지 않아?!"

하루미의 친딸이고, 미나즈키의 마스터이기도 한 소녀는, 하지만, 곤란하다는 듯이 미소를 지었다.

"유리 씨의 주장은 틀리지 않아. 《뱌쿠단식》은 무척 불완전한 오토마타야."

리타도 미나즈키도 경악했다.

"엉?! 뭐야 그게……!"

"그죠. 미래의 천재 기사인 카논쨩이 동의해줘서 기쁘네요. 그런데 저는 신경 쓰인단 말이죠. 어째서 불완전하다는 것을 알면서, 굳이 잘못 만들어진 오토마타를 만들어 내려고 하는 것인지……."

카논이 부정하지 않았기에, 유리가 득의양양하게 계속 말했다.

은백색의 소녀는 유리를 정면으로 바라보았다.

"――불완전한 게 그렇게 나쁜 일인가요?"

가게 안에는 어울리지 않을 정도로 경쾌한 음악이 한층 더 커졌다.

마침 그때 다가온 접객용의 오토마타가 4인분의 홍차를 테이블 위에 늘어놓았다. 유리는 거기에는 시선도 주지 않았다. 카논의 감색 눈동자를 빤히 바라보고 있었다.

"……아니 뭐, 무슨 말씀을 하시는 건가요? 카논쨩. 불완전한 오토마타는 안 되잖아요. 그런 것은 인정할 수 없어요. 저는 단호하게, 이의를 주장합니다."

"그럼 '완전'이란 무엇을 가지고 완전하다고 말할 수 있을까요? 오토마타의 기술은 나날이 진보하고 있잖아요? 어떻게 되면 '완전'하다고 할 수 있죠? 더 말하자면, 제작한 것의 평가도 완전하지 않은 인간이 하고 있으니, 어떻게 완전하다고 단언할 수 있는 오토마타를 만들 수 있는 걸까요?"

유리가 굳어 있었다.

카논은 자신의 컵에 티스푼 하나의 설탕을 넣고, 휘저으면서 말했다.

"비서인 유리 씨에게 이런 말을 하는 것은 좀 꺼려지지만, 저는 조금 전의 《메타트론》에게는 끌리지 않았어요. 분명히 강하고, 불필요한 것도 없고, '완전'할지도 모르겠네요. 그래도 저는 표정이 보이는 오토마타가 좋아요. 아무리 결함이 있다고 해도, 같이 생활하고, 여러 가지를 공유해주는 오토마타가 좋아요."

카논은 홍차의 컵에 입을 대면서 힐끗 미나즈키 쪽을 봤다.

미나즈키와 눈이 마주치자, 소녀는 바로 시선을 피했

다. 그 얼굴이 물든 듯이 보이는 것은 빛의 반사 때문일까?

"그런 건, 투기용이 아니라고요……."

신음하듯이 낮은 목소리가 끼어들었다. 유리는 물기 있는 눈으로 이쪽을 보았다.

카논은 유리의 시선을 받으면서도 "그러네요."라며 부드럽게 말했다.

"그러니까 저는 하웰즈 씨의 이야기를 거절한 거예요. 싸우기만을 위한 오토마타를 만들고 싶지 않아서."

컵을 내려놓은 카논은 유리에게 몸을 내밀었다.

"그 점에서, 《뱌쿠단식》은 달라요. 대흡혈귀 전투용 오토마타라고 해도, 전투에 필요 없는 기능이 잔뜩 있어요. 흡혈귀를 죽인다는 관점에서만 본다면 비효율적이고, 유리 씨가 말한 듯이 시원찮은 완성도일지도 모르죠. 하지만, 그들의 용도는 그것뿐이 아니니까요."

오토마타의 용도는 제작자가 결정한 추천 용도에 불과하다.

하웰즈가 카논에게 했던 말이다. 대흡혈귀 전투용의 미나즈키보다 전투에 특화되어있는데도, 《메타트론》은 투기용이었다. 혹시 그게 실전에 투입된다면, 웬만한 전투용 오토마타보다 전과를 올릴 것이다. 그래도, 그것은 어디까지나 투기용인 것이다.

눈앞에 있는 홍차를 미나즈키는 내려보았다.

인공 소화기관이 있는 《뱌쿠단식》은 그것을 마실 수 있다. 그리고 미나즈키에게는 카논의 개조 덕분에 미각까지 있었다.

그것은 흡혈귀를 쓰러트리는 데 필수적인 기능은 아니었다. 제작자인 하루미도, 이런 것은 알고 있었을 것이다. 그래도 인공 소화기관을 없애지 않았다.

결국, 대흡혈귀 전투용이란 《뱌쿠단식》의 용도를 한쪽 측면에서 나타내고 있는 것에 불과한 것이다.

카논은 즐거운 듯이 계속 말했다.

"조금 전에 유리 씨가 필요 없다고 말했던 《뱌쿠단식》의 파츠. 그거, 제대로 전부 의미가 있는 거랍니다. 저는 알고 있어요. 유리 씨한테도 알려드릴게요."

"……아니요, 됐어요……."

"그러지 말고, 이것을 알면 《뱌쿠단식》을 보는 견해가 바뀔 거예요. 인공 장기가 잔뜩 있는 것은 누군가와 같이 식사를 하기 위해서, 인공혈액이 전신을 돌고 있는 것은 누군가가 그들을 포옹했을 때, 온기를 느낄 수 있게 하려고, 신경 케이블이 많은 것은 그들 자신이 부드럽게 만져지는 것을 지각하기 위해서라고요! 어때요? 깜짝 놀랐나요?"

유리는 고개를 숙이고 있었다. 그 표정은 보이지 않았다.

대답하지 않는 소녀에게도 카논은 부드럽게 미소를 지었다.

"시원찮고 불완전하고 비효율적이라고 해도 좋잖아요. 《뱌쿠단식》은 제대로 인간으로서 살아갈 수 있도록 만들어져 있어요. 저도, 그런 온기가 있는 오토마타를 만들고 싶어요."

옅은 다갈색의 머리는 움직이지 않았다.

이윽고 부들부들 작은 몸이 떨리기 시작하고, 소녀의 앞에 있는 손도 대지 않은 홍차가 파동을 일으켰다.

유리의 이변에 세 사람이 의문으로 생각했을 때, 쿵! 하고 소녀의 주먹이 테이블을 때렸다. 백의의 소녀는 기세 좋게 일어났다.

"……거짓말이에요. 그런 걸 사장님은……!"

"오래 기다리셨습니다. 이 가게에서 자랑하는 치즈 퐁듀입니다."

분위기를 읽지 않는 접객용의 오토마타가 냄비를 가지고 와서, 유리의 대사는 중단되었다. 기가 꺾인 소녀는 힘없이 자리에 앉았다.

테이블 중앙에 냄비가 놓였다. 녹은 치즈가 부글부글 끓는 모습을 보고, 카논과 리타가 여자아이답게 환성을 질렀다.

접객용의 오토마타는 냄비 이외에, 빵이 담긴 바구니와

감자가 담긴 접시를 놓고 돌아갔다.

자 그럼, 이라며 미나즈키는 검을 검집에서 뽑는 기분으로 포크를 들었다.

카논과 리타는 미나즈키가 오토마타라고 알고 있다. 문제는 유리인데, 아직 확정된 게 아니라면 인간의 흉내를 낸다면 문제는 없을 것이다.

하웰즈는, 오토마타가 식사하는 것은 넌센스라고 말했다. 그의 비서인 유리에게 자신이 인간답게 식사할 수 있는 모습을 보여줄 필요가 있었다.

"우와~, 맛있어 보여! 치즈 퐁듀를 먹는 것은 오랜만이야."

"나도 냄비에 담긴 요리를 집에서 그다지 먹지 않는단 말이지."

"어, 왜? 리타 씨의 집은 가족이 많지 않아?"

"뱀파이어는 체온이 낮으니까, 뜨거운 것은 좀 어려워. 그러니까 냄비 요리는…… 아니 미나즈키, 감자만 먹고 있잖아!"

"우와아아 미나즈키, 그거 먹는 방법이 틀렸어!"

근처에 있던 산더미 같은 감자를 끊임없이 입안으로 옮기고 있던, 미나즈키는 움찔하며 손을 멈췄다.

아무래도 뭔가 저지른 모양이다.

여성들의 안쓰럽다는 시선을 한 몸에 받은 미나즈키는,

입안에 있는 삶아진 감자를 삼켰다. 그것을 얼버무리기 위해서 말했다.

"……단맛 없음, 짠맛 없음, 신맛 없음, 쓴맛 없음. 총평, 맛있지 않아."

"어떻게 된 거야, 카논. 미나즈키의 발언이 너무나도 수상쩍어. 이래서는 차라리, 전부 맛있다고 하는 게 낫지 않아?!"

"그렇지만, 총평뿐이라면 맛있는지 맛없는지 양자택일인걸. 뭔가 감상을 더 듣고 싶잖아?! 짠맛이 돈다든지, 끈적이는 단맛이라든지!"

냄비 뒤에서 소곤소곤 대화하는 리타와 카논.

하지만, 미나즈키의 미각 센서에는 그렇게 인식되는 것이다. 그 이외에는 할 말이 없다.

유리는 멍한 표정으로 미나즈키를 봤다.

"저기~, 미나즈키 군은……."

"사, 사실은 말이죠, 그는 극동의 나라에서 온 지 몇 개월밖에 안 됐어요! 그래요. 치즈 퐁듀라는 것을 오늘 처음으로 본 거예요! 그러니까 먹는 방법도 모르는 것은 당연한 일이지요, 하하하……."

당황해서 두둔하는 카논에게 유리도 "아~."라며 모호한 목소리를 냈다. 미나즈키에게 바보 취급하는 시선을 보냈다.

"그럼, 무지한 미나즈키 군을 위해서 제가 강의해드리죠. 그 냄비 안에는 몇 종류의 치즈를 끓여서 녹진녹진하게 녹아 있어요. 먹는 법은 먼저, 한입 크기의 빵과 감자를 퐁듀 전용의 가늘고 긴 포크로 찌르는 거예요. 다음에 그것을 냄비에 넣고, 녹은 치즈를 휘감았을 때 들어 올려서 먹어요."

깔보는 시선으로 유리는 말했다.

카논이 미나즈키에게 긴 포크를 건넸다.

"자, 이걸 사용해서 먹는 거야."

그 순간 유리의 눈이 번뜩 빛났다.

미나즈키는 건네받은 포크로 빵을 찔렀다. 그것을 냄비에 넣었다.

유리는 강의를 재개했지만, 그 어조는 짜증이 담기게 되었다.

"아~, 여기서 주의점은 말이지요. 들어 올릴 때 재료를 냄비 안으로 떨어트리지 않는 거예요. 만약 떨어트려 버리면, 그것은 예의가 없는 것이죠. 벌칙 게임을 설정하는 일도 있다고 하더군요. 예를 들어 같은 테이블의 사람에게 음료수를 산다든지, 이성에게 키스한다든지……."

"키스라고요?"

그 순간 테이블의 분위기가 일변했다.

기분 탓인지 주위의 기온이 떨어진 듯이 느껴진다.

"리타……? 카논……?"

냄비에 포크를 집어넣은 채로 미나즈키는 앞과 옆에 있는 소녀들을 번갈아 보았다. 그녀들은 진지한 눈동자로 바라보며, 미동도 하지 않았다.

유리도 그 자리의 이질적인 분위기를 느껴졌다.

"어, 어라? 어째서 지금부터 지구인 대 우주인의 최종 결전이 시작될 것 같은 분위기가 되어버린 건가요? 뭔가 제가, 곤란한 이야기를 해버렸나요?"

"유리 씨, 폭탄 워드가 포함되어 있었습니다……."

카논이 어깨를 축 늘어트렸을 때, 리타가 "훗훗후."하며 요사스러운 웃음소리를 냈다.

홍련의 눈동자를 불태우며, 송곳니를 드러낸 흡혈귀 왕녀는 일어섰다.

"결국, 설욕할 기회가 찾아왔어! 카논에게 리드당한 채로 있다니, 나는 인정할 수 없어. 벌칙 게임이라니 좋아, 하도록 하자. 치즈 퐁듀를 먹을 거면 벌칙 게임은 필수잖아."

"으으응? 아니요, 딱히 벌칙 게임을 반드시 설정해야만 하는 것은 아닌데요?"

"재료를 떨어트리면 이성에게 키스한다는 것으로 해. 다들, 이의는 없는 거지? 이의가 있다면 내가 날려버리겠어."

"어라? 이거 내 이야기 들을 마음 없는 거죠? 깔끔하게 무시해버렸는데요."

"……어떻게든 해서 리타 씨의 야망을 저지해야 해. 이대로라면 미나즈키가 리타 씨에게…… 헉, 아니아니, 나는 어디까지나 마스터로서, 미나즈키에게 그런 짓을 시킬 수 없다고 생각하는 것뿐인데……."

카논이 중얼중얼 혼잣말하는 중, 리타는 미나즈키에게 착 하고 손가락을 내밀었다.

"그렇게 되었으니 미나즈키. 치즈 퐁듀를 먹을 때는 냄비를 잘 휘저어서 치즈를 묻히도록 해! 그리고 포크로 재료를 꽂을 때는 바로 뽑을 수 있게 가볍게 찌르는 거야!"

"우와아, 미나즈키 군에게 벌칙 게임을 시킬 생각으로 가득한데요. 이렇게까지 노골적이면, 오히려 시원스럽네요."

의자에 등을 기대고 말한 유리는 문득 미나즈키를 봤다.

상황을 잘 모르는 듯한 기계장치 소년에게 백의의 소녀는 코웃음 쳤다.

"둔감한 건가요? 그렇지 않으면, 모르는 척을 하는 건가요."

미나즈키는 냄비에 시선을 내렸다. 그곳에는 조금 전에 넣었던 포크가 있다, 빵은 지나칠 정도로 치즈가 묻어 있을 터다.

거기다 더해, 벌칙 게임이 있다는 것을 몰랐기 때문에, 별생각 없이 포크를 찔렀다. 이것이 가장 난관으로서 미나즈키의 앞길을 막고 있다는 것은 틀림없었다.

포크를 든 손에 힘이 담겼다.

살짝 그것을 움직이자, 질척한 치즈가 냄비에서 불길한 얼룩무늬를 그렸다.

홍백의 소녀가 마른침을 삼켰다.

미나즈키는 눈을 감고, 정신통일을 했다. 가게 안의 명랑한 음악이 조용해져 가는 듯한 착각에 빠졌다.

무심. 집중력이 극한까지 높아진 순간, 미나즈키는 번뜩 눈을 떴다.

단숨에 포크를 들어 올렸다.

"""크……!"""

세 사람의 시선을 받은 포크 끝에는 분명히 빵이 있었다.

녹진녹진한 치즈에 휘감긴 빵이, 빛에 찬란하게 비치고 있었다. 그것은 미나즈키의 승리를 축복하는 듯이 살짝 김을 뿜어 올리고 있었다.

"좋아!!"

"쯧."

"휴."

미나즈키가 승리 포즈를 취하고, 리타가 혀를 찼고, 카논이 가슴을 쓸어내렸다.

유리는 차가운 목소리로 말했다.

“저는 지금, 인류사상 가장 진지한 치즈 퐁듀를 목격했어요. 이 테이블만 확연하게 분위기가 이상한 건에 대해서 누군가에게 코멘트를 받고 싶은데 말이죠.”

“단맛 없음, 짠맛 없음, 신맛 없음, 쓴맛 없음. 총평, 맛있어.”

“저차원적인 맛 표현 정말 감사합니다.”

치즈가 묻은 빵을 우물우물 씹은 미나즈키. 카논과 리타는 그 모습을 온화한 눈으로 지켜보았다. 유리만이 불쾌한 듯이 머리카락을 만지작거렸다.

홍백의 소녀들도 포크를 손에 들고 치즈 퐁듀를 시작했다. 이대로 평범하게 왁자지껄한 식사가 되리라고 생각했지만.

“어머, 빵이 냄비에 떨어져 버렸네. 이거 벌칙 당첨인걸.”

빈 포크를 손에 들고 리타가 대범한 미소를 띠고 있었다. 카논이 그것을 지켜보았다.

“리타 씨, 지금 일부러 하지 않았어?! 냄비 안을 휙휙 휘저었지?!”

“억지 주장이야, 카논. 본인이 빵을 떨어트리지 않았다고 해서, 트집을 잡지 말아줬으면 해.”

"그 발언으로 일부러 했다는 것이 확정! 그런 벌칙 게임이 아니야!"

"어머, 재료를 떨어트리면 키스하는 것은 이미 결정되어 있던 일이야. 어쩔 수 없네. 미나즈키, 이쪽을 봐."

리타가 이동하고, 미나즈키 옆으로 왔다.

소년의 목에 팔을 두르고, 붉은 소녀는 이쪽을 바라보았다. 시선이 얽히자, 소녀는 쑥스러운 듯이 뺨을 붉혔다.

"왜, 왠지, 막상 하려고 하니 부끄럽네."

리타는 설레면서 말했다.

진정되지 않고 흔들리는 소녀의 시선이 몇 번이고 미나즈키의 입술을 스치고 있다.

미나즈키는 그저 기다리고 있을 뿐이었다. 키스를 "상대를 입 다물게 하려고 하는 것"으로 여전히 오해하고 있는 기계장치 소년은, 부끄러워하는 소녀의 얼굴을 직시했다.

망설이면서 언제까지고 입맞춤하지 않는 리타에게 미나즈키는 의문을 품었다. 그 뒤로 어째서 리타가 망설이는지 깨달았다.

"아아, 내가 말을 하지 않으니까, 하기 힘든 건가. 내가 말하지 않으면 의미가 없는걸."

"뭐? 정말이지, 미나즈키는 아직도 착각하고 있었어?"

"착각? 무슨 소리지?"

"어쩔 수 없네. 됐으니까 입 다물어."

이윽고 결심한 리타는, 미나즈키에게 얼굴을 가까이 댔다.

내리깐 눈동자. 긴 속눈썹. 장밋빛으로 물든 얼굴.

점점 소녀의 얼굴이 다가왔다.

살짝 떨리는 입술이 소녀에 닿으려고 했을 때,

"아————아아앗!!"

카논이 성대한 목소리를 내자, 미나즈키는 반사적으로 돌아보았다. 리타의 입술이 허공을 갈랐다.

보니까, 그곳에는 냄비에 떨어트린 빵이.

"나도 빵을 떨어트려 버렸으니까, 벌칙 게임을 해야겠어."

카논이 아무것도 꽂혀 있지 않은 포크를 들어 올리고, 의기양양한 듯이 말했다. 리타의 시선이 날카로워졌다.

"뭐어어어?! 일부러야. 분명 일부러 그랬지?!"

"억지 주장이야, 리타 씨. 타이밍이 안 좋았다고 해서, 트집 잡지 말아줘."

"으으윽, 노렸지! 일부러 그 타이밍에 떨어트린 거지!"

리타와 카논이 자리에서 일어나, 그대로 언쟁에 돌입했다.

방치된 미나즈키는 치즈 퐁듀를 재개했다. 포크에 빵을 꽂고, 냄비에 넣은 뒤에 들어 올렸지만,

"아."

긴장을 풀고 있었던 탓인지 빵이 떨어졌다.

"……."

미나즈키는 냄비를 바라본 채로 굳었다. 말다툼하는데 바쁜 카논과 리타는 미나즈키가 빵을 떨어트린 것을 눈치채지 못했다.

문득 미나즈키는, 또 한 명의 동석하고 있는 소녀를 시선만으로 보았다.

유리는 살기 어린 눈동자로 미나즈키를 응시하고 있었다. 여자 중학생의 표정이 아니다.

"……뭔가요, 미나즈키 군. 잘됐네요. 이것으로 저 두 사람과 키스할 대의명분이 만들어졌어요. 축하합니다."

"벌칙 게임이란 페널티와 동의어잖나? 어째서 '축하합니다'라는 말이 나온 거지?"

"잘도 말하네요. 무관심한 표정을 짓고 있지만 내심, 미나즈키 군은 이 벌칙 게임을 환영하고 있잖아요? 미나즈키 군에게 디메리트는 없는걸요."

"뭐, 누구에게도 디메리트는 없겠지."

말한 순간, 유리는 쯧 하며 얼굴을 찌푸렸다.

"둔감한 척 하더니, 제대로 잘 알고 있잖아요. 아~ 짜증이 막 일어나네요. 어째서 내가 여러분들의 익살극을 구경해야만 하는 건가요? 그러니까, 레스토랑에 들어오는게 싫었어요……."

혼자 투덜거리던 유리는 미나즈키에게서 얼굴을 돌렸다.

미나즈키는 냄비에 떨어진 빵을 먹어서 증거인멸을 했다. 그 뒤로 유리 옆으로 이동했다.

"카논쨩도 리타 양도 좀 이상해요. 소꿉장난의 영역을 뛰어넘었어요. 아무리 미나즈키 군의 겉모습이 조금 괜찮다고 해서…… 아니, 기다려 주세요, 미나즈키 군. 어째서 나에게 얼굴을 가까이 대고 있는 건데요?!"

"어째서냐니, 키스하기 위해서가 당연하잖아?"

이 세계의 섭리를 설명하는 듯이 미나즈키는 말했다.

미나즈키는 이미, 유리의 등 뒤에 있는 벽에 손을 대 그녀를 가두고 있었다. 흔히 말하는 벽쿵 상태다.

유리가 눈을 부릅떴다.

"어, 잠깐, 의미를 모르겠어요! 싫어요. 단호하게 거부하겠어요. 떨어져 주세요!"

"벌칙 게임이야. 싫어도 포기해."

"웃기지 말라고요! 누구의 벌칙 게임인데요?! 이래서는, 내가 벌칙 게임을 당하고 있는 것 같잖아요. 싫어요, 싫어, 절대 싫어요! 정말 그만두세요!"

"……어째서지? 카논은 싫어하지 않았는데, 어째서 너는 싫어해……? 이해 불능이야."

"모든 여성이 자신에게 반했다고 생각하는 건가요?! 말도 안 되는 나르시시스트 자식이네요! 그런 거라면, 저기서 말다툼하고 있는 두 명하고 해주세요. 눈앞에서 노닥대는 꼴을 보는 것은 부아가 치밀지만, 말려드는 것보다야 낫죠."

"그렇다고 해도, 저 녀석들은 내 실수를 눈치채지 못했으니까……."

"정말, 어째서 중요할 때 놓치는 걸까요, 저 두 사람은……! 알았어요. 그렇다면 저도 못본 걸로 해드리죠. 미나즈키 군은 빵을 떨어트리지 않았어요. 이걸로 모두 오케이잖아요?"

"그렇게 할 수는 없지. 나는 너에게 빚을 만들 생각은 없어."

"빚이라니, 고작 치즈 퐁듀의 벌칙 게임 정도에 빚이고 뭐고…… 아니, 얼굴 가깝다고요. 귀에 숨이 닿은 것도 안 돼요! 미나즈키 군 상대로 이런 것은 절대 싫다고요!"

소년의 안면을 꾸우욱! 밀어내며, 유리는 필사적으로 막았다.

격렬한 저항과 부딪힌 미나즈키는 문득 소녀의 안경에 손을 뻗었다. 그것을 벗겼다.

그렇게 한 것은, 카논과 본 연애 영화에서 키스하기 전에 그렇게 하는 장면이 있었기 때문이었다. 미나즈키의 메모리에 있는 영화의 한 장면을 충실하게 재현했다.

깊은 녹색의 눈동자가 크게 떠졌다.

유리의 안경을 벗긴 미나즈키는, 그것을 보고,

"뭐야, 이거. 도수가……."

"돌려주세요!!"

가게 전체를 울리는 큰 성량에 그 자리는 고요해졌다.

카논과 리타도 말다툼을 중단하고 유리를 봤다.

앳된 소녀는 상처 입은 짐승처럼 맹렬하게 미나즈키에게서 안경을 빼앗았다. 너무 박력에 넘쳐서 미나즈키가 반응할 수 없었을 정도다.

안경을 쓰자마자, 유리는 팸플릿을 탁! 하고 테이블에 내동댕이쳤다.

"이거 가지고 멋대로 돌아다녀 주세요! 저는 이만 실례하겠어요!"

카논과 리타가 뭔가 말하기 전에, 유리는 성큼성큼 백의를 휘날리고 떠나갔다. 미나즈키에게는 한마디는커녕 눈길 한번 주지 않았다.

실내에 웅성거림이 돌아왔다.

미나즈키는 묘하게 기억에 있는 뒷모습을, 그만 배웅하고 말았다.

† † †

"……보고는 이상입니다."

유리가 세 사람과 있을 때의 상황을 대략 보고해도, 남자는 여전히 등을 돌리고 있었다. 노고를 위로하는 말 한마디 없다.

회장 안에 있는 판매 스페이스에서, 하웰즈는 유리 벽을 통해 부스를 내려보았다. 그의 시선이 닿는 곳에는 인파 안에서도 찬란하게 빛나는 은백색의 소녀가 있다.

"모두 계획 그대로다. 이 뒤의 계획은 알고 있겠지."

"네, 사장님."

하웰즈의 말에 곧바로 대답하는 유리. 하지만, 유리 자신도 눈치챘지만, 그 목소리에 색채가 없었다.

가슴 속에는 살짝 불협화음이 울리고 있었다.

아래를 내려보면, 레스토랑을 나온 세 사람은 여전히 질척질척 달라붙어서 회장을 돌고 있는 듯했다. 소녀들이 소년의 팔을 양옆에서 당기고 있다.

뺨을 붉히고 소년을 보는 카논. 소년에게 호의를 숨기지 않는 리타. 두 소녀가 연모하고, 그것을 당연한 듯한 표정으로 감수하는 미나즈키──.

정신을 차리고 보니 손에 힘이 들어가 있었다. 양손에 들고 있던 크레이프가 뭉개질 것 같아서 유리는 허둥지둥 손에 힘을 뺐다.

그때야 겨우, 흥! 하고 하웰즈가 코웃음 쳤다.

돌아본 남자가 유리의 손을 확인하고 의아한 표정을 지었다.

"유리, 그건 뭐지?"

"특대 초콜릿 바나나 크레이프입니다. 회장 안에서는 가볍게 먹을 수 있는 게 크레이프밖에 없어서, 찾아온 손님 대부분이 점심 대신으로 사고 있었습니다. 이것은 그 중에서도 가장 인기가 높아서……."

"그런 것은 알고 있어. 어째서, 네가 그런 것을 들고 있지?"

맹금을 떠올리게 하는 날카로운 눈으로 유리를 포착했다.

오랜만에 하웰즈가 빤히 바라보자, 유리는 환희와 긴장이 온몸으로 퍼져가는 것을 느꼈다.

입안의 침을 삼켰다.

"이것, 은, 사장님이 드실까, 싶어서, 두 개 있는 것은, 만약 부족하면 곤란한 것과, 그리고 사장님이 드신다면, 저도 옆에서 같이, 먹을까 싶어서……."

유리는 양손의 크레이프에 시선을 떨어트리고 횡설수설 말했다. 평소에는 말을 잘하는 그녀지만, 이번만은 제대로 혀가 돌아가지 않았다.

뇌리에는 레스토랑에서 본 세 사람이 슬쩍 떠올랐다.

소년이 식사하는 모습을 보고, 기쁜 듯이 미소 짓는 소녀들. 그것을 뇌내에서 자신과 하웰즈로 바꿔 넣고 있던 유리는 문득 하웰즈가 말없이 그대로 있는 것을 깨달았다. 살짝 올려보면서 살폈다.

남자는 무척 차가운 눈으로 자신을 보고 있었다.

혐오와 경멸.

남자의 눈빛에서 그것을 읽고, 유리는 떨었다. 잘못되었다는 것을 깨달았다. 알고 있었을 터였다. 그래도 그 세 사람을 보고 있었더니 바라지 않을 수 없었다.

밀물처럼 몰려오는 후회의 감정 속에서 유리는 움츠러들었다.

남자는 이윽고 심판을 내리듯이 말했다.

"두 번 다시 이런 시시한 짓은 하지 말도록."

죄송합니다, 라는 메마른 목소리가 남자의 귀에 닿았는지 모르겠다.

유리의 눈앞은 새까맣게 변했다. 지금이라도 무릎에 힘이 풀릴 것 같았다.

"미나즈키와 싸우게 한 《메타트론》의 조정에서 실수가 있었다. 투기용은 우리의 간판이다. 조정 미스는 허락되지 않아. 내일 시합에서는 실수하지 마. 그리고 올해는 예상 이상으로 부스에서의 판매 추이가 좋아. 특히 가전용의 오토마타 중에, 이하의 제품은 재고를…….”

하웰즈는 이미 사무적인 대화로 돌아갔다. 그 목소리가 왠지 멀리 들렸다. 유리는 대답하는 것도 잊고, 양손에 들려 있는 크레이프의 무게를 느꼈다.

“……어이, 듣고 있나, 유리!”

갑자기 턱! 하고 등을 치는 감각에 유리는 정신을 차렸다. 균형이 무너졌다. 그 바람에 손에 있는 크레이프는 포장에서 쏙 빠져버렸다.

“앗.”

초콜릿 소스가 뿌려진 생크림과 바나나가 떨어져 가는 것을 유리는 슬로우모션으로 본 기분이 들었다.

철푸덕, 하고 크레이프가 바닥에 추락했다.

갑자기 바닥에 생겨난 두 개의 첨탑을 내려보고 유리는 멍하니 서 있었다.

하웰즈는 그것을 아무런 감정 없이 힐끗 봤다.

“10분 뒤에 다음 거래가 있다. 단내나는 방에서 거래할 수 있겠나? 그건 바로 처분해 두도록 해.”

내뱉듯이 말하고, 남자는 방을 나갔다.

쿵, 하고 문이 닫혔다.

“……네, 사장님.”

남자가 없어진 방에서 유리는 바닥에 무릎을 꿇었다.

무참하게 뭉개진 크레이프를 주웠다. 그것을 빤히 바라

본 소녀는 천천히 입에 쑤셔 넣었다. 처분하기 위해서 입에 넣고, 씹고, 삼켰다.

처음 먹은 크레이프의 맛은 아무것도 알 수 없었다.

――나는 그저, 사장님과 같이 먹고 싶었을 뿐인데.

입가가 검은 소스로 더럽혀지고, 소녀는 유리창 뒤를 바라보았다.

깊은 녹색의 두 눈에는 사이좋게 크레이프 노점에 줄을 서 있는 세 사람의 모습이 비쳤다.

COMMAND Wake up, Order, Shut down

Episode.3

3장 ☆ 마니아의 마니아에 의한 마니아를 위한 함정

뜨거운 철판에 크림색의 액체가 떨어진다.

단 한 번의 움직임으로 그것을 균일한 두께로 펼친 청년은 재빠른 솜씨로 그것을 뒤집었다. 착! 하는 경쾌한 소리가 났다.

그 위에 순백의 휘핑크림을 잔뜩 짜 넣고, 바나나를 통째로 몇 개 호쾌하게 올리더니, 초콜릿 소스를 콸콸 대량으로 부었다. 옅은 갈색이 된 크레이프를 세심하게 접고, 부채꼴로 만들어서 종이로 감싸면 완성이다.

"자, 가장 인기 많은 특대 초콜릿 바나나 크레이프 나왔습니다."

크레이프 노점에 있는 청년이 멋진 미소를 지으며 미나즈키에게 막 완성된 크레이프를 내밀었다. 이 청년도 오토마타다. 아무래도 디체 페어에 출전한 어떤 기업의 신제품인 모양이다.

무척 중량감이 있는 크레이프를 들고 미나즈키는 소녀들에게 돌아갔다. 카논과 리타는 이미 자신들의 크레이프를 먹고 있었다.

"아, 미나즈키도 '특대'로 했어? 그렇게 많이 먹으면 중량 오버가 되지 않을까?"

카논이 미나즈키를 배려하며 걱정스러운 듯이 말했다. 그녀의 손에 있는 크레이프 역시나 '특대'였다. 구운 반죽에서 캐러멜 소스가 흘러넘치고 있다.

"만약 다 먹지 못하면 내가 먹어줄게. 미나즈키, 한 입 교환하자."

리타는 미나즈키에게 라즈베리 소스가 뿌려진 크레이프를 가까이 댔다. 그곳에서 아이스크림을 확인한 미나즈키는 물어뜯었다.

"꺅."하고 기뻐하는 리타. 그 옆에서 카논이 "미나즈키! 아이스크림이라면 이쪽에도 있어!"라며 자신의 크레이프를 들이밀었다. 그쪽도 물어뜯었다.

레스토랑의 치즈 퐁듀를 만끽한 뒤에 세 사람은 디저트 대신 노점의 크레이프를 먹기로 했다. 카논과 리타가 말하기로는 회장 안에서 치즈만이 아니라 달콤한 냄새도 풍겼다고 한다. 그래서 두 사람은 알고 있었던 건가.

소녀들의 아이스크림을 나눠 먹은 뒤에 미나즈키는 머리가 차가워졌다. 상쾌한 서늘함이 몰려와서, 잠시 큰 행복감에 잠겼다.

"단맛 있음, 짠맛 없음, 신맛 없음, 쓴맛 없음. 총평, 맛있어……."

"휴, 신경 쓰이네, 유리 씨. 어떻게 된 거려나."

카논은 유리가 남기고 간 팸플릿을 바라보고 침울하게 말했다. 유리가 도중에 사라진 것에, 그녀는 누구보다 신경을 쓰고 있었다. 오토마타 마니아로서 의기투합했으니 무리도 아니다.

"신경 쓸 거 없다니까. 뭔가 용건을 떠올린 걸지도 몰라."

"그렇게는 보이지 않았는데…… 미나즈키, 진짜 유리 씨에게 실례되는 짓은 하지 않았어?"

"문제없다. 안경을 벗겼을 뿐이야."

사실은, 싫어하는 여성에게 키스를 강요했다는 말도 안 되는 실례를 했었지만, 미나즈키 자신은 실례라고 생각하지 않으니 보고되지 않았다.

"그 정도로 화나서 사라지는 것도 이상하네."

"혹시, 그 안경은 유리 씨의 생사와 연관된 소중한 물건이었다든지……?"

"안경에 도수가 들어가지 않았어."

미나즈키의 말에 카논과 리타가 같이 고개를 갸웃했다. 미나즈키는 자신의 크레이프를 씹으면서 이어서 말했다.

"그건 그냥 장식이야. 사라져도 곤란한 물건이 아니지."

"패션 안경이라는 거네. 아~ 정말, 여기서 고민해도 소용없어. 그렇게 신경이 쓰이면, 다시 메티스 그룹의 부스로 가보면 되잖아. 그녀도 사원이니까, 그곳에 있겠지. 직접 만나는 편이 빨라."

"응, 그렇게 할까……."

카논은 서둘러서 크레이프를 다 먹고, 포장지를 가까이 있는 쓰레기통에 버렸다.

"나, 유리 씨를 만나고 올래."

"좋아, 가자."

메티스 그룹의 부스로 달려가려는 카논에게 미나즈키도 뒤따랐다. 그때 카논이 발을 멈추었다.

"미나즈키는 여기서 기다려."

"무슨 소리 하는 거지? 네가 가는 곳은 나도 동행하는 게 당연하잖아."

"으~응, 이번에는 괜찮아. 나 혼자 다녀올게."

"아니, 싫어. 하필이면 메티스 그룹의 부스에 너를 단독으로 보낼 수 있겠어?"

"무슨 걱정을 하는 거야? 미나즈키. 하웰즈 씨와 이야기는 이미 끝났잖아. 아주 잠시 유리 씨와 만나고 오는 것뿐이니까."

"하웰즈가 그걸로 물러날 거라고는 생각할 수 없어. 아무튼 나는 너를 따라갈 거니까."

크레이프를 입에 쑤셔 넣고는 미나즈키가 완고하게 의

지를 드러냈다.

카논이 곤란한 듯이 눈썹을 내리깔았다.

"휴, 미나즈키, 이해를 못 하네. 카논은 미나즈키가 따라오면 민폐인 거야."

"민폐?!"

아닌 밤중에 홍두깨다. 어째서, 카논과 동행하는 게 민폐라는 거지?

이유를 이해하지 못하는 미나즈키에게 리타는 의기양양한 얼굴로 계속 말했다.

"그도 그럴 게 미나즈키가 자각도 없이 유리에게 뭔가 했을 가능성이 큰걸. 미나즈키가 원인이 되어서 화가 났다고 한다면, 본인이 가지 않는 편이 나은 때도 있어."

"뭐지, 그 논리는? 내가 화나게 했다면, 내가 가서 결판을 내야 하잖아."

"그런 인간관계의 미묘함을 알지 못하니까, 미나즈키가 가면 민폐인 거야."

"미나즈키."

카논을 보자, 은백색의 소녀는 진지한 표정으로 미나즈키를 바라보고 있었다.

"나를 지키려고 해주는 것은 알지만, 뭐든 내 뒤에 찰싹 붙어서 따라온다고 좋은 게 아니야. 요즘 들어, 미나즈키는 지나치게 과보호해."

"문제없다. 그걸로 네 안전은 완벽하게 지켜지고 있어."

"문제 있어! 미나즈키는 아무리 생각해도 지나치니까."

그래도 미나즈키가 반론하려고 했을 때, 카논이 소년의 손을 잡았다. 미나즈키의 손이 따스함에 감싸였다.

"알잖아? 엄마는 미나즈키가 나를 지키기만 하는 기계가 되지 않아 줬으면 했던 거 아닐까?"

그 말에 미나즈키는 침묵했다.

시선을 떨군 기계장치 소년에게 카논은 상냥하게 설득했다.

"엄마가 목표로 삼은 오토마타는 인간 그 자체니까. 미나즈키가 인간답게 되려면 나와 따로 행동하는 것도 중요한 일이야. 내가 유리 씨와 만나는 사이에, 리타 씨와 부스를 둘러보면 어때?"

"좋은 말이야, 카논! 그래, 미나즈키. 나와 같이 돌아보자."

리타는 곧바로, 미나즈키의 팔을 감쌌다. 리타가 바짝 달라붙어도 미나즈키는 떫은 표정이다. 카논에게서 시선을 떼는 것이, 기계장치 소년에게는 자신의 사명에 반하고 있다는 기분이 들어서 참을 수 없었던 것이다.

하지만, 다름 아닌 소유자(카논)의 의향이다.

——이것도 '적'과 사이좋게 지내기 위한 훈련의 일환인가?

미나즈키는 탄식하며 수긍했다.

"알았어, 리타와 부스를 돌아보면 되는 거겠지?"

"그냥 돌아보면 좋은 게 아니야. 제대로 리타 씨에게 해설을 해줘. 리타 씨, 학교의 수업에 따라가지 못할 수준으로 오토마타의 지식이 없으니까."

의욕이 없다는 것이 표정에 빤히 쓰여 있는 소년에게, 카논은 제대로 다짐해뒀다. 카논은 팸플릿을 힐끗 본 뒤, 리타에게 말했다.

"그렇게 되었으니 리타 씨, 미나즈키를 잘 부탁해. 1시간 뒤, 3시 50분에 메티스 그룹의 부스 옆에서 집합이야."

"맡겨둬. 3시 50분 말이지."

카논과 리타는 손을 흔들며 헤어졌다.

인파 속으로 사라져가는 은백색의 소녀를 아쉬운 듯이 배웅하고 있자, 리타가 반짝반짝 빛나는 미소로 쳐다보았다.

"해냈네, 미나즈키. 데이트야, 데이트!"

중소기업의 부스는 서로 가까이 배치되어 있고, 강처럼 연결되어 있었다. 그게 여러 줄기다.

미나즈키와 리타는 양옆에 부스가 배치된 통로를 걸었다.

"왠지 축제 같네. 본 적도 없는 오토마타가 잔뜩 있었어."

미나즈키의 팔을 안고 있는 리타는 빈번히 두리번두리번 둘러보았다.

"오토마타 마니아들의 이야기로는 이곳에 최신 모델이 갖춰져 있다는 모양이니까. 자 그럼, 뭐부터 해설해볼까? 회장에 있는 오토마타를 전부 설명하려면 하루가 있어도 부족하다고."

오토마타도 인간도 우글우글한 회장 안에서 미나즈키는 당혹스러웠다.

그때 리타가 팔을 잡아당겼다.

"있잖아, 저쪽에서 좋은 냄새가 나."

"너 또 그거냐?"

"그렇지만, 사실이니까 어쩔 수 없잖아. ……맞아 그랬지, 미나즈키는 냄새를 모르지?"

리타는 아쉬운 듯이 봤다. 미나즈키는 어깨를 으쓱했다.

"그래서, 그 냄새는 어디서 나는데?"

"이쪽이야, 이쪽."

리타에게 이끌려서 한 부스로 들어가자, 남성형의 오토마타가 여러 대 늘어서 있었다. 다들, 컵 앞에서 뭔가 하고 있다. 아무래도 커피를 타고 있는 모양이다.

리타가 한 대의 곁으로 다가가서 손을 들여다보았다.

"봐봐, 미나즈키. 이거 라떼아트야. 하트를 그리고 있어. 귀엽네."

그것에는 시선도 주지 않고, 미나즈키는 리타에게 해설해야 하는 제품 정보를 찾았다.

"이것은 접객용의 오토마타 커피주인(바리스타)이야. 에델라이트 500인 태엽을 사용하고 있기에, 추정 최장 가동 시간은 2주일. 음식점에서 반드시 한 대는 두고 있는 타입의 오토마타이고, 핸드드립으로 얼마나 맛있는 커피를 만드는가를 추구하고 있어서……."

리타가 갑자기 입술에 손가락을 대자 미나즈키의 말은 멈추었다.

"정말, 미나즈키까지 카논 같은 해설하지 마."

어느 사이에 리타는 미나즈키 쪽을 돌아보고 있었다. 뺨을 부풀리고 있다.

"카논 같다고? 그 녀석의 영원히 끝나지 않는 의미 불명의 이야기와 같이 취급하지 마."

"후훗, 미나즈키도 카논의 그것은 이해하지 못하는 거네."

"당연하지. 그런 것을 이해할 수 있다니 있을 수 없어."

두 사람이 오토마타 앞에서 대화를 나누고 있자, 작은 종이 컵을 든 인간 스태프가 가까이 다가왔다. 막 만든 커피를 시음하게 해주는 모양이다. 권유받은 대로, 두 사람은 종이컵을 받았다.

리타는 향기를 맡고 "으~응, 좋은 향기네."라며 미소 지었다. 반응이 좋아 보이는 리타에게 스태프도 적극적으로 상품 설명을 시작했다. 조금 전에 미나즈키가 한 설명보다 전문적인 이야기다.

처음에는 싱글벙글 듣고 있던 리타지만, 점점 흐름이 이상해졌다.

"이쪽의 제품은 솔라형 원라인의 갤럭시 기어라서…… 특수한 샤프트의 재질 덕에 스테인리스기에 녹이…… 인공 피부는 살균 방수 내열 가공을 해두었고……."

판매할 마음으로 가득한 스태프의 영업 토크가 멈추지 않았다.

상품 설명이 끝났을 때, 리타는 진심으로 지긋지긋하다는 표정으로 바뀌었다. 카논의 강의를 받은 뒤 같았다. 온몸에서 피로감이 풀풀 풍겼다.

리타의 반응이 그다지 호의적이지 않자, 스태프는 미나즈키로 표적을 바꾸었다. 영업 미소를 한껏 지으면서 미나즈키에게 어필했다.

"남자 친구분은 어떠신가요? 우리 《바리스타》가 만든 커피는 어땠습니까?"

미나즈키는 손에 있는 새카만 액체를 단숨에 다 마시고, 말했다.

"단맛 없음, 짠맛 없음, 신맛 있음, 쓴맛 있음. 총평, 맛

있지 않아."

리타가 들뜬 발걸음으로 걷고 있었다. 콧노래까지 부르는 그녀를 미나즈키는 신기한 듯한 시선으로 바라보았다.

"조금 전까지 초췌했는데, 이상한 녀석이군. 그렇게 《바리스타》의 부스에서 나가고 싶었다면, 재빨리 나갔으면 좋았을 텐데."

자신도 모르게 미나즈키가 말하자, 리타는 빙글 돌아보았다. 파도치는 붉은 머리가 선명하게 흩날렸다.

"아니야. 뭐, 그 설명은 전혀 모르겠지만, 그게 아니라."

리타는 미나즈키에게 찰싹 몸을 붙였다. 소녀의 머리가 미나즈키의 어깨에 올라왔다.

"우리, 연인처럼 보이고 있었네."

속삭이듯이 리타는 말했다.

힐끗 옆을 보니, 소녀의 뺨은 살짝 상기되어 있었다. 이쪽을 바라보는 눈동자는 미묘하게 촉촉했다. ……몸 상태라도 안 좋은 걸까?

미나즈키가 그렇게 생각했을 때, 리타가 "앗."이라며 소리를 질렀다.

"미나즈키, 저쪽에서 과자를 나눠주고 있어. 받으러 가자."

"너도 학습하지 못하는구나? 그러다가 조금 전에 스태프에게 잡혔잖아? 저건 손님을 끌기 위한 트랩이다."

"하지만, 미나즈키가 쫓아줬잖아. 미나즈키가 '맛있지 않아'라고 말했을 때 스태프의 얼굴, 지금도 떠올리면 웃겨."

리타는 킥킥 웃었다.

《바리스타》의 스태프는 미나즈키의 대답을 듣자마자, 거북스러워하며 사라졌다.

"나는 미각 센서에 인식된 그대로 말했을 뿐이야. 쫓을 마음은 없었어."

"그래? 커피는 평범하게 맛있었는데."

"호오? 그것은 문제로군. 미각 센서의 사양에 의하면, 쓴맛이 있는 경우는 모두, 총평은 '맛있지 않아'가 된다만."

"쓰다고 다 맛없는 것은 아니잖아. 미각이란 어려워."

미나즈키는 트랩을 깔아둔 부스에서 리타를 애써 멀리 하면서 계속 걸었다. 그러자, 또 잡아당겼다.

"미나즈키, 저기, 액세서리를 팔고 있어."

미나즈키가 무슨 말을 하기도 전에, 붉은 소녀는 달려가 버렸다.

그 부스에는 쇼케이스가 쭉 늘어서 있었다. 리타는 흥미진진하게 케이스 안을 들여다보았다.

"신기한 유백색이네. 뭐로 만들어져 있을까? 조개껍데기? 상아?"

"에델라이트로군."

"와~, 에델라이트. 손바닥보다 작은데, 대단한 가격이야. 이거 한 개로 집도 지을 수 있겠어."

"그야, 헬바이츠에서만 채취할 수 있는 희소한 광석이니 말이지."

"전부, 소용돌이 형태를 하고 있는데 이곳의 브랜드는 이 모티브가 특징인 걸까?"

"태엽 스프링이니까 전부 소용돌이인 게 당연하잖아! 너는 이것을 대체 뭐라고 생각하는 거야!"

미나즈키가 참지 못하고 딴죽을 걸자 리타는 진지한 표정으로 눈을 깜빡거렸다.

"펜던트 보석이라고 생각했는데."

휴우우우우, 하고 혼이 빠져나갈 듯한 한숨이 미나즈키의 입에서 흘러나왔다.

"……잘 들어. 오토마타의 왼쪽 가슴에는 소용돌이 형태의 태엽 스프링이 박혀 있어서 말이지, 그것을 태엽 열쇠로 돌리면 용수철이 조여지고, 탄성 에너지가 발생하는 거야. 우리는 그것을 동력으로 삼아……."

"앗, 저쪽에 다른 디자인이 있어!"

"들으라고!!"

리타는 다른 것에 흥미를 보이며 가버렸다.

미나즈키는 머리를 감싸 쥐었다. 리타에게 오토마타의

해설을 한다는 임무가 절망적으로 느껴졌다. 난이도가 너무 높다.

수수께끼의 피로 때문에 쇼케이스에 기대고 있자,

"있잖아~ 있잖아, 미나즈키. 이거 어때? 어울려?"

그런 말을 듣고 미나즈키는 얼굴을 들었다.

아름다운 붉은 머리카락에 황금을 장식한 소녀가 있었다.

잘 어울린다.

누구라도 그녀의 아름다움을 비방할 수는 없을 것이다. 불꽃 같은 머리카락에 찬란하게 빛나는 황금이 잘 어울려서, 그녀의 신비로움을 충분히 끌어내고 있었다. 묶은 머리카락의 뿌리 부분에는 황금빛의 하트 형태 오브제가 엮여서, 사랑스러움도 동반하고 있다.

미나즈키가 빤히 바라보자, 리타는 부끄러운 듯이 눈을 내리깔았다. 그 뺨에 열기가 어리기 시작했다. 소녀는 높이 뛰는 심장 소리를 감추려는 듯이 풍만한 가슴에 손을 대고, 미나즈키의 말을 기다리고 있었다.

미나즈키는 소녀의 머리카락에서 하트를 하나 뽑았다.

마치 한 송이 꽃을 내미는 듯이 그것을 리타의 앞으로 가지고 오더니, 미나즈키는 말했다.

"기억해둬. 이게 태엽 열쇠야."

"그것부터 빨리 말하란 말이야, 미나즈키 바보! 머리핀이라고 생각했잖아."

"네가 내 이야기를 듣지 않아서 그렇잖아? 나는 태엽 스프링과 태엽 열쇠에 관해서 설명했는데."

리타와 미나즈키는 액세서리가 아니라 태엽을 판매하는 부스에서 나왔다.

통로를 걸어가지만, 리타가 흥미를 보이는 부스는 별로 없었다. 억지로 해설하려고 해도, 리타는 들어주지 않았다. 적어도 리타의 관심이 있는 부스로 가는 수밖에 없다.

"왠지 저기에 인파가 생겼네. 뭐가 있으려나."

팔을 당기자, 미나즈키는 정면의 부스로 돌입했다.

사람이 몰려 있는 것은 커다란 유리 케이스 앞 같다. 리타가 인파를 쭉쭉 밀고 들어가, 가로로 긴 유리 케이스까지 도착했다.

그곳에는 투기용의 오토마타가 여러 대 전시되어 있었다.

메티스 그룹이 아니라, 다른 회사의 제품이다.

《메타트론》과는 달리, 장식성이 높고, 비주얼에 힘을 주고 있다는 것을 잘 알 수 있었다. 몸체의 색도 하나하나가 다르고 화려한 색채를 썼다. 헬멧에는 뭔가 용도를 알 수 없는 뿔 같은 장식이 달려 있고, 어깨 장식도 쓸데없이 울퉁불퉁했다. 검을 허리에 끼기 위해 입고 있는 벨트도 묘하게 강조되어 있었다.

실은 《메타트론》은 무척 수수하고 단순한 투기용 오토마타였구나, 라고 미나즈키는 이때 처음으로 알았다.

"흐~응, 이곳에 잔뜩 사람이 몰려 있는 이유를 알 것 같은 기분이 들어. 나도, 이 오토마타라면, 멋지다고 생각하는걸."

쭉 늘어서 있는 투기용 기체들을 보면서 리타는 말했다. 그 뒤로 미나즈키를 보고,

"앗, 물론 미나즈키도 멋지다고 생각하니까? 아니 그보다, 미나즈키가 최고야. 정말이야!"

당황한 듯이 격하게 말하는 리타. 어째서 그런 소리를 말하기 시작했는지 모르겠지만, 미나즈키는 목적을 달성하기 위해서 유리 케이스를 가리켰다.

"그럼 하나씩 설명하지. 《가면투사(히로)》라는 것이 이 시리즈의 제품명이야. 지금 네 정면에 있는 오토마타는 작년 모델인 듯하군. 태엽의 에델라이트 함유량은 낮지만, 시합에서만 사용하는 것을 고려하면, 거기에 연연할 필요는 없지. 특징은 전신의 인공 근육으로……."

말하던 미나즈키는 문득 뺨에 시선을 느끼고 시선을 돌렸다.

리타는 정면의 오토마타가 아니라, 미나즈키를 열심히 바라보고 있었다.

"……뭐지?"

아니야. 지금 봐줬으면 하는 것은 내가 아니야, 라고 생각하면서 미나즈키는 말했다.

리타가 후훗하고 웃었다.

"좋아, 계속 말해."

"……너는 제대로 듣고 있나?"

"듣고 있는걸."

분명히 듣고 있는 듯하지만, 해설의 대상인 오토마타가 아니라 미나즈키를 빤히 바라보고 있는 게, 뭔가 마음에 걸렸다.

하지만, 리타가 들어주고 있는 것은 천재일우의 기회다. 지금 해설을 해둬야 했다. 그렇게 판단한 미나즈키는 이야기를 재개하기로 했다.

"……《히어로》는 매년, 화려한 동작으로 승패와 관련 없이 관객에게 큰 인기를 얻고 있어. 보는 그대로, 이도류의 모델이 많은 것도 인기의 요인이지. 이도류를 실현하기 위해서 갤럭시 기어는 다중 구조로 배치되고, 그런 만큼 인공 뼈의 용적을 줄였으며……."

리타는 미소를 지으며 미나즈키를 보고 있었다. 마치 말하고 있는 미나즈키를 보고 즐기고 있는 듯했다. 강렬한 위화감을 느끼면서도, 미나즈키는 계속 말했다.

그리고 십몇 분 뒤.

하여간 해설은 끝냈지만, 리타가 이해했는지는 의심스럽다. 어떻게 화제로 삼고 있는 오토마타를 전혀 보지 않고 이야기를 이해할 수 있겠나?

하지만, 리타는 왠지 싱글벙글했다.

두 사람이 유리 케이스에서 떨어져 인파를 빠져나왔을 때, 쿵! 하고 누군가가 정면에서 리타와 부딪혔다.

초등학생 고학년 정도의 남자아이이다.

아마 투기용의 오토마타를 가까운 곳에서 보기 위해서 인파를 뚫고 들어오려고 한 것이리라. 달려온 그는 리타와 부딪혀서 튕겨 날아가더니 엉덩방아를 찧었다.

아파, 라며 얼굴을 찌푸린 그 옆에 리타는 웅크리고 앉았다.

"괜찮아?"

눈을 든 남자아이가 리타의 아름다움에 숨을 삼키는 걸 봤다.

바닥에 대고 있는 그의 손바닥에 피가 뱄다. "어머나." 라며 리타가 입가에 손을 댔다.

"까졌네. 미나즈키, 반창고 가지고 있어?"

"아니."

"그러겠지. 일단 씻으러 갈까?"

그렇게 말하고 리타가 남자아이의 손을 잡았을 때였다.

"우와아아아, 흡혈귀야……!"

겁먹은 외침이 회장을 찢었다.

리타의 손을 난폭하게 뿌리친 남자아이가 튕겨 나가듯이 거리를 벌렸다.

주위 사람들은 무슨 일인가 싶어서 돌아보았다.

리타는 얼이 빠져서 경직되어 있었다.

남자아이는 맹수에게 공격을 받은 듯이 리타에게서 시선을 떼지 않고 물러났다. 작은 두 무릎은 부들부들 떨리고, 크게 뜬 눈동자는 공포에 젖어 있었다.

그 모습이 주위의 오해를 불러일으켰다.

그때, 남자아이에게 중년의 남녀가 달려왔다. 그의 부모로 추측되었다. 그들은 소년의 손에서 피를 확인하자마자, 안면이 창백해졌다.

흡혈 당했다고 착각해서 소란을 피우는 부모들. 주위 사람들도 마찬가지다. 흡혈귀 소녀가 남자아이를 흡혈하려고 했던 모양이다. 그런 이야기가 순식간에 만들어지고, 퍼졌다.

정신을 차리고 보니 리타와 미나즈키의 주위에는 아무도 없었다.

다들 공포와 반감의 시선을 리타에게 보냈다.

고립무원의 웅성거림 속,

"……아니야."

붉은 소녀는 떨리는 목소리로 말했다.

리타가 분연히 일어났다.

둘러싼 인간들을 노려보면서, 리타는 큰 목소리로 주장했다.

"나는 그 아이를 흡혈하지 않았어!"

회장의 밝은 음악도, 주위의 불온한 잡음도, 전부 지워졌다.

흡혈귀 소녀의 주장은 그 자리에 울려 퍼졌다.

그래도, 아무도 리타에게서 시선을 떼지 않았다. 공포, 혐오, 비난, 경계……. 다양한 시선이 리타를 가차 없이 꿰뚫었다.

이게 1개월 전이었다면, 이런 일은 벌어지지 않았을 것이다. 헬바이츠 공화국은 세계에서 유일하게, 인간과 흡혈귀가 평등한 나라다. 양 종족은 서로를 존중하며 평화롭게 살고 있었다.

그러나, 그 균형은 이미 무너져 있는 것이다.

사람들의 차가운 시선에 노출되고, 리타는 입술을 깨물었다. 이윽고 소녀는 미나즈키의 소매를 당겼다.

"……가자, 미나즈키."

실제로 리타는 흡혈하지 않았다. 저 남자아이가 진정하고 부모에게 사정을 설명하면, 아무런 문제도 되지 않을 거였다.

걷기 시작하는 리타와 미나즈키.

그때, 붉은 소녀의 등에 뭔가가 던져졌다.

"나가, 흡혈귀."

지독한 말과 같이 리타의 등에 던져진 것은 작은 나사였다. 그것은 툭! 하고 리타의 등에 부딪히고 바닥에 떨어졌다.

그런 것은 공격한 축에 속하지도 않는다.

하지만, 흡혈귀 배척 운동의 시작을 알리기에는 그것으로 충분했다.

한 사람이 하면 다 같이 하기 시작한다. 한 개의 나사로는 상처 입지 않아도, 천 개가 있으면 숫자의 폭력으로서 덤벼든다.

누군가가 종잇조각을 들었다. 누군가가 빈 캔을 들었다. 누군가가 금속제 파츠를 들었다. "은을 가지고 와!"라는 목소리도 들렸다.

"윽!"

인간에게서 차례차례 물건이 던져진 리타는 종종걸음에서 달리는 걸음으로 바뀌었다. 코트 자락을 잡힌 미나즈키도 달렸다.

"어이, 저기 같이 있는 소녀는 흡혈귀야?"

"거울을 사용해! 거울에 비추면 인간이야!"

"남자 쪽은 인간이야. 〈매료(샤름)〉당해 있어!"

은이 사용된 파츠를 손에 들고 일부의 사람들이 쫓아왔다.

그들의 말에 리타가 분한 듯이 이를 악물었다. 그들은 리타가 미나즈키를 흡혈해서 조종하고 있다고 생각하는 것이다.

곧바로 이어진 통로를 리타는 도망쳤다. 회장은 혼잡했지만, 리타가 도주하는 열만은 트러블에 휩싸이는 것을 두려워한 것인지, 사람이 아무도 없었다.

"이 흡혈귀 녀석!"

그것을 기회로 삼아 추격자 중에 하나가 리타를 향해, 30센티 정도 크기의 인공 뼈를 던졌다.

바람을 가르고 날아온 강청색의 인공 뼈는 소녀의 등으로 일직선으로 날아오고——

순간, 덥석.

손을 뻗은 미나즈키가 인공 뼈를 잡았다.

추격자들에게서 경악의 목소리가 들렸다.

리타를 노린 인공 뼈를 놓고는, 미나즈키는 소녀의 손을 잡았다. 리타가 놀라서 미나즈키를 봤다.

"미나즈키……?"

"뿌리치자. 저 녀석들에게 방해받을 수야 없지."

달리는 소녀는 멍하니 미나즈키를 돌아보고, 이윽고 깊

이 끄덕였다.

미나즈키는 기계의 다리 힘을 해방했다.

소녀의 손을 꼭 잡고, 기계장치 소년은 전력으로 바닥을 박찼다. 점프해서 두 사람은 같이 부스를 뛰어넘었다. 공중을 나는 칠흑의 소년과 진홍의 소녀에게, 추격자만이 아니라 찾아온 손님과 스태프들까지 입을 떡하니 벌렸다.

인파 가운데 착지한 미나즈키는, 리타를 이끌고 사람들 사이를 누볐다. 부딪힐 뻔한 사람들의 고함과 비명이 등 뒤에서 들려오지만, 무시다.

힘있게 손을 당겨진 리타는, 선도하는 소년의 등만을 바라보았다.

전시장의 구석에 있는 기둥 뒤.

부스에서 떨어진 곳에서 미나즈키와 리타는 숨을 죽이고 있었다.

기둥 반대편에는 "그 녀석들, 어디로 갔지?!"라는 흉흉한 목소리가 여럿 들려왔다. 흡혈귀를 철저하게 배제하지 않으면 직성이 풀리지 않는 모양이다.

상대는 인간이다. 싸우면 필승이었다.

하지만, 일을 크게 만드는 것은 피하고 싶었다. 미나즈키의 정체나 카논의 출신 등등, 이쪽이 품고 있는 폭탄이 너무 크다. 파고들면 아픈 꼴을 당하는 것은 자신들 쪽이었다.

한동안 미동도 하지 않고 있자, 그들의 목소리는 멀어져 갔다.

"갔나……?"

미나즈키가 기둥을 등지고 얼굴을 살짝 내밀었을 때.

퍽, 하고 리타의 이마가 미나즈키의 가슴을 때렸다.

"……리타?"

소녀에 의해 미나즈키는 기둥에 밀착되었다.

붉은 머리카락이 턱을 간질였다. 리타의 두 손은 미나즈키의 셔츠를 꽉 움켜쥐고 있다. 소녀의 어깨는 작은 동물처럼 떨리고 있었다.

"왜 그러지? 인간이 쫓아온 게 그렇게 무서웠나?"

아니야, 라고 리타는 대답했지만, 이어지는 말은 금방 나오지 않았다.

"……최근, 항상 이래. 흡혈귀는 나가라고, 이곳은 흡혈귀의 나라가 아니라고…… 군무 때문에 어디를 가도, 인간을 도와도, 바로 나오는 말은 '흡혈귀인가?'라는 거야……."

평소의 리타를 보면 믿을 수 없을 정도로, 그 목소리는 연약했다.

"학교에서도 괴롭힘을 당하고 있어. 하지만, 나는 왕족이니까…… 내가 의연하지 않으면, 다른 뱀파이어 학생은 더 괴로운 꼴을 당할 테니……."

리타의 손이 차가운 게 셔츠 너머로도 전해졌다.

전혀 개의치 않아 보였지만, 그녀는 제대로 상처를 입었던 것이다. 그저 강한 척하고, 그것을 보이지 않으려고 했을 뿐이다.

"조금 전에도, 나는 상처를 돌봐주려고 했을 뿐인데…… 인간을 싫어하고 싶지 않아. 하지만, 이런 일을 계속 당하면, 나……."

그 이상, 리타의 말은 이어지지 않았다.

억누른 오열이 가슴에서 들렸다. 당하는 대로 있던 미나즈키는 자신의 셔츠가 젖는 것을 느꼈다.

"우는 건가, 리타."

"읏, ……그래. 미나즈키도 안다면 꼭 안아주기라도 하라고!"

"꼭 안는다고? 이렇게?"

소녀의 등에 팔을 두르자, 리타는 "더 강하게."라고 불만스럽게 말했다.

시키는 대로, 미나즈키는 힘을 주었다.

"더."

"아직 멀었어."

"한참 부족해."

"겨우 합격이야, 미나즈키."

미나즈키는 온몸으로 소녀를 강하게 껴안았다. 부서질 것 같으니까, 라는 배려는 필요 없었던 모양이다. 마치 하나가 된 것처럼 리타의 숨결과 고동을 느꼈다. 품 안에 쏙 들어온 소녀의 감촉은, 기계장치 소년에게도 기분 좋은 충족감을 가지고 와주었다.

얼마나 그러고 있었을까?

"……다 토해냈더니, 왠지 시원해졌어."

이윽고 소녀는 쑥스러운 듯이 나지막하게 속삭였다.

품 안을 내려보자 소녀의 눈물은 이제 어디에도 보이지 않았다.

"리타, 슬슬 시간이야. 카논과 만날 장소로 돌아가자."

미나즈키는 팔을 풀었다.

그래도 리타는 떨어지려고 하지 않았다. 아쉬운 듯이 미나즈키의 셔츠를 잡은 채로 놓지 않았다.

"하지만, 카논과 합류하려면 조금 전의 부스를 가까이 통과해야만 하잖아."

"너는 〈안개화(네벨)〉를 사용하는 쪽이 좋을지도 모르겠군. 아니 그보다 조금 전에 도망칠 때 〈네벨〉을 사용하면 됐던 거 아닌가?"

"미나즈키와 데이트 중에 〈네벨〉 따위 사용할 리가 없잖아."

토라진 듯이 말한 리타는 어깨를 축 늘어트렸다.

"아~아, 이대로 계속 미나즈키와 데이트하고 싶어. 카논과 합류하면, 어차피 고문 같은 톱니바퀴 이벤트에 어울려야 할 거야. 그것보다, 둘이 더 여러 가지를 보고 싶은데."

"아니, 참아줘. 나는 이런 난이도 높은 임무는 사양이야."

어디서 차가운 외풍이 불어와서 리타의 긴 머리를 휘날렸다.

소녀는 눈을 깜빡이는 것도 잊고 미나즈키를 바라보았다.

"임, 무……? 미나즈키, 무슨 소리 하는 거야?"

미나즈키는 깜짝 놀라서 돌아보았다.

"뭐냐니, 이 1시간 동안의 일인데. 나는 카논에게 너한테 오토마타의 해설을 하도록 부탁받았어. 너도 들었잖아?"

리타의 손이 미나즈키의 셔츠에서 떨어졌다.

소녀는 믿기 어려운 것을 본 듯한 표정을 지었다. 미나즈키를 응시한 채로, 입술이 살짝 떨렸다.

"……기다려. 그러면 조금 전까지 미나즈키가 오토마타에 관해서 이야기했던 것은, 전부, 임무니까……?"

"당연하지. 그렇지 않으면 들을 생각도 없는 너에게 오토마타 이야기 따위 하지 않아."

"착각한 사람들에게 쫓기던 나를 이끌어줬던 건……?"

"그런 녀석들에게 쫓기면서 해설을 할 수 없잖아? 임무의 방해니까 뿌리쳤을 뿐이야."

"그게 뭐야…… 미나즈키! 조금 전까지 데이트가 아니라 임무를 수행하고 있다고 생각했던 거야?!"

리타는 두 주먹을 움켜쥐었다.

진지한 눈으로 바라보는 그녀에게 미나즈키도 진지한 표정으로 대답했다.

"아아, 그래. '적'과 사이좋게 지내는 훈련이기도 하지."

소녀가 고개를 숙였다.

미나즈키는 고개를 돌렸다.

"그것보다, 빨리 가지 않으면 카논과의 약속이——."

"웃기지 마!!"

리타의 고함이 주변에 울려 퍼졌다.

"임무니 훈련이니, 그게 뭐야! 나를 뭐라고 생각하는 거야? 미나즈키가 그럴 생각이라면, 나도 같이 있는 건 사양이야!"

작렬하는 강철 같은 눈동자가 미나즈키를 봤다. 소녀가 뿜고 있는 노기에 파르르 공기가 흔들렸다.

그래도 미나즈키는 리타가 아니라 주위를 신경 썼다.

"어이, 리타. 큰 목소리를 내면, 그 녀석들한테……."

"몰라! 그런 거 아무래도 좋아! 임무라고 한다면 혼자 멋대로 하면 되잖아. 미나즈키 바보!!"

그 순간, 리타의 모습이 사라졌다. 〈네벨〉한 것이다.

그때, 요란하게 다가오는 여러 발소리가 들려왔다.

"어이, 목소리가 들렸어.""있다! 저기다!""남자뿐이야. 잡아서 흡혈귀가 있는 장소를 불게 해!"

흉흉한 파츠를 들고 있는 인간이 손가락질하자, 미나즈키는 성대하게 혀를 찼다.

이 녀석들을 카논이 있는 장소로 데리고 갈 수는 없다.

리타에 대해서 생각할 여유도 없이, 미나즈키는 추적자를 뿌리치기 위해 달렸다.

카논와 만날 장소인 메티스 그룹의 부스 옆.

갑옷을 입은 여신이 그려진 파티션 앞에 도착한 미나즈키는, 서둘러서 이곳저곳을 살폈다. 그곳에 카논의 모습은 없다.

시각은 4시 저스트. 약속 시각을 10분 지났다. 거친 짓을 할 수는 없어서, 뿌리치는 데 시간이 걸렸다.

"……최악이야."

자신도 모르게 속삭인 미나즈키는 곧바로 생각에 잠겼다.

――카논은 어디 갔지? 어딘가의 부스를 보러 갔다면

좋다. 하지만 혹시, 하웰즈에게 납치되었다고 한다면.

고개를 흔들어 불길한 상상을 뿌리친 기계장치 소년은, 자신의 사명을 가슴에 품고 행동을 개시했다.

† † †

한편, 미나즈키가 오기 몇 분 전. 갑옷을 입은 여신 앞에, 카논이 두 사람의 모습을 찾아 두리번거리고 있었다.

"벌써 약속 시각이 지났는데, 미나즈키도 리타도 어떻게 된 거지…… 결국 유리 씨랑은 만날 수 없었고."

중얼거리면서도 소녀의 눈은 앞에 있는 팸플릿을 들여다보고 있었다.

그것은 유리가 레스토랑에 남겨두고 간 것이다. 회장의 약도는 몇 곳에 크게 동그라미가 그려져 있었다. 모두 카논의 취향에 적중한 부스들이었다. 유리와 만나지 못했던 카논은 그곳을 돌고 있었다.

그리고 카논의 흥미를 가장 많이 끈 것은 한 장의 전단이었다.

『환상의 하모니 기어 – 특별 이벤트

평소 체감할 수 없는 새카만 어둠 속에서 환상으로 불리는 거대 하모니 기어가 연주하는 기동음을 들어봅니다. 톱니바퀴의 형태로 살짝 빛나는 모습은 로맨틱하며, 밤의

해변을 떠올리게 합니다.』

정경을 상상한 소녀는 칠칠치 못한 표정으로 "우아아아아아……."하고 지극히 행복한 한숨을 쉬었다.

조심스레 말해도, 최고의 이벤트다.

이곳에는 절대 가고 싶다. 아니, 가지 않는다는 것은 있을 수 없다!

크레이프를 먹고 있을 때 리타에게 전단을 보여줬더니 전력으로 회피했지만, 이곳에 가지 않는다면 평생 후회한다. 이미 이것만을 보기 위해서 디체 페어에 왔다는 기분조차 들었다.

그게 4시부터 시작이다. 그러니까, 3시 50분 집합을 했지만, 두 사람은 아직도 오지 않았다.

시계와 전단을 몇 번이고 번갈아 보았다.

우우, 하고 고민하던 카논이었지만, 이윽고 소녀는 각오했다.

"가야해. 환상의 하모니 기어가 나를 부르고 있어……!"

눈동자를 형형하게 빛내며, 입가에는 침이 번뜩인 소녀는 기세 좋게 달리기 시작했다.

† † †

——어디 간 거지, 카논?

전시장과 그 옆에 있는 호텔을 연결하는 복도를 걸으면서 미나즈키는 회장의 축약도를 떠올렸다.

모든 부스를 고속으로 훑고, 눈으로 확인했다. 특설 스테이지도 천장 아래에서 내려다보고 확인하고, 카논이 없는지 확인했다.

이렇게까지 해도 발견되지 않는 것으로 보면 남은 장소는 호텔 방밖에 없다. 혹시 이미 구매한 파츠를 방에서 만지작거리고 있을 가능성도 있다. 그렇던지, 진짜 하웰즈에게 납치당했던지——.

덜덜덜덜덜…….

카트를 미는 소리가 다가와서, 생각에 잠겨 있던 미나즈키는 얼굴을 들었다.

"아."

자신도 모르게 목소리가 흘러나왔다. 호텔 쪽에서 빈 짐차를 밀면서 온 것은, 헐렁헐렁한 백의를 입은 소녀, 유리였다.

미나즈키의 목소리에 반응해서 유리도 이쪽을 보았다. 그 순간, 그녀는 왠지 깜짝 놀란 표정을 지었다.

짐차를 세우고, 유리는 미나즈키를 수상하게 봤다.

"……이런 곳에서 뭐 하는데요?"

미나즈키가 입을 여는 것보다 빨리, 유리가 물었다. 심문하는 것 같은 어조였다.

"그것은 내가 할 말이야. 너야말로 지금까지 어디서 뭘 하고 있었지?"

"뭐냐니, 나는 일하는 중인데요? 속 편한 학생 신분인 미나즈키 군과는 다르니까요. 사장님이 시켜서 제품의 보충을 하고 있었다고요. 부스에 우리 회사의 제품을 전부 다 놓을 수 없으니, 호텔이 창고 대용품이 되고 있어요."

"그런가? 카논은 만나지 못했나? 카논이 너를 찾고 있었는데."

"카논짱이 나를?"

눈을 깜빡이는 유리를 보고 미나즈키는 고개를 저었다.

"만나지 못했나…… 그럼, 됐어."

그렇게 말하고 미나즈키가 다시 걸어가려고 했을 때였다.

"자, 잠깐 기다려 주세요! 어디 가는 건데요?!"

허둥지둥 유리가 막아섰다. 미나즈키는 백의의 소녀를 내려보았다.

"호텔 방인데?"

"아니아니, 어째서 모처럼 디체 페어에 왔는데 방으로 가는 건데요? 바보 아닌가요? 아, 알았어요. 다시 미나즈키 군의 방구석 폐인 버릇이 나온 거네요. 결국, 카논짱이랑 싸움이라도 한 거겠죠."

유리는 히죽히죽 심술궂은 미소를 보냈다.

미나즈키는 살짝 눈썹을 찌푸렸다. 유리의 발언이 불쾌했기 때문이 아니다. 이해하기 어려웠기 때문이다.

어째서 오늘 처음 만난 유리가 미나즈키의 '버릇'을 지적할 수 있는 거지?

유리는 미나즈키의 반응에도 개의치 않고 계속 말했다.

"그럴 때는 즐거운 것이라도 보고, 기분을 전환하는 게 좋다고요. 그러네요, 제가 미나즈키 군에게 추천하는 것은 특설 스테이지에서 여는 《가창소녀(아이돌)》의 라이브 이벤트네요. 알고 있나요, 《아이돌》?"

미나즈키는 고개를 저었다.

소년의 반응에 유리는 코웃음 쳤다.

"미나즈키 군이니까 모를 것 같긴 했어요. 예능인처럼 티비에 자주 나오는 오토마타 그룹인데도, 미나즈키 군은 뉴스밖에 보지 않을 것 같은걸요."

"어째서 그런 걸 아는 거지? ……너, 나와 어디선가 만난 적이 있나?"

미나즈키는 메모리를 뒤졌다. 히트 없음.

"감이라고요, 감. 미나즈키 군이 진지해 보이니까, 그렇게 생각했을 뿐이죠."

유리는 지나치게 큰 백의 소매를 하늘하늘 흔들었다.

"예능용 오토마타 《아이돌》은 노래와 댄스가 가능해요. 한 대 한 대, 개성이 프로그램되어 있어서, 같은 제품은 절대 존재하지 않는 것이 장기라고 하더라고요. 다른 회사의 제품이라서, 저도 잘 모르지만 말이지요. 사장님이 완성도가 형편없는 시시한 오토마타라고 말했으니까, 분명히 스테이지도 대단치 않겠죠. 그럴 게 분명해요."

"너, 대단치 않다고 말하면서, 그것을 나에게 권유하는 거냐……."

"그도 그럴 게 미나즈키 군, 귀여운 여자아이는 좋아하잖아요? 그러면 《아이돌》을 보러 가는 것은 추천합니다, 라는 것뿐이라고요. 자, 그러면 회장으로 돌아가죠."

양손으로 재촉하는 유리를, 미나즈키는 휙 피했다.

"아니, 나는 카논을 찾으러 방으로 갈 거다."

엥?! 하면서 유리는 얼빠진 목소리를 냈다. 성큼성큼 미나즈키에게 가까이 다가왔다.

"기다려 주세요! 카논쨩은 방에 없다고요!"

"어떻게 알지?"

미나즈키는 발을 멈추고 날카로운 시선을 보냈다.

유니는 헤프게 웃었다.

"그야 오토마타 마니아니까요. 아니 그보다, 미나즈키 군은 카논쨩을 찾고 있던 건가요? 혼자 떨어진 건가요? 그걸 빨리 말씀하시라고요. 저, 카논쨩을 찾을 자신 있으니까요."

"뭐라고?"

유리는 안경을 꾹 올렸다.

"마니아의 일은 마니아에게 맡기는 거라고요. 자, 미나즈키 군, 회장으로 돌아가요."

자신만만한 유리를 미나즈키는 의심스러워하면서도 따라갔다.

"이곳에서 기다리면 돼요. 5시가 지나면 카논짱이 올 거예요."

유리가 그렇게 말한 장소에 멍하니 서 있기를 어느 정도.

"앗, 미나즈키!"

정말 5시를 지난 시점에 카논의 큰 목소리가 들렸다.

돌아보니, 카논과 리타가 같이 있었다. 미나즈키와 눈이 마주치자마자, 은백색의 소녀가 일직선으로 달려왔다.

"정말, 미나즈키! 걱정했다니까. 발견해서 다행이야."

숨을 헐떡이며 다가온 카논은 미나즈키의 코트를 꼭 움켜쥐었다. 두 눈이 살짝 젖어 있어서, 그녀가 금방이라도 울음을 터트릴 뻔했다는 것을 미나즈키는 알았다.

달려온 탓에 소녀의 은사 같은 머리카락이 흐트러져 있었다. 엉뚱한 방향으로 삐쳐있는 카논의 머리카락을, 미나즈키는 고쳐주었다.

"그건 이쪽이 할 말이야. 나도 너를 찾았어. 어디 갔었지?"

"환상의 하모니 기어, 특별 이벤트야."

"뭐냐 그건?"

"아, 미나즈키한테는 전단을 보여주지 않았던가? 유리 씨가 가지고 있던 팸플릿에 있었어."

과연, 하고 미나즈키는 납득했다. 유리는 카논이 그 이벤트에 참가했다고 확신한 것이리라. 그러니까 정확한 지시를 할 수 있었다.

"아~아, 미나즈키와 리타 씨한테도 조금 전의 이벤트에 참가하게 해주고 싶었는데……. 이런 기회가 그리 많지 않으니. 최고로 행복한 기분이 될 수 있는 이벤트였다니까!"

"기어에 관해서 네 코멘트는 신뢰성이 낮아."

아쉬운 듯한 카논을 내려보고, 미나즈키는 눈을 가늘게 떴다.

카논은 리타를 돌아보았다.

"리타 씨, 미나즈키가 돌아와서 다행이야. 이제 다시 셋이 같이 구경하러 다닐 수 있어."

미소 짓는 카논에게, 그러나 리타는 슥 눈을 피했다. 미나즈키하고는 눈을 마주치려고 하지 않았다.

"……그러네."

확연히 평소와는 태도가 다른 리타를 보고 리타는 눈을

깜빡였다.

"왜 그래? 왠지 리타 씨답지 않아……."

"아무것도 아니야."

카논의 말을 막고, 리타는 냉정하게 말했다.

어떻게 봐도 뭔가 있었던 태도에, 카논은 미나즈키를 올려보았다. 말없이 규탄하는 듯한 시선을 받아도 미나즈키는 반응할 방법이 없었다. 기계장치 소년은 리타를 화나게 한 이유조차 이해하지 못하는 것이다.

대답하지 않는 미나즈키에게 카논은 나지막하게 한숨을 쉬었다.

혼자만 거리를 두고 있는 리타에게 걸어서 다가갔다.

"리타 씨, 특설 스테이지로 갈까? 《아이돌》이 라이브를 하고 있다네. 나, 직접 본 적이 없어."

"대단치 않다던데……."

"미나즈키는 입 다물어."

유리에게 들은 정보를 말하려고 하자, 얼굴을 돌린 카논이 희번득 노려보았다.

긴 머리카락을 만지작거리던 리타는 입을 삐죽이면서 말했다.

"《아이돌》의 라이브에 가본 적 없어, 카논? 여자 팬도 많아. 귀여운 오토마타가 많으니까."

"와~, 역시 귀엽구나. 실은 미나즈키의 패션 파츠를 검

토하기 위해서, 참고하고 싶다고 생각하고 있었어."

"그만둬, 그런 불순한 동기로 아이돌의 스테이지를 보러 가지 마!"

"그러고 보니 팸플릿에는《아이돌》의 악수회라고 되어 있는데, 이건 뭘까?"

"카논은 최신 소식에 둔하구나, 악수회를 몰라? 회장에서 파는《아이돌》의 음원을 사면, 그녀들과 악수를 할 수 있는 이벤트야."

"어, 그거 꼭 가고 싶어!《아이돌》을 만질 수 있다는 거잖아? 어떤 인공 피부를 사용하고 있을까? 신경 케이블의 반응속도는? 인공 안구 운동의 정밀도는 어느 정도? 우와아아, 시험해보고 싶은 게 잔뜩 있어!"

"그만둬, 그런 불순한 동기로 아이돌의 악수회에 참가하지 마!"

"빨리 특설 스테이지로 가자! 라이브가 끝나버려."

카논이 미나즈키와 리타를 재촉했다.

그때 리타는 미나즈키의 옆을 확보하지 않고, 카논에게 팔을 안긴 채 있었다.

"아아, 즐거웠어. 디체 페어에 와서 다행이네."

디체 페어의 첫날째 폐장 방송이 흘러나오고, 카논과 미나즈키, 리타는 전시장에서 호텔로 이동했다.

리타도 같은 호텔에 방을 잡아둔 모양이라, 같이 행동했다.

그 뒤로 미나즈키 일행은 《아이돌》의 스테이지를 보고, 악수회까지 참가했다.

참고로, 스테이지는 유리의 사전 정보와 달리, 미나즈키가 봐도 감동을 느낄 수준이었다. 대단치 않다, 라니 새빨간 거짓말이다.

악수회에서는 카논이 오토마타의 손을 쥔 순간, "이 인공 피부는 분명히 네추럴 스킨 메이커사의 진 프린세스걸즈 시리즈, 촉촉하고 매끄러운 타입에 컬러 넘버 01, 라이트 베이지 오크르네요? 신축성이 뛰어나고, 거기다가 인간 피부의 감촉을 충실히 재현한 이 제품은 저도 신경 쓰고 있어요. 실제로, 이것은 어느 정도 빈도로 교체되고 있나요?"라고 말을 걸어서 《아이돌》을 굳어지게 했다. 너무나도 프리즈를 연발시켜서, 카논은 출입금지를 당했다.

그 뒤로 콘테스트용의 파츠를 물색하다 보니, 순식간에 폐장 시각이 되었다.

카논은 구입한 파츠의 봉지를 잔뜩 안고 말했다.

"저녁은 어떻게 할까? 리타 씨 정했어?"

"호텔 근처에, 맛있는 시푸드 레스토랑이 있어. 근처에 있는 호수에서 잡은 물고기를 사용한다고 하더라."

"그럼, 그곳으로 가자. 나, 짐을 놓고 오고 싶으니까 일단 호텔 방에 들를게."

"나도 갈아입고 싶어. 돌아다니느라 땀을 흘렸는걸."

30분 뒤 호텔 로비에서 보자고 약속하고 카논과 미나즈키는 리타와 헤어졌다.

호텔 엘리베이터에 둘만 남게 되자, 카논은 미나즈키를 쏘아보았다.

"미나즈키, 내가 없는 사이에 리타 씨와 무슨 일이 있었어?"

"아무 일도 없었어."

"분명히, 거짓말이야. 점심까지 미나즈키한테 찰싹 달라붙어 있던 리타 씨가, 갑자기 미나즈키를 피하고 있으니까, 당연히 뭔가 있었던 거지."

"너는 항상 나한테서 리타를 떼어놓고 싶어 했었잖나? 수고가 들지 않게 되어서 다행 아닌가?"

"그거랑 이건 이야기가 달라! 소녀의 마음은 복잡하다구."

소녀의 마음 따위 이해할 수 없는 기계장치 소년은 어깨를 움츠렸다.

띵, 하는 소리가 들리고 엘리베이터가 열렸다.

카논은 호텔의 복도를 성큼성큼 걸어갔다.

"하여간 저녁 먹을 때 리타 씨와 화해해. 두 사람이 거북하면, 나까지 거북해지니까."

"화해는 어떻게 하는 거지?"

"그건 직접 고민해! 순서로서는 일단, 어째서 리타 씨의 태도가 바뀌었는지, 원인을 찾는 것부터잖아. 그래서 뭘 잘못했는지 반성하면 화해의 방법도 알 수 있지 않겠어?"

미나즈키는 "흐~응."하고 모호한 목소리를 냈다.

메모리를 되새겨 보았지만, 자신은 아무런 잘못도 하지 않았다. 오히려 제대로 임무를 다했다고 칭찬을 받았으면 할 정도다. 진짜 리타한테 해설한다는 것은 생고생이었다.

"와~, 아침에도 봤지만 훌륭한 방이야! 맞아. 하웰즈 씨에게 방에 관해서 감사하는 걸 잊었어. 내일, 말해야지."

호화로운 스위트룸에 카논은 들뜬 발걸음으로 들어갔다.

과연 메티스 그룹의 사장, 하웰즈가 수배한 만큼, 호텔의 방은 어마어마하게 호화로웠다. 고등학생이 숙박하기에는 확연하게 분에 넘친다.

뒤를 이어 미나즈키는 바로크 형식의 실내를 둘러보았다. 넓은 거실에는 가죽 소파와 중량감이 있는 장식품들이 잔뜩 놓여 있었다.

"하지만, 메티스 그룹에 들어오라는 이야기는 거절하지 않았나? 내일 열리는 오토마타 파이트에 자리를 마련해주겠다고 하웰즈는 말했는데, 정말 갈 생각이야?"

"응. 그도 그럴 게 정작 중요한 인공두뇌는 아직 보지 못했어."

"그것에 나와 같은 뇌가 사용되었다니, 솔직히 모르겠군. 그것은《뱌쿠단식》과는 너무나도 사양이 달라서, 판단이 서지 않아."

"그러니까 직접 보는 수밖에 없지. 오늘은 어떤 오토마타이고 어디에 있는지 알았으니까, 내일, 예셀에 돌아가지 전까지는 인공두뇌의 진상을 밝혀내야지. 저녁을 먹을 때쯤에 리타 씨와 앞으로 어떻게 움직일지 상담해서……."

발이 푹 들어갈 정도로 폭신한 융단을 밟고, 카논은 방 안쪽으로 들어갔다. 거기에는 커다란 침대가 두 개, 존재감을 주장했다.

"읍……!"

침실을 보자마자, 카논은 숨을 멈췄다.

그대로 그녀는 발에 뿌리가 박힌 듯이 멈춰 섰다.

"……어라? 나 혹시 미나즈키와 같이 자는 게 처음인가? 하지만, 같이 살고 있는걸. 그런데, 어째서 이렇게 두근거리는 걸까…… 앗, 그렇구나. 침대가 같은 방에 있어서 그렇구나. 평소에는 자는 방은 따로따로였는걸. ……어, 그렇게 생각하면 이 상황은 문제가 있는 게……."

갑자기 중얼중얼 혼잣말을 시작한 카논을 보고 미나즈

키는 고개를 갸웃했다.

"왜 그러지, 카논?"

등 뒤에서 말을 걸자, 소녀는 "꺅"하고 비명을 지르며 폴짝 뛰었다. 더더욱 이해할 수 없었던 미나즈키는 카논을 잡았다.

"어이, 괜찮아? 얼굴이 붉은데."

"아, 아무것도 아니야. 괜찮으니까……."

미나즈키는 카논의 얼굴을 들여다보았다. 소녀는 얼굴을 새빨갛게 물들이고, 미나즈키에게서 필사적으로 시선을 돌렸다.

"그다지 괜찮아 보이지 않는데. 열이 있다면 리타와 식사하러 가는 것을 취소하고, 그냥 잘까? 내가 하룻밤 내내 간호해도 좋은데."

그 순간 카논의 얼굴에서 화르르 불이 뿜어졌다.

"그런 짓을 당하면 진짜 열이 날 거야! ……맞아, 밤에는 미나즈키를 재우고 정비를 할 거니까 신경 쓸 일은 없겠구나. 매일 밤, 정비하는 것은 중요하니."

자신에게 그렇게 들려주고 카논은 휙 침대에서 몸을 돌렸다. 그 뒤로 거실을 가로질러, 문을 열었다.

"우와아, 세면실도 예뻐!"

카논의 들뜬 목소리를 들으면서 미나즈키는 발코니를 살폈다.

거실 한 편이 거대한 유리문으로 되어 있어서, 그곳에서 발코니로 나갈 수 있는 모양이다. 창 바깥에는 바닥을 모르는 어둠이 펼쳐져 있었다. 바람이 불고 있는지, 멀리 보이는 가로등은 별빛처럼 깜빡이고, 그야말로 몽환적이었다.

적막한 정경에 미나즈키가 커튼을 닫으려고 한 바로 그때.

"있잖아, 미나즈키. 이거 봐봐."

카논이 당황해서 소리 지르며 세면대에서 나왔다.

미나즈키는 돌아보았다.

"혹시, 이것은……."

그렇게 말하는 카논의 등 뒤에서 미나즈키는 믿기 어려운 것을 봤다.

투기용의 오토마타《메타트론》.

전신을 갑옷으로 감싼 오토마타는 전투용의 검을 든 채로 직립하고 있었다. 헬멧의 눈은 붉은색으로 점등했다.

"오늘 부스에서 본……."

카논이 말하는 도중에《메타트론》은 소리도 없이 검을 들어 올렸다.

노리는 것은 물론, 소녀의 심장이다.

등을 돌리고 있는 카논이 그것을 눈치챌 수 있을 리도 없고――

"메타……."

"카논———!!"

——'적'을 인식. 전투 모드로 이행——

《메타트론》이 검을 찌르는 순간, 미나즈키는 카논을 당겨서 쓰러트렸다.

오른손의 어쌔신 블레이드를 꺼내, 투기용의 검을 막는다.

검은 검과 은색의 칼날이 부딪혔다.

"카논, 무사해?!"

발밑에 쓰러진 소녀에게 미나즈키는 물었다. 카논은 몸을 일으키더니, 겁먹은 표정으로 이쪽을 올려보았다.

"으, 응. 그것보다, 어째서, 그거, 이 방에……."

"그건 나중이다! 너는 방을 나가서 하웰즈를 찾아와. 그녀석은 아직 회장 근처에 있을 거다!"

고개를 끄덕인 카논이 떨리는 다리로 일어나, 가려고 했을 때.

푸쉬~ 하는 소리와 함께, 미나즈키는 강한 힘으로 밀려나갔다.

"큭……!"

거실 바닥에 내동댕이쳐졌다. 하지만, 낙법을 취한 미

나즈키는 바로 일어났다. 그리고 추격을 대비했지만.

"뭐?!"

《메타트론》이 노린 것은 미나즈키가 아니라, 카논이었다.

처음 목격한 인간의 형태를 대전 상대로 인식하는 것인가? 미나즈키에게는 눈길도 주지 않고, 공격 수단도 갖지 못한 소녀에게 검을 휘둘렀다.

"엎드려, 카논!"

고함을 지르며, 왼손의 사연장 권총을 발포.

《메타트론》의 가슴에 인공혈액으로 만들어진 총탄이 적중했다. 해치웠나 생각했지만, 적의 움직임은 변함이 없었다. 전혀 통하지 않았다.

머리를 감싸 쥐고 엎드린 카논에게 검 끝이 날아들었다.

제길, 하고 외치며 미나즈키는 《메타트론》에게 뛰어들었다.

검을 든 손목을 잡고, 다리 후리기를 걸었다. 투기용 기체에 체술은 상정되지 않았는지, 이것은 깔끔하게 걸렸다.

뒤로 넘어간 《메타트론》의 왼쪽 가슴, 태엽이 있는 위치에 미나즈키는 어쌔신 블레이드를 꽂아 넣었다.

그러나.

턱 하는 반발. 은색의 칼날은 갑옷에 막혔다.

——암기가 통하지 않아……?

냉정하게 생각하면, 그것은 필연이라고 말할 수 있었다. 미나즈키는 대흡혈귀 전투용의 오토마타다. 사연장권총도 어쌔신 블레이드도, 인간과 같은 피부를 지닌 흡혈귀를 쓰러트리기 위해 장비된 것. 투기용 오토마타의 단단한 장갑을 부수는 것은 목적과 달랐다.

움직임을 멈춘 미나즈키에게, 밑에서 검이 찔러졌다.

그것을 뒤로 뛰어서 회피했을 때, 동시에 《메타트론》도 뛰어 일어났다.

투박한 기계인형이 미나즈키에게 육박했다. 고속으로 날린 참격. 어쌔신 블레이드로 막았지만, 파워는 적이 압도적으로 위다. 소년은 버티지 못하고 튕겨 날아갔다.

벽 앞에 잔뜩 놓인 장식품에 부딪혔다. 사이드 테이블이 넘어지고, 그 위에 놓여 있던 커다란 꽃병이 떨어져서 깨졌다. 요란한 소리가 실내에 울려 퍼졌다.

"미나즈키!"

쓰러진 소년에게 카논이 달려갔다.

《메타트론》은 출구 근처에 있어서, 카논이 방에서 탈출하는 것은 이미 불가능하다.

검은 검을 든 투기용의 오토마타가 두 사람을 내려보았다. 불길함조차 느껴지는 무기질적인 기계인형이 육박하자, 카논은 미나즈키를 안고 있는 팔에 힘을 더 주었다.

그 손을 기계장치 소년이 살짝 밀어냈다.

"미나즈키……?"

카논의 팔에서 빠져나와, 미나즈키는 일어섰다. 은백색의 소녀를 지키듯이 섰다.

장식품과 부딪쳤을 때 상처를 입었는지, 소년의 인공 피부는 부분부분 찢기고, 인공혈액이 뚝뚝 떨어졌다. 그것이 그의 옷과 융단을 까맣게 변색시켰다.

하지만, 미나즈키는 물러서지 않았다.

미나즈키의 뒤에는 카논이 있다. 《메타트론》이 카논을 표적으로 삼고 있는 이상, 미나즈키의 행동 불가능은 즉 카논의 죽음이다.

아무리 적의 전투 능력이 높아도, 자신의 무기가 통용되지 않더라도.

──나는 카논을 지켜내겠다.

미나즈키는 칠흑의 눈동자로 적을 노려보았다.

긴박감이 정적이 되어 실내를 가득 채웠다.

푸쉬~ 하고 투기용 오토마타의 배기음이 흘러나왔다. 그것이 멈춘 직후, 적이 움직였다. 미나즈키도 바닥을 박찼다.

바로 정면에 전광석화처럼 찔러진 검. 그것을 간파했다.

몸을 비틀어서 피한 미나즈키는 《메타트론》의 오른팔을

노렸다.

어쌔신 블레이드를 적의 팔꿈치 부분, 딱 장갑의 이음매에 찔러 넣었다.

푸직, 하고 뭔가가 절단되는 소리가 들렸다.

기계인형의 움직임이 순간, 멈췄다.

――공격이 통했다!

곧바로, 상대는 뛰어서 물러섰지만, 미나즈키는 분명히 손에 느낌이 있었다. 추격해서 공격을 가하려고 파고들었다.

적도 응전했지만, 확연히 조금 전과는 움직임이 달랐다. 미나즈키의 공격으로 《메타트론》의 팔꿈치는 관절 부분에 손상이 가고, 동작이 어색하게 변했다.

기계인형은 가슴으로 날아올 공격을 대비해서 자세를 잡았다.

하지만, 그다음 순간에 미나즈키가 노린 곳은 적의 손목이었다.

미나즈키는 컨트롤이 둔해진 참격을 피하고 파고들어, 《메타트론》의 손목을 장갑의 틈을 통해 파괴했다. 적의 오른손에서 검이 미끄러져 떨어졌다.

오토마타 파이트라면, 반칙이다.

팔꿈치를 공격한 시점에, 아마 시합이 중단될 것이다. 반칙패를 당할 가능성도 있을지 모르겠다.

하지만, 이것은 장난(오토마타 파이트)이 아니었다. 사느냐 죽느냐의 실전이다. 공격해서는 안 되는 부위 따위 없고, 어떤 수단을 사용해서라도 상대를 쓰러트려야만 하는 것이다.

——이것이 투기용과 전투용의 차이다.

무기를 떨어트린 《메타트론》은 무사한 왼팔로 그것을 주우려고 했지만, 미나즈키는 그 검을 걷어찼다.

유리문을 부순 검은 발코니로 굴러갔다.

《메타트론》은 검으로 싸우는 것밖에 프로그램되어 있지 않다. 그는 싸우기 위해서, 적인 미나즈키에게서 등을 돌리고 무기를 주우러 갔다.

그것을 느긋하게 기다려 줄 정도로, 대흡혈귀 전투용 오토마타는 어설프지 않았다.

"이걸로 끝이다!"

적이 발코니로 나가기 전에, 미나즈키는 《메타트론》의 뒷덜미, 소유지 인식 칩의 투입구에 은의 칼날을 찔러 넣었다.

칩을 파괴하기 위해서 베어 올렸다.

그 순간.

——찌릿, 하고.

미나즈키는 그때 처음으로 위기감에 온몸의 털이 곤두서는 체험을 했다. 이해보다 먼저 발동된 반사 신경. 미나즈키는 순간적으로 뛰어서 물러났다.

섬광이 시야를 덧칠했다.

인공 고막을 찢을 듯한 폭발음이 울려 퍼졌다.

순간적인 열풍이 소년의 뺨을 때리고, 검은 머리카락을 휘날렸다.

《메타트론》이 폭발한 것이다. 빛이 가라앉았을 때, 기계 인형은 원형을 남기지 않고 산산조각이 나 있었다. 검게 그을린 장갑이 덜컹, 하는 작은 소리를 내며 무너졌다.

카논은 떨어져 있어서 상처가 없다. 미나즈키도 바로 물러나서, 자잘한 금속 파편이 스친 정도다.

애초에, 그다지 큰 폭발이 아니었다. 피해가 있던 것은 《메타트론》 뿐이고, 실내의 가구들도 폭발 때문에 망가진 것은 없는 듯했다.

깨진 유리문에서 얼어붙을 듯한 밤공기가 흘러들어와, 실내의 온도를 급속도로 빼앗아 갔다.

"……뭐야, 이게."

무참하게 부서진 《메타트론》을 둘러보고 미나즈키는 멍한 목소리를 냈다.

어째서, 폭발이 일어났는지 전혀 이해할 수가 없다.

벽 앞에 주저앉아 있는 소녀도 망연자실한 모습이다.

그때, 문을 격렬하게 두들기는 소리가 들렸다. 쿵쿵쿵쿵, 하고 재촉하는 듯한 소리와 큰 목소리가 들린다.

미나즈키는 움직이지 않는 카논을 대신해서 문을 열었다.

"무슨 일입니까?! 엄청난 소리가 들렸다고 주위 방에서 항의가 들어와 있습니다만……."

인간 호텔 스태프였다. 미나즈키의 얼굴을 보고, 다음으로 소년의 등 뒤에 펼쳐진 참상을 목격한 그는, 점점 얼굴이 창백해졌다.

"소, 손님, 이 방은 대체……?!"

"오토마타가 폭발했다."

"폭발?!"이라며 호텔 스태프는 얼빠진 목소리를 냈다. 그 뒤로 "잠시 기다려 주세요"라며 억지로 미소를 짓고 말한 그는, 허둥지둥 바깥으로 나갔다.

문이 닫히고, 미나즈키는 카논을 돌아보았다.

순간, 깜짝 놀랐다.

카논은 바닥에 앉은 채로 《메타트론》의 파츠를 주워 모으고 있었다. 산산이 흩어진 장갑, 그을린 태엽, 분해된 톱니바퀴……. 그것들을 소중한 듯이 손으로 그러모았다.

실내에 흩어진 부품을 모두 모은다고 해도, 아마 《메타트론》은 복원할 수 없다.

그렇다. 카논의 의도는 복원이 아니다.

소녀의 손바닥이 휘어져 버린 장갑을 살짝 쓸었다. 폭발 때문에 묻은 그을음과 먼지를 닦아내자, 메탈릭한 광채가 드러났다. 거기에 소녀는 쓸쓸한 표정이 비쳤다.

괴로운 듯한, 노고를 위로하는 듯한. 하나, 또 하나 카논은 망가진 파츠를 모았다.

자신을 공격해 온 오토마타임에도 불구하고, 카논은 《메타트론》이 무참하게 파괴된 것에 마음을 아파했다.

그때, 미나즈키는 카논의 손안에 있는 것을 발견했다.

"어이, 카논. 그 파츠는……!"

어, 라며 소녀가 목소리를 냈다.

카논의 손에는 은색의 상자가 있었다.

자신의 메모리와 대조한 미나즈키는 확신에 차서 말했다.

"같아. 내가 무츠키의 머리에서 발견한 인공두뇌와 형태도 크기도……!"

카논이 숨을 멈추고 상자를 보았다. 그곳에는, 현재 메티스 그룹의 로고인 갑옷을 입은 여신상이 그려져 있었다.

미나즈키가 《메타트론》의 칩을 파괴했을 때, 헬멧이 깨지며 내용물 중 일부가 튀어나왔다. 중요한 인공두뇌는 폭발의 영향을 받지 않은 것이다.

미나즈키는 카논의 손에서 상자를 받아들었다.

"이 안에 흡혈귀의 뇌가 들어 있다면, 그걸로 확정이야. 그 인공두뇌를 만든 것은 하웰즈라는 게 될 거야!"

카논은 꿀꺽하며 목을 꿀렁였다. 미나즈키를 올려보고,

소녀는 한번 고개를 끄덕였다.

미나즈키도 마주 고개를 끄덕이고, 어쌔신 블레이드를 꺼냈다.

상자에 칼날을 찔러 넣으려고 했을 때.

그때 다시 문을 두드리는 소리가 울렸다.

가볍게 얼굴을 찌푸린 미나즈키는 캐리어백 안에 상자를 숨겼다. 현관으로 갔다.

문을 열자 이번에는 여러 명의 경관이 와 있었다. 그 뒤에 하웰즈도 있다.

"실례. 폭발했다는 오토마타를 봐야겠습니다."

경관 수첩을 보여준 경관들은, 미나즈키가 두말하지 못하게 방으로 밀고 들어왔다. 카논은 불안하게 남자들을 봤다.

"하웰즈 씨, 확인해주시죠."

경관의 재촉을 받아, 하웰즈는 카논이 모아 놓은 파츠 중 하나를 들었다.

깨진 헬멧의 파편.

그것을 손에 든 남자는 제대로 보지도 않고 대충 던졌다. 던져진 파편이 카논이 모아 놓은 다른 파츠에 맞아 깡! 하는 차가운 소리를 냈다.

하웰즈는 흩어진 파츠를 둘러보고 담담히 말했다.

"이것은, 도난당한 우리 회사의 제품 《메타트론》이 틀림없습니다."

"도난……?"

미나즈키가 끼어들었다.

경관 중 하나가 미나즈키를 보았다.

"하웰즈 씨에게 피해서가 날아온 거다. 오늘 저녁, 사원이 눈을 뗀 사이에 투기용 오토마타 《메타트론》이 도난당했다고 말이지."

미나즈키가 눈썹을 찌푸린 것과 동시에 세면소에 있던 다른 경관이 "컨테이너가 있습니다!"라며 얼굴을 내밀었다.

"메티스 그룹의 로고가 들어가 있습니다. 이곳에 《메타트론》이 들어가 있었던 것으로 보입니다."

"네, 그것은 우리 회사의 컨테이너입니다. 평소 《메타트론》은 그곳에 넣어두고 있습니다. 훔쳐지기 전에도 그곳에 집어넣어 두었죠. 이 컨테이너는 인증번호 입력이 필요한 구역에 놔뒀습니다만……."

거기까지 말한 하웰즈는 의미심장하게 카논을 보았다.

은백색의 소녀는 아직 상황을 파악하지 못하고 주저앉아 있었다.

하웰즈의 시선을 파악하고 경관 중 하나가 카논 앞에 웅크렸다.

"아가씨가 이 방에 숙박하고 있는 카논 잔델호르츠 씨

인가요?"

"네."

"세면실에 있는 컨테이너는 당신이 방으로 옮겨온 겁니까?"

"그게 무슨……!"

소리를 지른 것은 미나즈키다. 그 질문은 '당신이 범인입니까?'라고 묻는 것과 다름없다. 실례잖아.

하지만, 카논은 냉정하게 대답했다.

"아닙니다. 제가 방에 들어왔을 때는 이미 있었습니다."

경관이 다른 경관과 하웰즈를 올려보고, 눈썹을 살짝 찌푸려 보였다. 그들은 카논을 의심하는 것이다. 경관이 카논에게 얼굴을 돌렸다.

"그럼, 잔델호르츠 씨는 《메타트론》의 도난과는 무관계하다고 말하고 싶은 겁니까?"

"그렇습니다. 저는 《메타트론》을 훔치지 않았어요!"

카논이 큰소리로 주장했을 때였다.

깡! 하고 둔탁한 소리가 울려 퍼졌다. 하웰즈가 지팡이를 바닥에 찧은 것이다.

"미스 잔델호르츠. 보기 추한 항변은 그만두게. 솔직히 인정하는 편이 죄가 가벼워질 것이야."

'죄'라는 말에 카논은 몸을 떨었다. 믿을 수 없다는 표정으로 남자를 올려보았다.

하웰즈는 차갑게 이어갔다.

"그 구역의 인증번호를 알고 있는 것은 우리 회사에서도 몇 명뿐일세. 그들의 알리바이는 이미 확인했어. 달리 인증번호를 알 수 있는 것은 자네들 세 명밖에 없다는 것이야. 아마도, 내 손을 보고 번호를 기억한 거겠지."

"그런! 저는 인증번호 따위 외우지 않았어요!"

"그렇다면, 어째서 이 방에 《메타트론》이 있는 거지? 자네들은 아침에 체크인했겠지. 이 방의 열쇠는 자네가 가지고 있는 것이 아니었나?"

"그것은, 그렇지만…… 하지만, 열쇠라면 호텔에도 예비가 있을 거예요."

"호텔 사람들을 의심하라고 하는 건가? 그러나, 그러면 인증번호를 알고 있는 걸 설명할 수가 없어. 자네가 훔치지 않았다면 알리바이를 증명하게. 우리가 눈을 떼고 있던 오후 4시부터 5시까지다. 그 사이에, 자네는 어디서 무엇을 하고 있었지?"

"그 시간이라면, 환상의 하모니 기어 특별 이벤트에……."

"그곳에 자네가 있었다고 증명할 수 있는 인간은 있나? 이벤트에서 만난 사람은?"

"어, 그렇지만, 그곳은, 암흑 속에서 하모니 기어의 구동 소리를 즐기는 이벤트라, 주위에 있던 사람한테 보였을 리가 없는데……."

"즉, 아무도 자네가 그곳에 있었다고 증명할 수 없다는 건가?"

하웰즈의 추궁에 카논은 눈을 크게 뜬 채로 굳어졌다.

남자는 과장되게 한숨을 쉬었다.

"《메타트론》은 우리 회사 기술의 결정체야. 자네가 큰 관심을 보이던 하모니 기어도 사용되어 있지. 그것을 직접 본 자네가, 연구 재료로서 《메타트론》을 입수하고 싶다고 생각해 버린 것도 무리는 아닌 이야기겠지."

"아니에요…… 저, 그런 생각 안 했어요……!"

"특히 자네는 그 나이에 이미 부모를 잃었어. 생활은 그리 쉽지 않았을 터다. 장래에 불안을 느낀 자네는, 손쉽게 기사로서의 명성과 대학 장학금을 얻고 싶었다. 그러기 위해서는 고교생 오토마타 콘테스트에서 결과를 낼 수밖에 없어. 자네는 초조한 나머지, 잠깐 마가 낀 거다. 우리 《메타트론》을 연구하면 콘테스트에서 우승할 수 있을 것이다, 라고."

카논도 미나즈키도 경악했다.

용케 그렇게 갖다 붙일 수 있구나 싶었다.

실제로는 카논은 평범한 생활을 할 수 있을 만한 자금 원조를 대공 가문에서 받고 있다. 장래에 대한 불안을 품을 정도로 생활은 궁핍하지 않았다.

그러나, 그런 사정을 경관이 알 리가 없다. 하웰즈의 주장은 지당하다고 받아들여지고 있었다.

하웰즈는 힘껏 연민의 표정을 지었다.

“나도 우수한 학생을 이런 형태로 지옥에 떨어트리고 싶지는 않네. 하지만《메타트론》을 훔치고, 그뿐만이 아니라 파괴까지 해버린 이상, 우리 회사로서는 법적 조처를 하지 않을 수 없어. 알고 있겠지?”

그때 하웰즈는 카논에게 얼굴을 가까이 댔다.

소녀에게만 들리는 낮은 목소리로 속삭였다.

“——얌전히 나를 따랐으면 좋았을 텐데. 거역하니까, 이렇게 되는 걸세.”

카논이 찌릿하고 날카로운 시선을 보냈다.

남자는 아랑곳하지 않았다. 소녀의 작은 저항을 조소하듯이 입가를 일그러트리고, 하웰즈를 몸을 돌렸다. 카논이 기세 좋게 일어섰다.

“기다려 주세요, 하웰즈 씨……!”

남자를 쫓아가려고 한 카논이지만, 앞에는 덩치가 좋은 경관들이 가로막았다. 경관은 차분한 목소리로 말했다.

“잔델호르츠 씨, 상세한 이야기는 서에서 들을까요.”

카논의 얼굴에서 점점 혈색이 빠져나갔다. 겁먹은 소녀의 등에 팔을 두르고 경찰은 재촉했다.

위기감을 느낀 미나즈키는 한 걸음 앞으로 나서려고 했다.

"어이, 기다려. 카논은 피해자라고. 우리는 《메타트론》에게 습격을 받았다!"

떠나려던 하웰즈의 다리가 멈칫하고 세워졌다.

카논 옆에 선 경관이 "그건 무슨 소리입니까?"라고 물었다.

"나와 카논이 방에 들어왔을 때, 《메타트론》은 기동하고 있었어. 헬멧에 붉은 라이트가 두 개 점등되어 있었으니 틀림없지. 카논은 《메타트론》에게 살해당할 뻔했던 거다!"

"……투기용 오토마타는 오토마타 파이트를 하기 위해서만 존재하는 기계인형일세."

하웰즈는 딱딱한 목소리로 미나즈키의 말을 막았다.

"아마도 미스 잔델호르츠는 자신의 칩을 넣고 기동시켜 《메타트론》의 동작을 보려고 했던 거겠지. 그때, 상세한 사양을 잘 모르는 그녀는 자신을 대전 상대로 인식시키는 조작을 해버렸다고 추측할 수 있겠어."

"칩 따위 들어가 있지 않았어! 카논은 그저 세면실을 보러 갔을 뿐이고……!"

"미스터 · 잔델호르츠. 그녀를 감싸고 싶은 마음은 이해하네만, 가까운 사이인 자네의 발언은 증언으로서 인정되지 않네."

"그럼, 이 폭발은 뭐냐? 내가 《메타트론》을 막기 위해

소유자 인식 칩을 파괴했더니, 저 녀석은 폭발했다고. 이런 것, 우리에게 위해를 가하려고 한 누군가가 《메타트론》에게 폭탄을 설치한 게 분명해!"

"그건 아니지. 어째서냐면 《메타트론》에게는 원래, 자기파괴 장치로서 폭탄이 들어가 있으니까."

"뭐……?"

미나즈키는 의아스러운 목소리를 냈다. 카논도 이해할 수 없다는 시선으로 하웰즈를 보았다.

남자는 이해력이 부족한 학생에게 설명하듯이 이야기했다.

"몇 번을 말하지만, 《메타트론》에는 우리 회사의 기술이 집약되어 있어. 그것이 다른 곳에 넘겨다면, 우리 회사는 엄청난 손실이지. 우리는 기술을 지켜야만 하네. 다른 사람의 손에 건네져서 기술이 훔쳐질 정도라면, 폭파하는 편이 나은 걸세."

미나즈키도 카논도 할 말을 잃었다.

"기업 비밀을 지키기 위해, 《메타트론》은 사양을 모르는 기사가 만졌을 때, 폭발하도록 설계되어 있어. 미스터 잔델호르츠가 칩을 파괴할 때, 자폭 조건이 합치되고 말았겠지. 폭발은 그녀의 무고를 반증하는 이유가 될 수는 없네."

"……그런, 지독한……."

카논이 희미한 항의의 목소리를 냈지만, 하웰즈는 대응하지 않았다.

"아무튼 잔델호르츠 씨, 한 번 서에 오시지 않겠습니까?"

다시 재촉한 경찰이 카논의 팔을 잡았다. 그 순간, 미나즈키의 눈이 험악한 빛을 띠었다.

"어이, 너. 카논에게서 손을……."

"미나즈키."

나무라는 목소리.

카논의 강한 부름에 미나즈키는 입을 다물었다. 소녀의 감색 눈동자는, 이곳에서 경관에게 거역해서는 안 되다고 말하고 있었다.

"괜찮아. 나는 훔치지 않았어. 제대로 이야기하면, 무고하다고 알아줄 테니까."

다부지게 말한 카논은 경찰을 따라, 미나즈키의 앞을 지나갔다.

덩치 좋은 경관 사이에 낀 소녀의 등은 무척 미덥지 못하게 보였지만, 미나즈키는 배웅할 수밖에 없었다.

멍하니 서 있는 소년에게 살짝 다가온 호텔 스태프가 "저기, 새로운 방을 준비할 테니, 잠시 기다려 주세요"라고 속삭이고 갔다.

† † †

“《메타트론》 도난 사건의 피의자를 무사히 확보했습니다. 피의자는 카논 잔델호르츠, 15세. 예셀에 사는 고교생입니다. 지금 바로 그쪽으로 연행합니다.”

무전기로 경관이 말을 했다. 호텔 복도에서 지나치는 사람들은 모두 무슨 일인가 싶어서 카논을 빤히 바라보았다. 경관에 낀 은백색의 소녀는 몸을 움츠리고 있다.

“저기, 지금부터 저는 어떻게 되는 건가요?”

미나즈키의 앞에서는 그렇게 말했지만, 카논은 내심 불안으로 가득했다. 옆에 있는 경관을 올려보자, 모자를 깊이 눌러쓴 남자는 “아아.”라며 의욕 없이 말했다.

“경찰서에서 조서를 받을 거야. 무고가 증명되면, 그 시점에 석방되겠지만, 증명할 수 없으면 최저, 일주일간 구류이려나.”

“일주일이나?!”

“범행을 부인하면, 구류는 다시 일주일 더 연기될 수 있어. 범인으로 확정되면, 그 뒤에는 재판 등의 준비를 해야겠지.”

“그런…….”

“천하의 메티스 그룹에 절도를 시도했으니 당연하지. 게다가 하필이면 투기용 오토마타라니. 분명히 평생이 걸려도 다 갚지 못할 손해배상 청구를 당할 거야. 자업자득이라고는 해도, 그 나이에 불쌍하군."

경관이 무례한 시선을 소녀에게 보냈지만, 카논은 그것도 눈치채지 못했다.

——무고가 증명되지 않으면, 최장 2주간……? 절대 버티지 못해.

항상 몸에서 떼지 않고 다니는 것을 소녀는 옷 위에서 꽉 쥐었다.

이제 와서지만, 이것을 가지고 와버린 것을 후회했다.

경관과 같이 엘리베이터에서 내려서, 1층 로비에 도착했다. 호텔의 입구에는 이미 오렌지색의 순찰차가 회전등을 빛내면서 기다리고 있었다.

그 도중에,

"어? 잠깐, 카논이잖아! 어째서 경찰과 같이 있는 거야?!"

로비에 있던 리타가 달려왔다. 리타는 카논과 경찰들의 앞을 가로막더니 그들을 이해할 수 없다는 시선으로 번갈아 봤다.

——그래. 리타라면…….

이 소동 탓에 완전히 잊고 있었지만, 리타와 저녁을 먹기 위해 로비에서 만날 약속을 했었다.

경관이 말했다.

"물러나 주시겠습니까, 피의자를 연행 중이니."
"피의자?! 카논이 대체 무슨 짓을 했다는 거야?"
"수비 의무가 있어서, 그것은 대답할 수 없습니다. 물러나지 않으면 공무집행 방해에 해당합니다."
"뭐?! 그거 협박이야? 너희, 내가 누군지 알고 그런 말 하는 거야?!"
"리타 씨, 괜찮아."
험악한 분위기가 되려는 것을 카논이 허둥지둥 끼어들어 막았다.
미나즈키와 마찬가지로 리타도 내버려 두면 경관 상대로 문제를 일으킬 수 있었다. 이 두 사람은 이러니저러니 해도 서툰 면이 쏙 빼닮았다.
"그렇게 말해도, 카논……."
뭔가 더 말하려는 리타의 손을 쥐고, 카논은 진지한 눈빛을 보냈다.
"나는 괜찮아. 미나즈키를 부탁해."
리타가 카논을 봤다.
소녀들의 시선이 얽혔다.
경관이 카논의 팔을 당겼다. 그대로 카논은 순찰차에 연행되어 갔다.
그 자리에 남겨진 리타는 순찰차가 떠나고 나서 손을 펼쳤다.

그곳에는 금색으로 빛나는 하트 형태의 금속 조각이 있었다. 조금 전에 카논이 손을 잡았을 때, 쥐여준 것이다.

액세서리 같은 그것을 찬찬히 바라보고 리타는 말했다.

"……뭐였지, 이거?"

COMMAND Wake up, Order, Shut down

Episode.4

4장 ☆ 대흡혈귀 전투용 오토마타와 흡혈귀의 잘못된 화해 방법

카논을 태운 순찰차가 가르며 가르고 멀어져 갔다. 그것을 호텔 방의 창문을 통해 배웅한 하웰즈는 비서의 이름을 불렀다.

"유리."

"네, 사장님. 부르셨나요?"

헐렁헐렁한 백의를 입은 소녀는 즉시 남자에게 대답했다. 얼굴에는 미소가 끊이지 않았다. 그러는 게 비서의 책무라고 배운 적이 있기 때문이다.

그에 비해서, 남자의 미간에는 깊은 주름이 새겨졌다.

"어째서, 《메타트론》을 기동시켰지?"

유리의 뺨이 움찔, 하고 떨렸다. 하웰즈는 계속 말했다.

"나는 이렇게 말했을 텐데. 《메타트론》을 컨테이너 채로 방에 놓고 오라고. 그 이상의 지시는 하지 않았어."

남자가 돌아보았다.

유리는 굴절 없는 미소를 띠고 있었다. 마치 첫사랑 상대를 만났을 때처럼, 남자의 시선을 받은 소녀는 기쁨을 드러냈다.

유리는 이대로 시간이 멈추면 좋을 텐데, 같은 전혀 다른 생각을 하고 있었다.

입을 열지 않는 소녀를 보며 하웰즈는 인내심이 끊어졌다. 지팡이를 들어 올려, 옅은 다갈색의 머리를 후려쳤다.

"누가 《메타트론》을 기동상태로 놓고 오라고 말했나! 저 계집이 죽으면 어떻게 할 생각이었냐는 거다! 최강의 오토마타를 만들려면 저 계집이 필요해. 저것을 잃어버리면 되돌릴 수 없다는 것을 몰랐던 거냐!"

퍽, 퍽, 하고 지팡이로 몇 번이고 소녀를 가차 없이 쳤다.

유리는 피하지 않았다. 비명도 지르지 않고, 표정은 미소 그대로 남자의 폭력을 가만히 받아들였다. 옅은 다갈색의 머리카락이 흐트러지고, 그 아래의 두피가 찢겨, 혈액이 뿜어졌다. 선혈이 소녀의 이마를 따라 흐르고, 두 눈에 들어가, 눈물처럼 뺨을 적셨다.

"이 덜떨어진 것, 불완전하고, 비효율적인 고물이! 명령도 제대로 듣지 못하는 거냐? 너는 나를 따르기만 하면 된다고 말했을 터다. 멋대로 움직이지 마!"

분노에 몸을 맡긴 남자를 유리는 미소를 지은 채 바라보았다. 계속 맞으면서 안경이 미끄러지고, 작은 소리를 내며 바닥에 떨어졌다.

고통은 없다. 눅눅한 액체가 뺨을 따라 흐르는 불쾌감도 아무래도 좋다.

다만, 가슴 속의 불협화음만이 무척 번잡스럽게 울렸다. 마치 서툰 트럼펫을 귀가에서 불고 있는 것처럼.

소녀의 턱에서 피가 뚝뚝 흐르고, 호텔의 융단을 더럽히기 시작했을 때 하웰즈는 겨우 손을 멈추었다. 지팡이를 손수건으로 닦고 남자는 말했다.

"최근, 너는 거동이 이상해. 쓸모없으면 처분……."

"저는 이상하지 않습니다, 사장님."

남자를 막고 유리는 말했다. 바닥에 떨어진 안경을 줍고, 썼다.

"저는 완벽하게 정상입니다. 그 건은 조금 지나친 억측입니다. 카논짱이 아무렇지도 않게 《메타트론》을 경찰에 보낸다면, 도난 용의를 씌우는 것은 어려워질 것이라고 판단한 겁니다."

"……."

하웰즈는 대답하지 않았다.

남자는 이미 유리를 보지 않았다. 지금부터 저녁을 먹으러 갈 것이다. 외투를 걸치고 나갈 준비를 했다.

"이레귤러가 있긴 했지만, 대략 계획대로다. 절대 그 계집이 석방되지 않도록 조치해. 폭발한 《메타트론》의 메모리는 회수해두도록. 네 실수로 만들어진 증거품이다. 잘 들어, 회수하자마자 바로 파기하도록 해."

명령만 남기고 남자는 방을 나갔다.

혼자 남겨진 유리는 쓸쓸한 듯이 속삭였다.

"네, 사장님."

† † †

미나즈키는 스위트룸에서 새로 준비된 방으로 이동했다. 이번 객실은 조촐한 싱글룸이다.

새로운 객실로 들어가자마자, 미나즈키는 가지고 온 캐리어 백을 난폭하게 던졌다.

"당했어……!"

하웰즈는 처음부터 이것을 노린 것이다.

《메타트론》을 카논에게 보여주고, 그녀에게 메티스 그룹에 들어오도록 권유한다. 거기서 그녀가 허락하면, 목적은 달성. 거부할 경우 《메타트론》 도난의 죄를 씌워서 카논을 궁지에 몬다.

호텔 방을 준비해준 것도, 아침에 체크인하라고 말한 것도 모두 하웰즈의 계획안에 있었던 것이다.

미나즈키는 전시장과 호텔이 연결되는 복도에서 유리를 만난 것을 떠올렸다. 그때 아마 자신들의 방에 《메타트론》 옮겨 넣은 것이리라.

유리가 말한 '제품의 보충'을 위해서라면 짐차가 비어 있는 것이 설명되지 않는다. 판매 장소는 부스니까, 유리가 제품을 가지고 오지 않으면 이상한 것이다. 묘하게 미나즈키를 호텔 방으로 보내려고 하지 않았던 이유도, 그것으로 설명이 됐다. 카논을 범인으로 꾸미려면 미나즈키가 혼자 방에 들어가면 곤란하다.

게다가, 범행의 추정 시각에 맞춰서 회장에는 특별 이벤트까지 열렸다.

미나즈키는 카논이 가지고 있던 팸플릿을 꺼내서 봤다.

『환상의 하모니 기어 – 특별 이벤트

평소 체감할 수 없는 새카만 어둠 속에서 환상으로 불리는 거대 하모니 기어가 연주하는 기동음을 들어봅니다. 톱니바퀴의 형태로 살짝 빛나는 모습은 로맨틱하며, 밤의 해변을 떠올리게 합니다.』

정경을 상상한 미나즈키는 침통한 표정으로 "휴우우우…….”하고 깊은 한숨을 쉬었다.

확실히 말하지.

이 런 곳 에 누 가 가 냐!

그럴싸하게 멋진 말을 늘어놓고 있지만, 암흑 속에서

기어의 단조로운 구동음을 듣는 것뿐이라니, 가벼운 고문이다. 이걸 기뻐하며 참가하는 사람의 마음을 모르겠다. 목격자가 나오지 않도록 어둡게 꾸몄거나, 실제로 이벤트에는 카논밖에 참가하지 않았으리라고 추측할 수 있었다.

하지만, 그걸로 결국 카논이 낚였으니, 하웰즈의 계획은 대성공이다. 그녀의 알리바이를 증명하는 것은 불가능해져 버렸다.

미나즈키는 고민했다.

스위트룸에 있던 《메타트론》을 카논이 훔친 것이 아니라고 증명할 방법.

"……기동상태였다, 라는 것은 그 《메타트론》의 메모리에는 그가 보고 들은 것이 모두 들어가 있겠지."

그것은 증거로써 이용할 수 있다.

오토마타가 자동으로 기동하는 일은 있을 수 없다. 반드시 누군가가 기동명령(웨이크업)을 내린 것이다.

기동상태였는데, 카논이 올 때까지 녀석이 세면실에서 움직이지 않았던 것은 그런 사양이었기 때문이다.

투기용 오토마타는 싸우는 것밖에 프로그램되어 있지 않다. 그러나 싸우려면 대전 상대가 필요하다. 싸울 상대를 직접 눈으로 보기 전까지 녀석은 움직이지 않는 것이다.

《메타트론》의 메모리에는 마스터의 음성과 기동 중에 그 안구 카메라가 포착한 영상이 기록되어 있을 것이다. 그것으로 카논이 범인이 아니라고 증명하는 게 가능했다.

——스위트룸에 남겨진 《메타트론》의 메모리를 손에 넣는다. 그것을 증거로 경찰에 제출하면, 카논은 석방될 것이다.

좋아, 라며 미나즈키는 스위트룸으로 가려고 발코니로 연결된 유리문을 열었다. 숙박객이 사라진 방은 아마도 잠겨져 있을 것이다. 문으로 들어갈 수 없다면, 발코니로 침입할 수밖에 없다.

영하의 바람이 불어 들어오고, 커튼이 휘날렸다.

미나즈키는 난간으로 뛰어올랐다.

언제 눈이 내려도 이상하지 않은 차가운 겨울 하늘 아래다. 발코니로 나와 있는 머리가 이상한 인간은 없는지, 주위는 무척 조용했다.

다리의 용수철과 인공 근육을 구사해서, 미나즈키는 도움닫기도 없이 도약했다.

소년의 짙은 감색 코트가 휘날렸다. 새카만 허공을 가르고 미나즈키는 대각선 위에 있는 발코니에 가벼운 발소리를 내며 착지했다.

어둠에 섞여, 기계장치 소년은 객실 발코니를 계속 뛰어넘었다.

커튼을 닫아둔 손님들이 눈치챌 수 있을 리가 없다. 우연히, 유리문에 얼굴을 대고 있던 어린아이가 놀란 눈으로 이쪽을 봤지만, 그때 미나즈키는 다음 발코니로 뛰어넘고 있었다. 아무리 저 어린아이가 소란을 피워도, 어른들은 눈의 착각이라면서 웃을 뿐이겠지.

그리고 미나즈키는 목표하던 스위트룸에 도착했다.

실내에 인간의 그림자는 없다. 깨진 유리문은 그대로고, 방에는《메타트론》의 파츠가 흩어져 있었다.

카논과 고등학교에 다니고, 수업을 받았던 미나즈키는 오토마타 기사로서 기초 지식은 웬만큼 가지고 있었다. 메모리가 어떤 형태를 하고 있는지는 학습이 끝난 상태다.

방에 침입한 미나즈키는 목표로 삼은 것을 찾기 시작했다.

고작 몇 분 만에 그것은 발견되었다.

몇 센티 정도 크기의 금속 조각. 메모리는 소파 옆에 떨어져 있었다. 안도했다.

폭발로 파손되었으면 어쩌나 하는 우려도 있었지만, 무사했던 모양이다. 일단 목적 달성이었다. 이제 이것을 경찰에 제출하면 된다.

미나즈키는 목표하던 금속 조각을 쥐었다. 휴 하고 바람을 불어 먼지를 털었을 때,

"읏?!"

옆에서 날아온 칼날이 손등에 박혔다.

동양에서 사용되는 10센티 정도 되는 나이프 형태의 무기, 쿠나이이다. 은색으로 빛나는 날카로운 양날 단검이 미나즈키의 손등에 박혀 있었다. 그 자루에는 사슬이 연결되어 있다.

사슬을 따라, 미나즈키는 얼굴을 옆으로 돌렸다.

발코니 난간에 《메타트론》이 서 있었다.

하얀 밤하늘을 배경으로 메탈릭한 갑옷이 옅은 빛을 뿜고 있다. 그 모습에는 어딘가 모를 신성함마저 느껴졌다. 이름 그대로, 신의 심부름꾼이 하늘에서 내려온 것 같은 착각이 들 정도다.

《메타트론》은 왼손을 이쪽으로 내밀고, 손목의 장갑 틈새로 사슬이 뻗어 나와 있었다.

——어째서, 이 녀석이 이곳에……? 아니, 그 전에 이 무기는 뭐지?

미나즈키가 의문으로 생각했을 때, 《메타트론》은 다른 한쪽의 팔을 휘둘렀다.

거기서도 날아오는 쿠나이.

미나즈키는 손에 박혀 있는 쿠나이를 뽑고 소파 뒤로 몸을 던졌다. 소년을 공격할 터였던 무기가 기세 좋게 가죽을 찢은 소리가 들렸다.

——이게 어떻게 된 일이지?

입수한 메모리를 코트 주머니에 찔러넣고, 미나즈키는 생각했다.

《메타트론》이 또 한 대 있었다. 그 자체는 신기한 이야기가 아니다. 오토마타 파이트라는 경기의 특성상, 시합에서 오토마타가 파괴되는 일도 있을 것이다. 메티스 그룹이 예비를 준비해뒀을 가능성은 충분히 있다.

문제는, 저 《메타트론》이 확연하게 불필요한 무기를 소유하고 있다는 것이다.

오토마타 파이트는 투기용의 검으로 싸우는 경기였을 터였다. 그렇다면, 투기용 오토마타가 검 이외의 무기를 들고 있는 것은 이상하다. 저 사슬이 달린 쿠나이를 다루는 것은 투기용 기체의 영역을 넘어섰다.

철컹, 하는 발소리가 들렸다.

《메타트론》이 융단을 밟으며 다가오는 것 같다.

소파 뒤에서 미나즈키는 자세를 잡았다.

——'적'을 인식. 전투 모드로 이행——

오른손의 어쌔신 블레이드를 소리도 없이 꺼냈다.

다음으로 발소리가 들렸을 때, 미나즈키는 바닥을 강하게 박찼다. 소파를 뛰어넘어, 공중에서 적에게 육박했다.

미나즈키가 나오는 것을 기다렸다는 듯이, 쿠나이도 날아들었다.

그것을 어쌔신 블레이드로 튕겨내고, 일단 적의 팔을 노렸다. 이미 《메타트론》의 약점은 파악해뒀다. 녀석은 유효범위 바깥을 공격하면 대응하지 못한다.

미나즈키는 적의 팔을 무력화하기 위해, 팔꿈치의 장갑 사이로 칼날을 쑤셔 넣으려고 했지만.

어쌔신 블레이드에 사슬이 감겼다.

"쯧……!"

공격이 막힌 미나즈키는 착지하자마자 후퇴했다.

지난번의 《메타트론》과 싸우는 방식이 다르다. 지금 녀석은 팔에 대한 공격을 막았다.

경계하며 물러난 미나즈키에게 적은 양손에 든 쿠나이로 공격했다.

바람을 가르는 소리가 들리며 쿠나이의 은색 빛이 여러 줄기 번뜩였다. 제대로 파악하지 못한 공격이 소년의 몸에 가차 없이 상처를 새겼다.

――이 녀석, 지난번 《메타트론》보다 훨씬 강해……!

후퇴하면서 미나즈키는 얼굴을 찡그렸다.

어쌔신 블레이드만으로 두 자루의 쿠나이에 제대로 대처하지 못했다. 미나즈키는 적의 공격을 반은 막지 못하고, 반격도 제대로 가하지 못했다.

아마도 이것은 《메타트론》의 상위 모델일 것이다. 미나즈키와 호각이었던 스피드가, 확연하게 올라갔다. 거기에 더해서, 유효 범위라는 개념이 없다. 조금 전부터 적은 심장 이외에도 노리는 것이다.

이전의 《메타트론》은 오토마타 파이트라는 경기의 틀 안에서 싸우려고 했다. 그러니까 미나즈키는 그 약점을 찔러서 이길 수 있었다. 하지만, 그 상위 모델은 그게 없다.

미나즈키는 후퇴하는 도중에 부딪힌 가구, 사이드 테이블을 《메타트론》에게 내던졌다. 목제 테이블에 쿠나이가 박히고, 미나즈키에 대한 공격이 순간 멈췄다.

그 틈에, 소년은 뛰었다.

오토마타를 쓰러트리려면, 노릴 곳은 가슴의 태엽이던지 뒷덜미의 칩이다. 단단한 장갑으로 태엽이 보호되고 있다면, 칩을 노릴 수밖에 없다.

사이드 테이블에서 쿠나이를 뽑은 《메타트론》이 위를 올려봤다.

머리 위로 뛰어오른 소년에게 적은 무기를 던졌다. 그 공격은 예상했다. 그리고, 그 쿠나이를 쳐서 떨어트릴 마음은 원래 없었다.

몸의 손상을 두려워하지 않는 기계장치 소년은 방어보다 공격을 우선한 것이다.

소년의 배에 쿠나이가 박혔다. 인공 피부가 찢기고, 그 안에 있는 신경 케이블과 인공혈관, 인공 장기가 파괴되는 것을 자각했다.

몸 안이 부서지면서도, 미나즈키는 공중에 거꾸로 뛰어서 《메타트론》의 급소를 노렸다.

"들어갔다── 큭?!"

목덜미를 포착하며 승리를 확신했을 때, 미나즈키는 믿기 어려운 것을 목격했다.

《메타트론》에는 칩이 들어가 있지 않았다.

──그런 말도 안 되는 일이.

미나즈키는 딱 한 번 칩 없이 움직인 적이 있다.

그러나 그것은 미나즈키가 스스로 파괴했기 때문이다. 기동명령(웨이크업)과 종료명령(셧다운)을 하려면 칩의 존재가 필요 불가결이며, 미나즈키도 소유자의 성문이 없으면 기동할 수 없다. 칩이 처음부터 들어가 있지 않은 것은, 이상하다.

동요가 미나즈키의 손을 멈춰 세웠다.

그것을 놓칠 적이 아니다.

재빠른 몸놀림으로 돌아본 《메타트론》은 단단한 장갑에 감싸인 다리로 미나즈키를 차 날렸다. 멋진 뒤돌려차기였다.

쾅! 하는 커다란 소리를 내며 미나즈키는 벽에 내동댕이쳐졌다. 인공혈액이 요란하게 뿜어지고, 융단을 더럽혔다.

실내에는 《메타트론》이 내는 희미한 배기음이 울려 퍼

졌다.

기계인형은 가만히 미나즈키를 바라보았다. 바닥에 쓰러진 피투성이의 소년은 인간이라면 중상이며, 재기 불능처럼 보였다.

그러나――

"……알았어. 그런 거였군."

미나즈키는 속삭이며, 대범한 표정으로 몸을 일으켰다.

아직 전의를 잃지 않은 미나즈키를 확인하고 적은 다음 공격 태세로 들어갔다. 양손으로 사슬을 붕붕 돌리기 시작했다.

미나즈키도 어차피 통하지 않을 테니 사용하지 않았던 사연장 권총을 기동했다.

"어이, 너, 《메타트론》이 아니구나. 안에 누가 들어가 있지?"

소년의 질문에 사슬을 돌리는 속도가 살짝 변했다.

"이상하다고 생각했어. 《메타트론》에게는 사각이 없잖아. 하웰즈가 자랑스럽게 말했으니 말이지. 그러면, 너는 어째서 내가 뛰었을 때 위를 봤지? 《메타트론》의 상위 모델이라면, 그런 움직임은 보이지 않을 터다."

적은 대답하지 않았다.

그래도 미나즈키는 계속 말했다.

"목덜미의 투입구에 칩이 없는 것도 이상하지. 너는 기동할 때마다 스스로 칩을 파괴하는 사양이냐? 그렇다면 마스터의 명령도 듣지 않게 되지. 칩 없이 기동했다, 라는 가능성은 생각하기 어려워. 그런 오토마타는 현재 헬바이츠에서 용납되지 않아."

미나즈키는 눈을 가늘게 뜨고, 기계인형을 보았다.

"즉, 그 장갑은 네 본체가 아니야. 너는 《메타트론》의 장갑을 몸에 입고 있을 뿐이다. 서모그래피를 통하면 부분부분 붉게 보여. 인간의 체온이다. 놀랍게도, 아무래도 너는 인간인 모양이야. 그렇지 않으면, 인간과 같은 체온을 지닌 오토마타던지."

만약 오토마타라고 한다면 메티스 그룹도 체온이 있는 기계인형을 만들고 있다는 이야기가 된다. 그러나, 그것은 하웰즈의 신념에 위반된다는 생각이 들었다.

미나즈키의 말에 적은 여전히 침묵했다.

혹시 말을 하지 못하는 걸지도 모른다. 하지만, 미나즈키의 말을 이해하고 있는 듯했다. 묻지도 따지지도 않고 바로 공격해오지 않는 것이 그 증거였다.

미나즈키는 마치 보라는 듯이 한숨을 쉬었다.

"하웰즈의 명령으로 네가 여기에 온 것은 알고 있어. 그 녀석이 카논을 함정에 빠트린 거겠지? 《메타트론》을 기동시키지 않았다면 증거를 남기지 않았을 텐데, 그 녀석도 바보구나. 투기용 기체 따위가 나를 부술 수 있다고 생각하기라도 했나?"

사슬을 돌리는 속도가 갑자기 올라갔다.

――틀림없다. 이 녀석에게 감정이 있다.

"그래서, 제대로 부수지 못한 내 뒤처리를 네가 짊어지게 된 거냐? 어이, 돌아가서 네 얼빠진 주인한테 전달해. 나를 부수고 싶다면, 말도 못 하는 송사리를 보내지 마, 라고."

적이 움직였다.

사슬이 연결된 쿠나이가 소리를 내며 다가왔다.

그것을 엎드려 피하고, 미나즈키는 득의양양하게 웃었다.

적은 미나즈키에게 도발을 당해 분노를 하고 있다. 공격이 '부순다'는 것밖에 생각하지 못하고 있고, 필연적으로 노리는 게 직선적이 되었다.

미나즈키는 사이드 스텝으로 공격을 피하고, 사연장 권총을 겨누었다.

서모그래피로 붉어진 부분을 쐈다. 그곳은 장갑의 틈새다. 인공혈액의 탄환은 노린 대로 착탄되었다.

――역시 오토마타인가?

총알을 맞아도 고통스러워하는 모습을 보이지 않았기에 미나즈키는 그렇게 판단했다.

그렇다면, 사양할 것 없다.

적이 크게 들어 올린 사슬을 던졌다. 그 타이밍에 나타난 붉은 부위를 쐈다. 적의 팔 신경 케이블이 파괴되고, 통제가 어긋났다.

사슬을 피하는 것은 그렇게까지 어려운 일이 아니다. 다행히, 스위트룸에는 가구들이 잔뜩 있다. 그것들을 방패로 삼으면 되는 것이다. 적이 접근전으로 가져가려고 해도, 미나즈키는 계속 도망치며 그것을 회피했다.

총알에 신경 케이블이 파괴된 탓에 공격이 맞지 않고, 적이 짜증을 부리기 시작했다. 그에 공격이 더 단조로워졌다. 악순환이다.

허공을 가른 사슬 달린 쿠나이가 방의 가구들을 후려쳤다. 꽃병과 그림이 공중으로 뜨고, 요란스러운 소리를 냈다. 미나즈키는 낮은 자세로 사슬을 피하고, 적에게 육박했다.

일직선으로 헬멧을 노렸다. 그것을 벗기면 본래의 목덜미에 있는 칩이 드러날 터다.

"얼굴 정도는 보이라고. 표정은 있겠지?"

어쌔신 블레이드로 헬멧의 끝을 걸어서 들어 올렸다.

하얀 목이 조금씩 드러나고, 턱이 보였을 때 미나즈키는 상대를 특정했다. 자신도 모르게 목소리가 나왔다.

"너……!"

그 뒤를 이어가기 전에,

——에너지 잔량이 없습니다. 강제종료합니다——

머릿속에서 기계의 음성이 들렸다.

——뭐?

처음 듣는 말이다. 전혀 의미를 모르겠다. 아니, 의미 자체는 알지만, 납득할 수 없다.

하지만 다음 순간, 미나즈키에게 현실을 들이미는 듯이 덜컹! 하고 온몸이 무거워졌다. 미나즈키는 무릎에 힘이 풀렸다.

——어떻게 된 거지? 에너지 잔량? 말도 안 돼. 나의 태엽은 에델라…………

시야가 암전.

몸의 감각이 사라졌다.

멀리서 묘하게 아는 목소리가 들린 것을 마지막으로, 미나즈키의 의식은 어둠에 삼켜졌다.

† † †

백의가 바람에 흔들리고 있다.

따사로운 봄바람이다. 창에서 쏟아지는 상냥한 햇살이 주변을 비추고, 그녀의 아름다운 검은 머리카락을 반짝였다.

——아아, 이것은 꿈인가?

돌아가신 어머니의 뒷모습에 미나즈키는 가슴이 옥죄어 왔다.

가끔, 이렇게 종료 직후에 기억 데이터의 플래시백이 일어나는 것이다. 그것을 미나즈키는 꿈이라고 불렀다.

이것은 언제적 기억 데이터일까?

미나즈키는 기억에 없다. 검색하려고 해도, 꿈을 검색할 수 있을 리가 없었다.

말없이 하루미의 등을 바라보고 있자, 문득 냉정한 목소리가 들렸다.

"설명해줬으면 해, 하루미. 어째서, 이런 것을 딸한테 보낸 거지?"

옆에 남자가 서 있었다.

신경질적인 얼굴을 지닌 남자가. 그는 미나즈키를 가리켰다. 아무래도 '이런 것'이란 미나즈키를 말하는 모양이다.

"자네는 이것은 '부적합'하다고 판정하고, 전장에 투입하기를 단념했지. 그 결단을 탓할 마음은 없어. 나도 시험했지만, 놀랄 정도로 결함투성이였지. 어째서 이런 결과가 되었는지 나도 이해할 수 없지만, 이것만은 확신을 품고 말할 수 있어. 폐기품(정크). 그것이 타당하겠지."

남자의 말에 미나즈키의 마음이 차갑게 굳어지는 느낌

이 들었다.

그는 계속 더 말했다.

"하지만, 자네는 이것을 처분하지 않았어. 그뿐만 아니라 전장에 보내 망가트리는 것을 거부하고, 비밀리에 딸에게 보내려고 했지. 이해할 수 없어. 대체, 어떤 의도로 그런 짓을 한 건가?"

한동안, 하루미는 침묵했다.

신록의 수풀이 바스락바스락 흔들렸다. 창 근처에는 아래에 심어둔 나뭇가지가 얼굴을 내밀었다. 그곳에 붙어 있는 커다랗고 하얀 꽃들도 흔들렸다.

"그 아이를 당신이 사용한 건가요?"

"그래 내가 직접 테스트했어. 내 테스트 결과를 신용할 수 없다면, 입회해도 좋아. 실제로 자네도 이것을 '부적합'으로 결론 내지 않았나? 그것을 피를 이어받은 딸에게 보내려고 하다니, 대체 무슨 심산으로……!"

쿡쿡 작은 새가 지저귀는 듯한 소리가 들렸다.

열을 내고 있던 남자가 입을 다물었다. 백의 쪽에서 웃음소리가 들리는 것을 깨달은 남자는, 금방 불쾌한 표정을 지었다.

"……뭐가 웃기는 건가?"

"당신과 그 아이가 대화하는 모습을 상상했더니, 무척 재밌어서요. 당신은 꽤 불쾌해졌겠지요."

하루미는 웃음을 거뒀다. 등 뒤에서 나지막하게 숨을 내뱉었다.

"당신은 그 아이를 쓸 수 없어요. 욕심을 내도 소용없네요. 그 아이를 딸에게 보내줘 주세요."

"이유를 들려줬으면 하네. 이 부적합은 아직 연구 가치가 있는 건가? 자네의 의견을 듣고 싶어. 그러고 나서 판단하도록 하지."

"저는 이 이상, 당신과 토론할 마음은 없어요. 그것은 이전에도 말했던 그대로예요."

어째서지, 라며 남자는 얼굴을 찡그렸다.

"하루미, 언제부터 자네는 그렇게 된 거지? 옛부터 같은 대학에서 배우고, 오토마타를 주제로 수없이 토론했지 않았나? 자네의 발상은 무척 자극적이었어. 나는 자네 이상의 기사는 없다고 생각하네. 자네가 기사로서 일선에서 물러난 지금도 말이다!"

백의를 비추는 남자의 눈동자가, 집착으로 흐려져 있다.

"자네가 대공 가문에 시집을 간다고 했을 때, 나는 이미 예상했었어. 자네는 또 언젠가 기사로 돌아올 것이라고. 자네 정도의 재능은 그냥 잠자고 있을 수가 없는 거지. 실제로, 자네는 《뱌쿠단식》을 만들었어. 그것으로 나는 확신했어. 자네는 나와 같이 연구를 해야 하네."

하루미는 몸을 조금 꿈틀거린 모양이다.

그래도 남자는 열렬하게 계속 말했다.

"《뱌쿠단식》은 아직 불완전해. 자네도 그렇게 생각하겠지? 저것은 더 진화할 거야. 자네가 나와 손을 잡으면, 최강의 오토마타 부대를 반드시 완성할 수 있어! 그렇게 하면, 지금, 전 세계를 유린하고 있는 흡혈귀는……."

"에릭 선배."

하루미의 강한 목소리가 남자를 막았다.

"지나친 과대평가예요. 저는 당신이 바라는 듯한 기사가 아니에요."

짐 마차가 지나가는 목가적인 소리가 멀어지고 나서, 하루미는 말했다.

"평행선이죠. 어디까지 가도 교차할 수 없는 부분이 있어요. 당신과 저는, 반대 방향으로 달리고 있는 것과 같아요. 같이 달리는 일은 불가능하고, 혹시 그런 일을 하게 되면 서로에게 도움이 되지 않겠지요."

"그럴 리가 없어. 자네와 내가 연구한 성과가 《뱌쿠단식》이야! 《뱌쿠단식》의 공적은 의심할 여지가 없잖나. 하루미, 나와 같이 오토마타를 만들어줘. 나에게는 자네가 필요해!"

백의 위에서 검은 머리카락이 흩날렸다. 아무래도 고개를 저은 듯했다.

"……저 아이의 기동 명령 문구를 기억하고 있나요?"

"기동 명령의 문구라면, 자네의 메모가 들어가 있었지. 필요하다면 부하에게 가지고 오도록 하지."

"저는 외우고 있으니 필요 없어요. 《뱌쿠단식》의 기동 명령에, 제 소망이 담겨 있답니다. 당신이 그것을 허용할 수 있게 된다면, 같이 연구하는 일도 가능하겠죠."

하루미는 한 번도 돌아보지 않았다.

남자는 실의를 드러내며, 방을 나갔다. 미나즈키도 그 뒤를 따랐다.

복도를 걸으면서 남자는 속삭였다.

"이것의 기동 명령? 전투용 기체에는 정말 어울리지 않는 대사였던 기분이 드는데, 뭐였지……."

한동안 고민하던 남자는, 갑자기 발을 멈췄다.

"아아, 떠올랐어. 분명히——."

"안녕, 미나즈키. 오늘도 멋진 날이야."

두 목소리가 겹쳐졌다.

소유자 인식 칩에 등록된 성문을 인식하고, 미나즈키는 눈을 떴다.

먼저 눈에 들어온 것은 굴곡이 심한 몸매였다. 파도치는 듯한 붉은 머리카락, 빼드렁니, 루비 같은 눈동자가 차례차례 시야로 들어왔다.

리타가 삐친 표정으로 미나즈키를 내려보고 있었다.

――소유자 정보 갱신――

――마스터가 '리타 로젠베르크'로 변경되었습니다――

――12시 방향에 적 한 기――

――이상 검출. 가슴 부위 커버의 확인이 필요――

뇌내에 연속적으로 기계 음성이 들렸다. 그중에 그냥 넘길 수 없는 정보가 있어서, 미나즈키는 "뭐?!"라며 괴상한 목소리를 냈다.

"마스터가 너라니 어떻게 된 일이지?!"

그 순간 리타가 뺨을 볼록 부풀렸다.

"뭐야. 오토마타는 마스터가 바뀌면, 인사 정도는 하지 않아? 어째서 나한테 그런 태도인 건데?"

"너는 '처음 뵙겠습니다'가 아니잖아! 카논의 칩은 어떻게 되었지? 그리고 그 녀석은……?!"

종료하기 전에는 스위트룸에서 전투 중이었을 터다. 허둥지둥 시선을 돌리는 미나즈키에게 리타는 어이없다는 듯이 한숨을 쉬었다.

"진정하라니까. 순서대로 설명할 거야. ……일단, 카논의 칩은 여기 있어. 칩이 카논 그대로라면 미나즈키를 기동할 수 없으니까, 내 것으로 교환한 거야."

리타는 유백색의 소유자 인식 칩을 들어 보여줬다.

오토마타에게 기동 명령을 내릴 수 있는 것은 마스터의 성문뿐이다. 카논이 없는 이상, 미나즈키를 일으키려면 칩을 교환할 수밖에 없다.

"그런가? 그래서, 여기는 어디지? 본 적이 없는 호텔의 객실 같은데."

"같은 호텔의, 내가 잡아둔 방이야. 스위트룸에서 미나즈키를 옮겨온 것은 나. 카논이 경찰에 끌려가서, 혼자 저녁 식사를 하고 왔어. 그리고 호텔로 돌아와 봤더니, 복도에서 소란을 피우는 어린아이가 있는 거야. 발코니에 닌자가 있다던가."

"닌자……."

"새까만 뭔가가 발코니의 난간을 건너뛰고 있었다고 들었어. 그런 짓을 하는 것은 미나즈키 정도잖아? 그래서 카논이 묵었던 방으로 갔더니, 전투를 벌이는 소음이 들리는걸. 호텔 스태프에게 말해서 방을 열었더니 미나즈키가 쓰러져 있었다는 거야."

"방에는 나만 있었나?"

"그래, 우리가 방에 들어갔을 때, 미나즈키밖에 없었어. 피투성이의 미나즈키를 본 호텔 스태프가 구급차를 부르려고 해서, 그것을 수습하느라 고생했다니까."

정말, 이라며 팔짱을 낀 리타를 보고 미나즈키는 눈썹을 찌푸렸다.

——그 녀석은 나에게 결정타를 날리지 않은 건가?

강제 종료한 미나즈키를 부수는 것은 손쉬운 일이었을 것이다.

아무리 갑자기 리타와 스태프가 방으로 들어왔다고 해도, 가슴의 태엽을 뚫고 나서 도망칠 수 있었을 것이다. 어째서, 그러지 않은 거지?

뭐 됐어, 라고 미나즈키는 사고를 전환했다. 코트 주머니에 손을 찔러 넣으며 말했다.

"리타, 카논의 무고를 증명할 증거를 잡았어. 지금 바로 경찰에……."

거기서 미나즈키의 대사가 중단되었다.

안색이 바뀌는 것을 자각했다. 리타가 의아한 시선을 보냈다.

"왜 그래, 미나즈키."

"……없어."

미나즈키는 주머니를 뒤졌다. 분명히 넣어두었을《메타트론》의 메모리가 없었다. 순간, 미나즈키의 속에서 앞뒤 흐름이 맞춰졌다.

"그런가. 그 녀석의 목적은 나를 부수는 게 아니라, 메모리를 회수하는 거였나! 그러니까, 도망칠 때 나를 부수지 않고, 메모리를 빼앗아 가는 것을 우선했어."

으득, 하고 이를 악무는 미나즈키를 보고 리타가 이야기를 따라가지 못하고 "뭐? 그 녀석? 누구?!"라고 말했다.

"위험해. 빨리 그 녀석에게서 메모리를 되찾지 않으면."

미나즈키가 누워 있던 곳은 소파였다. 거기서 기세 좋게 일어나려고 했지만, 리타가 미나즈키의 어깨를 눌러 막았다.

"잠깐 기다리도록 해. 나한테도 사정을 설명해!"

"설명할 시간이 없어. 사태는 일각을 다툰다고."

"설마 혼자 싸우러 갈 생각이야?! 쓰러져 있었다는 이야기는 미나즈키, 너 한 번 진 거잖아? 너무 무모해!"

"문제없다. 너까지 카논 같은 소리 하지 마."

"그야 말하지! 그도 그럴 게 지금은 내가 마스터니까. 내가 하는 말을 듣도록 해!"

"거부하지. 나는 네 명령을 따르지 않아."

리타의 손을 뿌리친 미나즈키는 몸을 일으켰다.

그는 머릿속으로 이미, 어떻게 해서 메모를 되찾을지만을 생각하고 있었다. 리타는 안중에도 없는 것이다.

손을 뿌리치자 리타는 주먹을 꽉 쥐었다. 부들부들 온몸을 떨더니, 소녀는 억누른 목소리로 말했다.

"……또 그렇게 나를 업신여기는 거네. 좋아. 그렇다면, 멋대로 해!"

"물론이지. 나는 멋대로 할 거다."

내뱉은 미나즈키는 소파에서 일어났다.

그 순간, 치밀어 오르는 게 있었다.

"우에에에에에엑."

충동에 몸을 맡기고 미나즈키는 울컥울컥 인공혈액을 토했다.

"".......""

토혈, 이다. 그것은 본래 일어날 수 없는 현상이었다. 소화기관에 인공혈액이 대량으로 들어가는 것은 미나즈키의 몸 구조상 생각하기 어렵다. 누군가가 잘못된 장소에 인공혈액을 쏟아붓지 않은 한.

미나즈키는 입가에 피를 뚝뚝 흘리며 리타를 봤다.

눈을 피하면서, 리타는 말했다.

"피, 피가 잔뜩 났으니까 보충해야겠다고 생각해서 말이지. 마침 미나즈키의 방에 여러 도구가 있었으니까......."

리타의 시선을 따라가자, 그곳에는 열려 있는 미나즈키의 캐리어 백이 있었다.

카논이 사용할 예정이었던 정비 도구 일식이다. 난잡하게 흩어져 있는 모습을 보아, 리타가 악전고투했다는 것은 상상할 수 있다.

입가를 닦고, 미나즈키는 걷기 시작했다.

"초보가 나를 건드리려고 하니 그렇지. 자신의 역량 정도는 파악해."

"건드리지 않으면 미나즈키는 움직이지 않았을 거야! 태엽도 내가 돌렸으니까."

"네가 태엽을?!"

방에서 나가려고 했던 미나즈키가 기세 좋게 돌아보았다.

그 순간, 팅! 하고 뭔가가 튕겨 날아가는 소리가 들리고 평평한 것이 몸에서 떨어졌다.

"""……."""

융단에 구른 것은 여러 개의 나사와 소년의 가슴판이었다.

미나즈키는 셔츠 아래를 확인했다. 드러난 태엽과 톱니바퀴가 보였다.

"…………이봐."

"카, 카논한테 미나즈키를 부탁한다는 말을 들었다고! 그래서 이것을 건네받았으니까!"

신음하듯이 목소리를 낸 미나즈키에게 리타는 허둥지둥 하트 형태의 금속 조각을 꺼냈다.

"읏?!"

방 조명에 비춘 금색의 물체.

그것은 미나즈키의 태엽 스프링을 돌리기 위한 태엽 열

쇠였다. 카논이 그것을 리타에게 줬다는 것에 충격을 받았다.

태엽 스프링과 태엽 열쇠는 둘이 한 세트다. 대응하는 태엽 열쇠가 없으면 태엽 스프링은 돌릴 수 없게 되어 있다. 지금, 리타가 가지고 있는 것은 그야말로 미나즈키의 생명줄이다.

미나즈키는 리타에게 다가갔다.

"돌려줘. 그건 네가 소지해도 될 물건이 아니야. 내가 맡아두지."

"싫어. 카논이 나에게 맡긴 거니까. 미나즈키라도 줄 수 없어."

"너에게 생명줄을 쥐여주다니 농담이 아니야. 그나마 내가 가지고 있는 게 낫지."

"스스로는 태엽을 감지 못하는 주제에 무슨 소리 하는 거야? 이것은 내가 갖고 있을 거야."

소년이 소녀의 팔을 잡고, 태엽 열쇠를 빼앗으려고 했다. 그러나,

"제길, 이건 뭐지? 어째서 내 손이 오일투성이가 되어 있어?!"

"뭐?! 손질해 준 거잖아! 제대로 발라줬으니까 감사하도록 해!"

"이 쌩초보가! 오일로 손질하는 것은 내부의 톱니바퀴

뿐인 게 당연하잖아!"

"그런 전문 지식, 몰라! 오일로 손질한다고 하면 피부에 하는 거잖아?!"

"그럴 리가 있냐! 너, 이렇게 기름으로 덕지덕지 발라진 오토마타를 본 적이 있긴 하냐?!"

손이 미끄러워서 미나즈키는 제대로 태엽 열쇠를 빼앗을 수 없다. 리타도 전력으로 저항하고 있으니까 더더욱 그렇다.

"정말! 미나즈키, 떨어지도록 해! ……아."

리타가 미나즈키를 떨쳐내기 위해서 가슴을 밀었다.

그러나 지금 소년의 가슴판은 벗겨져 있는 것이다. 리타의 손이 드러난 태엽을 미는 형태가 되었다.

덜컥, 하고 태엽이 어긋나는 소리가 들렸다.

——에너지 공급이 중지되었습니다. 강제종료합니다——

처음 듣는 말과 같이 미나즈키는 의식이 멀어졌다.

"꺄————————! 미나즈키이이이이이이이이이!"

리타의 비명과 자신의 머리가 바닥이 부딪히는 소리가 들렸다.

"알았어? 저어어얼대 뒤 돌아보지 마. 약속이니까. 만약 돌아보면 용서치 않을 거니까!"

재기동한 미나즈키는 리타와 같이 욕실로 들어갔다.

전라로 허리에 수건을 두르고 있는 미나즈키는 목욕탕 의자에 앉아 있다. 가슴판은 미나즈키 자신이 고생하며 고정했다.

눈앞에는 거울이 있지만, 거기에 리타의 모습은 비춰지지 않는다. 흡혈귀라는 종족은 거울에 비추지 않는 것이다. 하지만 등 뒤에는 분명히 리타의 기척과 목소리가 있었다. 조금 전에 옷이 스치는 소리가 들린 것으로 보아 리타도 옷을 벗은 상태라고 추측할 수 있었다.

잘못된 정비 탓에 미나즈키는 상반신 전부, 등까지 기름투성이다. 리타 나름대로 세심하게 처리해 준 거겠지만, 그것이 완전히 반대로 작용하고 말았다.

미나즈키가 "책임 지고 나를 씻겨."라고 요구했더니 리타는 새빨갛게 물들어서 "뭐라고오오오?!"라며 큰 목소리를 냈다. 뭔가 불만이지? 항의하고 싶은 것은 기름투성이가 된 이쪽이다.

"이, 있잖아, 설마 미나즈키, 언제나 카논과 같이 목욕탕에 들어가?"

리타가 바디소프의 펌프를 꾹꾹 누르면서 물었다. 왠지 미묘하게 목소리가 상기되었다.

"매일은 아니라고. 나를 본격적으로 세정 하는 것은 1개월에 1회 정도다. 나는 인간과 달라서 쉽게 더러워지지 않아."

"그렇다는 것은 월에 1번은 둘이 목욕탕에 들어간다는 거야?! 카논은 대체 무슨 생각이래!"

"무슨, 이라니 나를 청결하게 만드는 것밖에 생각하지 않는다고 보는데."

"남녀가 같이 목욕하다니 불결해, 불결! 미나즈키도 카논의 알몸을 보고 있다는 거잖아?!"

"아니, 그 녀석은 나를 씻길 때 수영복을 입고 있다고."

아아, 라며 리타가 안도의 목소리를 냈다. 다음으로 고압적으로 말했다.

"말해두겠는데, 나는 수영복을 입지 않았으니까."

"그러니까, 어쨌다고?"

"절대 뒤 돌아보지 말라는 거야!"

"집요하군. 문제없어. 애초에 뒤를 볼 이유가 없겠지."

"어…… 왠지 그건 그것대로 복잡한 기분인걸……."

"됐으니까, 빨리 씻겨줘."

기다리다 지친 미나즈키는 휴우 하고 한숨을 쉬었다.

등 뒤에 바디소프의 거품이 닿았다.

욕실에는 한동안, 소년의 등을 문지르는 소리만 울려 퍼졌다.

옆에 있는 욕조에는 뜨거운 물이 담겨 있고, 그곳에는 붉은 장미꽃잎이 떠 있다. 리타가 준비한 것이겠지. 화려한 욕조가 그녀다웠다.

"……아버님이 카논에게 미나즈키를 돌려줬을 때의 일이야. 태엽을 본 카논은 미나즈키의 가동 시간을 걱정했어."

나지막하게 속삭인 목소리에 미나즈키는 눈썹을 찌푸렸다.

리타에게는 거울을 통해 미나즈키의 표정이 보였을 것이다. 보충하듯이 뒤이어 말했다.

"지금, 미나즈키에게 들어가 있는 태엽은 닥터 바쿠단이 마련한 오리지널 부품이 아니야. 그것은 우리 부대의 기관총에 의해서 파괴되어 버렸어."

"그게 뭐 어쨌다는 거지? 내 가슴에는 이전에도 지금도 에델라이트 950제 태엽이 들어가 있는데."

에델라이트라는 특수한 광석을 95퍼센트 사용한 에델라이트 950제 태엽은, 한달 동안 연속 가동이 가능하다.

태엽의 가동 시간이 길다는 것이 현재 오토마타가 전 세계에 보급된 이유 중 하나인데.

"나도 자세하게는 모르지만, 지금 미나즈키의 태엽은 에델라이트 950제라고 해도, 시판하는 일반적인 것인 모양이야. 하지만 미나즈키는 에너지 소비량이 다른 오토마타와 비교해서 무척 많아서……."

"그건 그렇겠지. 《바쿠단식》은 충실하게 인간의 움직임을 재현하고, 거기다가 흡혈귀와 전투까지 하니까. 막대한 에너지가 필요해지는 것도 당연할 거다."

거기까지 말하고, 미나즈키는 리타가 하고자 하는 말을 깨달았다.

"그런가. 같은 에델라이트 950제의 태엽이라고 해도 시판하는 것과 하루미가 만든 것은 공급할 수 있는 에너지 양이 다른 거구나. 하루미는 태엽도 《뱌쿠단식》 용으로 특수 제작품을 사용했다는 건가."

"지금 미나즈키가 최대 며칠 버티는지는 카논도 모르는 모양이야. 하지만, 격렬한 운동을 하면 바로 멈춰버리는 것 같아."

"그래서, 전투 중에 에너지 잔량이 떨어져서 강제종료가 되었던 건가? 처음에 《메타트론》과 싸울 때도, 카논은 묘하게 시간에 신경을 쓰고 있었지. 그런 사정이 있었나?"

미나즈키는 하루를 돌아보았다.

아침부터 돌아다니고, 전투를 3번이나 치렀다. 매점에 비치된 접객용 오토마타의 1개월 분량은 움직였을 터였다.

리타는 미나즈키의 목덜미를 세심하게 닦고 있다. 칩의 투입구에 비누가 들어가지 않도록 신중했다. 소녀의 차가운 손끝이 목을 쓸고, 미나즈키는 부르르 몸을 떨었다.

"있잖아, 미나즈키. 내 소원 하나, 들어줬으면 해."

왠지 절실한 목소리에 미나즈키는 눈을 들었다.

작은 거품 방울이 욕실을 떠돌아다니는 것이 보였다.

"——나와 사이좋게 지내는 훈련을 그만뒀으면 해."

그것은 불가사의한 부탁으로 생각되었다.

욕조에서 발생하는 열기가 정면에 있는 거울을 하얗게 덧칠했다. 그곳에 흡혈귀의 모습은 비추지 않는다. 하지만, 미나즈키는 소녀의 호흡을 확실하게 귓가로 느꼈다.

"이 훈련을 부여한 것은 카논이라고 알고 있어. 하지만, 미나즈키는 마스터의 명령을 어길 수 있잖아? 훈련은 미나즈키의 의지로 멈출 수 있는 거지?"

"너는 나와 적대하고 싶은 건가?"

"미나즈키는 여전히 바보네. 그럴 리가 없잖아."

너에게 바보라고 불릴 이유 따위 없어, 라고 미나즈키는 생각했지만, 그 말을 하지는 않았다. 몸을 비비는 기분 좋은 감촉에 몸을 맡겼다.

"나는 미나즈키와 친해지고 싶어. 훈련이나 임무와는 관계없이, 말이야."

리타는 미나즈키의 팔을 들고 거품을 칠했다.

"훈련이라는 것은 강제되어 있다는 거잖아? 의무감 때문에 친하게 굴어도 기쁘지 않아. 오히려 부아가 치밀어 올라. 친하게 지낸다는 것은 그런 건 아닐 거야."

"그러면, 어쩌겠다는 거지? 나는 카논 이외에 친하게 지낸 사람이 없어. 너와 사이좋게 지낸 것은 훈련이었으니까 다르잖아?"

목을 갸웃하는 미나즈키에게 등 뒤에서 리타가 한숨을 쉬었다.

"그럼, 미나즈키는 어째서 카논하고 친하게 지내는 거야?"

"그것은, 그 녀석을 지키는 것이 나의 존재 이유이고, 그 녀석이 목표를 이루는 것을 나 역시 바라고 있으니까……."

"미나즈키가 그런 식으로 생각하는 건 어째서야? 카논이 마스터니까?"

"아니, 그것은 상관없어. 애초에 지금 마스터는 너잖아?"

"그렇지. 카논에 대한 기분은 의무감이 아니야. 누가 강제한 것이 아니라, 미나즈키 자신의 의지로 그러고 싶다고 생각한 거잖아?"

미나즈키는 끄덕였다.

동시에 이해했다. 그런 이야기였나?

"나는 훈련이니까 너와 사이좋게 지내야만 한다고 생각했다. 그렇게 생각한 것 자체가 잘못되었던 거군? 그래서 너는 낮에 화를 낸 건가? 내가 너와 같이 있는 게 훈련이며 임무라고 했으니까."

뒤에서 리타가 열심히 고개를 끄덕이는 기척이 느껴졌다.

흐으음, 하며 거품투성이가 된 미나즈키는 고민했다.

——강제되지 않았다고 해도, 대흡혈귀 전투용 오토마타인 자신은 흡혈귀인 리타와 사이좋게 지낼 수 있을까?

"나와 진짜 사이좋게 지낼 마음이 없으니까, 미나즈키는 항상 나를 방해꾼 취급하는 거잖아? 나, 팀인데 따돌림 당하는 것은 이제 싫어. 미나즈키의 메모리를 볼 때까지, 카논도 미나즈키도 사실을 알려주지 않았던 것, 지금 다시 생각해도 분해서 참을 수 없으니까!"

"그 무렵의 너는 생초보 티를 낸 게 주효해서 말이지……. 지금 와서는 지긋지긋하지만. 너, 오토마타 수업을 제대로 받아. 너한테 정비를 받는 오토마타에게 나는 진심으로 동정해."

"시끄러워. 말하지 않아도, 앞으로 공부할 거야! ……그 뒤로 카논은, 나를 제대로 동료로 인정해 주고 있어. 디체페어에도 같이 오자고 권했었고, 위험할 때 미나즈키의 태엽 열쇠를 맡겨주었으니까."

태엽 열쇠를 건네받은 일을 통해, 카논와 리타 사이에 강한 신뢰 관계가 있다는 것은 미나즈키는 인정하지 않을 수 없었다.

"나는 뱀파이어의 뇌를 인공두뇌로 사용한 인간을 용서

할 수가 없어. 동족에게 지독한 짓을 한 범인을 잡아서 처벌할 거야. 그것이 뱀파이어 왕족으로서, 해야 할 일이라고 생각해."

리타의 결의에 찬 목소리가 욕실에 울려 퍼졌다.

등 뒤에서 일어서는 기척이 들렸다. 비누칠이 잔뜩 된 팔이 다가와 샤워 헤드를 쥐었다.

"그렇게 함으로써, 닥터 뱌쿠단이나 《뱌쿠단식》에 대한 세간의 오해가 풀려줬으면 해. 언젠가 카논과 미나즈키가 당당하게 신분을 밝힐 수 있게 되면 좋겠어."

샤워기에서 기세 좋게 뜨거운 물이 나왔다.

"아아, 그렇군."

뜨거운 물을 맞으며 미나즈키는 끄덕였다.

인간과 오토마타와 흡혈귀. 세 명 모두 입장은 다르지만, 목표로 삼고 있는 것은 같았다.

소년의 몸에 묻은 거품을 씻어내며 리타는 말했다.

"그렇다면 나를 따돌릴 이유는 없는 거잖아. 미나즈키는 항상 자기 혼자 카논을 지키려고 하니까. 셋이 일치단결해야 할 때, 나는 필요 없다고 말하는 일은 이제 그만해줬으면 해."

메모리를 되돌아보니, 분명히 자신은 그런 소리를 했었다. 그리고, 그때마다 리타는 불만스러워 보였다.

"물론, 미나즈키가 뱀파이어를 무조건으로 '적'으로 인식해버리는 것은 알고 있어. 대흡혈귀 전투용 오토마타인 걸, 그것은 어쩔 수 없을지도 모르지만……."

"아니, 그건 아니야."

미나즈키는 리타의 말을 가로막았다. 어깨에 놓여 있는 소녀의 손을 잡았다.

"——너는 적이 아니야. 동료다."

리타의 몸이 떨리는 걸 알았다.

미나즈키는 소녀의 손을 강하게 쥔 채로 앞을 바라보았다.

"그 결론은 내 안에서 이미 내려져 있었어. 그 증거로 지금, 나는 너를 죽이고 싶다는 생각을 조금도 하지 않아. 그뿐만 아니라, 상처입히고 싶지 않다고 생각하지. 신기한 일이야. 나는 대흡혈귀 전투용 오토마타일 텐데."

거울에 비치지 않는 리타의 얼굴은 보이지 않았다.

하지만, 그녀가 이쪽을 보고 있는 것은 기척으로 느꼈다.

메모리를 되새겨 보고 깨달은 것이다. 리타에게 인공 뼈가 던져졌을 때, 미나즈키는 순간적으로 그것을 막았다. 그것은 임무도 훈련도 아니었다. 미나즈키가 그렇게 하고 싶었으니까, 리타가 상처를 입지 않았으면 했으니까, 그렇게 했다.

샤워기의 물이 욕실 타일에 부딪혔다. 밀폐된 공간에 열이 차오르고, 확실히 실온을 상승시켰다.

"그런데 공교롭게, 지금까지 나는 누군가와 협력해서 싸운 경험이 없어. 같이 전장에 갈 터였던 남매들은 먼저 죽어버렸으니까. 협력해서 싸운다는 개념이, 그때부터 나에게는 없어져 버렸다고 생각해. 지금도 동료라는 것을 잘 모르겠어."

하얀 증기가 충만한 욕실에서 미나즈키는 머리를 굴렸다.

남매들과 같이 같이 가지 못했던 전장. 영광과 회한. 뒤집어쓴 오명. 그것들을 모두, 짊어지고 미나즈키는 여기 있는 것이다.

"홀로 싸워야만 한다, 라는 생각에 나는 얽매여 있었어. 누구에게도 의지할 수 없었고, 카논은 내가 혼자 지켜야 한다고 생각했어. 하지만, 그렇지는 않았던 거구나. 너의 이야기를 듣고 그것을 알았다."

아주 조금 어깨에 힘이 빠진 기분이 들었다.

미나즈키 쥐고 있는 소녀의 손을 바라보았다.

"사이좋게, 라. 가능할 것 같은 기분이 들어. 나는 이미, 너와 적대할 의지는 없는 거니. 애초에 나도 해설 임무 따위 하고 싶지 않았어. 임무가 아니라면 더 편하게 부스를 돌 수 있었겠지. ……과연. 분명히, 임무와 훈련이라면 번잡스럽군. 즉, 네가 바라는 것은 이런 건가?"

미나즈키가 물었다.

다음 순간, 미나즈키의 등에 무지막지하게 부드러운 것이 부딪혔다. 거기다, 어깨에 소녀의 머리가 올라왔다.

"리타……?"

미나즈키는 약속대로 뒤를 돌아보지 않고, 옆을 보았다. 리타는 의식을 잃고, 소년에게 축 기대어 쓰러져 있었다. 갑작스러운 일이라 미나즈키는 눈을 깜빡였다.

잘 생각해 보니 샤워의 수온은 인간용이었다. 흡혈귀인 리타는 인간과 비교해서 평균 체온이 낮기 때문에 그 물은 뜨거울 것이었다. 오토마타인 미나즈키는 딱히, 냉수로 씻어도 문제는 없다. 그러나 리타는 미나즈키를 배려했고, 그 결과 증기에 현기증을 일으킨 것이다.

익숙하지 않은 정비와 수복 작업을, 모두 잘못된 방법이긴 했지만, 열심히 해주었던 리타.

자신을 위해 쓰러져버린 소녀의 얼굴을 바라보고 기계장치 소년은 가슴속이 슬며시 따뜻해지는 것을 느꼈다.

미나즈키는 샤워를 멈췄다.

절대 돌아보지 않고 리타를 짊어졌다. 소녀의 맨피부를 등으로 느끼면서, 침실로 이동. 침대에 리타를 눕혔다.

――동료, 라.

눈을 감은 소녀를 내려보고 잠시 생각한 미나즈키는 리타의 몸에 목욕 수건을 덮었다.

옷을 입은 미나즈키는 리타의 머리맡에 의자를 가지고 와서 앉았다. 카논과 또 다른 의미로 아름다운 소녀는 언제까지고 계속 바라볼 수 있을 것 같았다.

현기증을 일으킨 것뿐이고, 잠시 쉬면 정신이 들 것이다.

조금이라도 빨리 《메타트론》의 메모리를 되찾아야만 하지만, 미나즈키는 이미 혼자 가려고는 하지 않았다.

기계장치 소년의 간병이라는 이름의 주시는, 그대로 리타가 의식을 되찾을 때까지 계속되었다.

큰일이었던 것은, 그 뒤였다.

"꺄아아아아아아 어째서 나 옷을 안 입고 있는 거야——?!"

눈을 뜬 소녀는 자신의 상태를 깨닫자마자, 양팔로 목욕수건을 끌어안았다. 경계하는 듯이 침대 구석으로 이동한 리타는, 눈물을 글썽이며 미나즈키를 노려보았다.

미나즈키는 평소와 전혀 다르지 않은 상태로 말했다.

"어째서냐니, 네가 목욕탕에서……."

"이쪽 보지 마, 미나즈키! 약속과 달라. 바보바보! 믿을 수 없어!"

"무슨 소리 하는 거냐. 나는 약속을 지켰다고. 맹세컨대 뒤를 보지 않았어. 뒤에 있던 너를 짊어지고 침대까지 옮

졌으니."

"짊어졌다고?! 거짓말?! 우앙, 책임지라고, 미나즈키이이이!!"

"책임? 무슨 책임…… 바보, 그만, 실내에서 폭풍 일으키지 마!"

COMMAND Wake up, Order, Shut down

Episode.5

5장 ☆ 소녀 해방

――원한 소녀와 거부한 소녀――

메티스 그룹 CEO의 전속 비서 유리에게 아침은 없다. 점심도 저녁도 없다.

수면을 필요로 하지 않는 그녀에게 하루의 시작과 끝이라는 것은, 날짜가 바뀌는 그 순간에 불과한 것이다.

시각은 심야 3시.

디체 페어의 전시장. 메티스 그룹의 부스 안에 있는 관계자 이외 출입금지 구역에서 유리는 지난달 막 발표된 학술 논문을 읽고 있었다.

제목은 '투기용 오토마타의 신경 케이블 숫자와 반응속도의 관계성'.

다들 고요히 잠든 심야의 시간대에, 이렇게 오토마타에 관해 공부하는 것이 유리의 일과였다.

이것은 하웰즈에게 명령을 받아서 하는 게 아니다.

투기용 개발팀 수석 연구원이라는 직함 때문도 아니다.

유리는 논문을 읽으면서 "으~응"하고 신음했다.

"이건 자주 있는 설이네요. 새로움이 없어요. 사장님은 기뻐하지 않으시겠죠."

유리는 읽고 있던 논문을 내던지고, 자신의 기억을 뒤졌다. 몇 번이고 두뇌에서 반추하고 있는 뱌쿠단 하루미의 논문을 불러일으켰다.

"역시 닥터 뱌쿠단의 논문은 유일무이하네요. 서문부터 독창성으로 넘쳐흘러요. 사장님이 인정할 법도 하네요."

팔짱을 낀 채 고개를 끄덕이며 유리는 혼자 감탄했다. 그 뒤로 슬픈 듯이 시선을 떨구었다.

"……사장님과 즐겁게 토론하는 날은 두 번 다시 오지 않으려나요."

하웰즈에게 주워져 얼마 지나지 않은 무렵.

유리는 우연히, 그의 책상 위에 있는 하루미의 논문을 읽은 것이다. 그것은 유리의, 소유자에 관해 더 잘 알고 싶다는 욕구에서 나온 행동이었다.

어느날, 하웰즈와 동행해서 메티스 그룹의 연구실로 간 유리는 오토마타 개발 회의에서 그 논문을 기반한 발언을 했다. 그때 하웰즈의 놀라움과 기쁨으로 가득 찬 표정을 잊을 수 없었다.

그 뒤로, 하웰즈는 유리를 메티스 그룹의 연구원으로서 들이고, 오토마타에 관해 모든 것을 가르쳤다. 한 번 배운 것을 절대 까먹지 않는 유리는, 경이적인 속도로 지식을 축적하고, 다른 연구원들을 순식간에 추월했다. 하웰즈의 지식 레벨까지 도달하고, 이미 그에게 배울 것이 아무것도 없게 되었을 때, 유리는 비서로 임명되었다.

유리가 오토마타에 관해서 완벽한 초보였다가 하웰즈와 맞먹게 될 때까지, 고작 3개월이었다.

특히 닥터 뱌쿠단의 논문을 기반으로 의견을 나눌 때, 남자의 표정은 활기로 빛나고 있었다. 그는 절대 상냥한 인간은 아니었지만, 오토마타에 관해서 이야기하고 있을 때만은 유리를 제대로 바라보며, 진지하게 마주해 주었다.

그게 참을 수 없이 기뻤다.

하웰즈에게 인정받은 것이 유리의 자존심을 채워주었다. 자신은 여기 있어도 괜찮다고 생각할 수 있었다.

하지만 닥터 뱌쿠단의 논문은 한계가 있었다.

그녀는 죽어버렸기에, 이미 새로운 논문이 집필되는 일은 없다.

유리는 하웰즈의 미소를 더 보고 싶었다. 더 칭찬해줬으면 했고, 더 긴 시간을 같이 보내고 싶었다.

하웰즈와 말하고 싶어서, 유리는 닥터 뱌쿠단 이외의 논문도 뒤져서 읽기 시작했다. 그러나 하웰즈는 기뻐하지 않았다. 다른 논문은, 그의 지적 욕구를 채우는 것들이 아니었다. 그를 푹 빠지게 하는 것은 닥터 뱌쿠단 뿐이었던 것이다.

하웰즈의 관심을 끌기 위해, 지푸라기라도 잡는 심정으로 유리는 백의를 입게 되었다. 닥터 뱌쿠단은 평소 백의를 입었다고 들었기 때문이다.

거추장스러웠지만 패션 안경도 썼다. 연구실에서 찍은 사진 속에서 닥터 뱌쿠단이 안경을 쓰고 있었기 때문이다.

사실은 머리카락도 검은색의 롱헤어로, 눈동자도 푸르게 만들고 싶었다. 하지만 그런 이야기 하웰즈한테 할 수 없으니까 참았다.

유리는 닥터 뱌쿠단이 되고 싶었다. 하웰즈의 마음을 꼭 사로잡을 수 있는 존재가 되고 싶었다.

그렇기에 그녀는 오늘 밤에도 논문을 뒤지며 읽었다. 이미 몇 년은 하웰즈와 제대로 이야기하지 않았다. 하지만, 포기해버리면 거기서 끝이니까. 이렇게 하다 보면, 언젠가 다시 하웰즈가 돌아봐 주는 날이 올지도 모르니까.

희미한 희망에 매달리며 유리는 새로운 논문으로 손을 뻗었다. 표지를 넘기고, 읽기 시작했다.

그때, 문의 잠금장치가 해제되는 소리가 들렸다.

유리는 눈을 들지 않았다.

그가 여기에 올 것을 알고 있었다. 예상대로――아니, 오는 시간이 묘하게 늦었으니, 예상대로라고는 말할 수 없나?

논문을 읽으면서, 유리는 물었다.

"무슨 일이죠, 미나즈키 군. 이곳은 관계자 이외 출입금지라고요."

"《메타트론》의 메모리를 넘겨. 내 요구는 그것뿐이야."

유리는 얼굴을 들었다.

그야말로 연약해 보이는 소년이 혼자, 문을 등지고 서 있었다. 가는 체구는 근육이라는 것을 모르는 듯이 가냘프다. 그러나, 그것은 의태다. 인간을 먹이로 삼는 흡혈귀를 끌어들이기 위해서, 자신의 발톱을 숨기고, 연약하게 보이는 것에 불과했다.

유리는 다시 논문에 시선을 떨구었다. 팔랑, 하고 종이를 넘겼다.

"《메타트론》의 메모리? 어째서 그것을 미나즈키 군에게 건네줘야 하는 건데요? 《메타트론》은 낮에 오토마타 파이트에 출전해야 하니까 메모리를 뺄 수 없어요."

"아니야. 내가 말하는 것은, 예비 된 《메타트론》이 아니라, 스위트룸에서 폭발한 쪽이다. 중요한 증거품을 멋대로 그쪽에서 말소해서는 곤란해."

"아아, 그쪽이었나요. 그거라면, 아직 스위트룸에 있지 않을까요? 폭발로 망가져 버렸을 가능성도 있지만, 찾으면 잔해 정도는……."

"어이, 얼버무리기도 적당히 해."

짜증 난 목소리가 유리를 막았다.

"나는 스위트룸에서 네 얼굴을 봤어. 발뺌하려고 하지 마."

유리는 겨우 논문을 옆에 내려놓았다.

유감이지만, 이 논문도 하웰즈는 좋아하지 않겠지. 실의를 눌러 감추고, 유리는 일어났다.

노골적으로 경계하는 칠흑의 소녀에게 쾌활한 미소를 보냈다.

"틀렸어요, 미나즈키 군. 발언은 제대로 해주세요. 그렇지 않으면 '폐기품(정크)'은 그런 것도 할 수 없는 건가요. 당신이 본 것은 얼굴이 아니라, 목과 턱뿐이잖아요."

——'적'을 인식. 전투 모드로 이행——

그 순간, 유리의 손목 슬릿이 열리고, 양손에 사슬이 달린 쿠나이가 나타났다.

자세를 잡은 미나즈키가 암기를 구현시키는 것보다 빨리.

유리는 리놀륨 바닥을 박찼다.

차릉, 하고 사슬이 작은 소리를 울렸다.

그 청량한 소리가 소녀의 귀에 닿을 때는 이미, 유리는 미나즈키의 코앞에 있었다.

양손의 쿠나이를 휘둘렀다. 충격음과 함께, 그것은 미나즈키의 등 뒤에 있는 두꺼운 문에 깊이 박혔다.

목의 양옆에 쿠나이이 박힌 미나즈키는 눈을 크게 뜨고 유리를 바라보았다. 어쌔신 블레이드를 꺼낸 손은 공격하는 것을 완전히 잊었다.

"어제 당한 벽쿵의 답례예요."

미나즈키가 반응할 수 없는 속도를 과시한 유리는, 근접 거리에서 히죽 하고 웃었다.

번뜩 놀란 미나즈키가 어쌔신 블레이드를 찔렀다. 쿠나이를 문에서 뽑은 유리가 뒤쪽으로 뛰어서 그것을 피했다.

소년의 손에서 총알이 쏘아졌다.

태엽 주위에 12발. 직접 태엽을 노리지 않는 것은《메타트론》의 메모리가 어디 있는지 불게 하고 싶었기 때문이었다.

분석하면서, 사슬을 한번 휘두른다.

주위에 있는 제품의 컨테이너에 닿지 않게, 초탄 4발을 튕겨냈다.

남은 총알을 피하고, 날아드는 어쌔신 블레이드에 당하는 듯이 보이더니, 높이 도약했다.

허공을 회전했다. 쫓아오는 총탄을 양손의 쿠나이로 떨어트리면서 유리는 신음했다.

"으~음, 늦네요. 과연 폐기품! 열심히 노력하는 것은 절실하게 전해져 오지만, 하여간 너무 늦어요. 그런 어설픈 스펙으로 저를 이길 수 있다고 생각했다면, 엄청난 착각이네요."

"어째서냐, 어제보다 속도가 올라갔어……?!"

미나즈키의 당혹스러운 목소리를 듣고, 유리는 우아하게 백의를 휘날리며 착지했다. 미나즈키의 총탄은 백의에 스치지도 못했다.

"당연하잖아요. 그런 거추장스러운 장갑을 입고서, 제대로 움직일 수 있을 리가 없잖아요? 그것은 본래 제 장비품이 아니라 《메타트론》의 것이라고요. 어제, 제가 그것을 뒤집어쓰고 있었던 것은, 단순히 누가 내 모습을 보길 원하지 않았기 때문이라고요. 머리에서 피가 나고 있으면 흉흉하니, 그런 조치를 취한 거지요."

"머리에서 피……? 뭘 한 거지?"

미나즈키는 포기하지 않고 달려들어 어쌔신 블레이드를 날렸다.

그것을 쿠나이로 가볍게 흘리면서, 유리는 눈썹을 찌푸렸다.

"정말 폐기품은 섬세함도 없네요. 어째서 당신이 여자에게 인기가 있는지, 저는 이해할 수 없어요. 하여간 폐기품과는 관계없는 일이에요. 쓸데없는 장갑을 입고 있었던 탓에, 스위트룸에서는 제 움직임이 둔했던 거죠. 시야도 좋지 않았어요. 하지만, 지금은 그런 것들이 없으니까. 저는 완벽한 상태라구요."

말하자마자, 유리는 미나즈키의 품으로 뛰어들어 쿠나이의 자루로 소년의 턱을 쳐올렸다.

인간이라면 확실히 기절할, 강렬한 어퍼컷이다.

유리의 스피드를 따라잡지 못한 미나즈키는, 그것을 정통으로 맞았다. 소년의 몸이 포물선을 그리며 날아갔다. 그대로 부품 상자가 늘어서 있는 스틸제 선반에 직격했다. 선반에서 상자가 떨어지고, 추가타를 날리듯이 소년에게 부딪혔다.

쓰러진 소년을 유리는 시시한 듯이 바라보았다.

오토마타의 급소는 태엽과 칩이다. 어퍼컷으로 행동불능이 되는 일은 있을 수 없다. 그 정도는 알고 있고, 일부러 급소를 빗겨 쳤다.

――지금 허망하게 망가져도 재미가 없으니 말이죠.

유리는 사슬을 팔 속으로 도로 말아 넣으면서 말했다.

"자자, 폐기품은 물러나 주세요. 사장님한테 미나즈키 군을 부수라는 지시는 아직 내려오지 않았어요. 혼자 방으로 돌아가, 카논짱이 없는 슬픔에 질질 짜는 건 어떤가요? 사실은 카논짱이 죽었다면 참 걸작이었을 텐데, 유감이지만 그것은 이뤄지지 않은 모양이니 말이에요."

뭐?! 라며 미나즈키는 부품 상자를 치우고 몸을 일으켰다.

"카논을 죽이려고 했던 것은 너였나? 어째서지――?"

"어째서냐니, 폐기품의 절망하는 표정을 보고 싶었기 때문인 게 당연하잖아요. 폐기품에게는 이 세상의 모든 것을 저주하는 듯한 어두운 표정으로 한탄하고 슬퍼하는 게 잘 어울린다고요."

소년은 전혀 이해할 수 없다는 듯이 눈을 가늘게 떴다.

"……조금 전부터, 그 '폐기품'이라는 것은 뭐지?"

유리는 이를 드러내고 웃었다.

"폐기품은 폐기품이랍니다. 가치가 없어, 버릴 수밖에 없는 것이죠. 자신이 어떤 존재인지도 모르는 건가요? 카논짱이 귀여워해 주니까 좀 착각해버린 거 아닌가요?"

"'부적합'하다는 말은 들었지만, 폐기품이라는 말은 처음인데."

"그럼, 이 기회에 기억하세요. 미나즈키 군은 폐기품이에요. '부적합' 같은 어설픈 게 아니라고요. 닥터 뱌쿠단의 평가는 어설펐어요."

뱌쿠단의 이름이 나온 순간, 소년의 표정에 날카로움이 섞였다.

"어떻게 그것을 알고 있지……? 하루미가 나를 '부적합'으로 처리한 것은, 지극히 한정된 사람밖에 모를 텐데."

미나즈키의 당혹스러운 모습을 유리는 즐거운 듯이 바라보았다.

망설인 끝에, 소년은 하나의 의문을 입에 담았다.

"너는 뭐냐——?"

"아직, 추상적인 질문이네요. 저는 폐기품과 철학적인 대화를 하고 싶다고 생각하지 않는데 말이에요. 저희는 여러모로 의견이 맞지 않는 것 같아요. 그것은 정말 믿고 있는 신이 다른 수준으로."

"메티스 그룹이 너 같은 오토마타를 만들었다는 사실에, 나는 놀라고 있어. 하웰즈의 신념과는 다르잖나? 그 녀석은 너처럼 인간 같은 오토마타를 인정하지 않을 터."

"폐기품 주제에 시끄럽네요. 정말, 도발만큼은 일류라니까요. 그것도 자각도 못 하고 있으니 부아가 치밀어요. 옆 나라에서 테러를 일으키러 온 흡혈귀 왕족의 기분이 지금, 아주 조금은 이해가 되었네요."

"어이, 그것은 빌헬름을 말하고 있는 건가? 설마 폐공장이나 빌헬름과의 전투 전에, 나를 감시하고 있던 게 너……!"

"누가 감시하고 있었는지, 아무래도 좋은 일이잖아요. 그것보다, 한 가지 인식의 실수를 수정해두도록 할까요. 저는 메티스 그룹의 제품이 아니에요. 저의 제품명, 정말로 짐작이 가는 게 없나요?"

은색의 쿠나이를 꺼낸 유리는, 짙은 녹색의 눈동자로 소년을 봤다.

"저야말로 최신형, 대흡혈귀 전투용 오토마타 기계장치 기사 《뱌쿠단식》 제칠호 · 후미즈키*』예요."

"뭐……!"

미나즈키의 경악을 유리는 차가운 눈으로 바라보았다. 쿠나이를 손가락 끝으로 빙글 돌렸다.

"암기를 지닌 시점에 눈치 좀 채라고요. 이건 《뱌쿠단식》의 대표적인 특징 중 하나잖아요. 폐기품이라고 해도, 지능이 너무 낮지 않아요?"

"유리…… 그런가. 독일어의 7월(juli)에서 따온 건가? 내가 마지막 《뱌쿠단식》이 아니었었나……. 《뱌쿠단식》이라는 이야기는 너를 만든 것은 하루미겠지? 언제 만들어졌어? 너도 전장에 내보내지 않았던 건가?"

"갑자기 동창회 같은 분위기를 조성하는 짓거리는 그만둬 주시죠. 육호가 만들어진 게 1970년이죠. 《뱌쿠단식》이 학살을 벌인 케르나의 비극은 1972년이고요. 그 사이에 닥터 뱌쿠단이 저를 만들었다고 해도 전혀 이상한 일이 아니잖아요?"

"아아, 그래. 무츠키 누나랑 만난 적이 있는 거냐?! 형은……?!"

다음 순간, 텅! 하고 등 뒤의 문이 소리를 냈다.

---

* 후미즈키(文月). 일본어로 음력 7월을 뜻한다.

유리가 투척한 쿠나이가 박힌 것이다.

쿠나이에 스친 소년의 뺨에 한 줄기 상처가 생겨나고, 인공혈액이 흘렀다.

"그 분위기, 그만두라고 말했잖아요. 짜증이 난다고요. 그런 옛날 일, 저는 기억하지 못하니까요."

"그것은, 무슨 의미지……?"

"그 말 그대로예요. 저는 사장님이 주워준 이후의 기억 데이터밖에 없답니다. 그 이전의 기억 데이터는 불필요해서, 사장님이 소거했다고 하더군요."

미나즈키의 눈이 크게 떠졌다. 소년의 입이 무슨 말을 하기 전에, 유리는 목소리를 냈다.

"사장님이 불필요하다고 했으면, 그것은 정말 불필요한 거지요. 저도 사장님과의 기억 데이터만 있으면 만족해요. 메모리가 사장님과의 추억으로 가득 차는 게 오히려 좋았답니다."

"……그럴 리가 없잖아."

소년은 험악한 표정으로 바뀌었다.

"기억 데이터를 지워서 좋을 리가 없어. 네가 떠올리지 못할 뿐이지, 그곳에는 혹시 네 소중한 것이 있었을지도 모른다고. 아무리 마스터가 했다고 해도, 기억 데이터의 소거 따위 허락되어서는 안 돼."

풋, 하고 유리는 웃음을 터트렸다.

어깨를 들썩이는 유리에게 미나즈키가 의아한 시선을 보냈다.

"허락되어서는 안 된다고요? 이야~, 진지한 표정으로 그렇게 말하다니 웃기네요. ……기억 데이터를 소거 당한 것이, 저뿐이라고 생각하나요?"

"……무슨 소리를 하는 거지?"

"이런, 그 당황하는 느낌, 좋네요. 폐기품은 역시 볼썽사나운 추태를 드러내야 정답, 이네요. 딱 한 번밖에 말하지 않을 거니, 잘 들어 주세요. ──지금, 폐기품은 사장님에 의한 실험 중이라고요."

실험, 이라고 반추한 미나즈키의 표정은 이해한 느낌이 아니다.

유리는 어쩔 수 없다는 듯이 두 손바닥을 하늘로 올렸다.

"즉 말이죠, 이 4개월 동안, 당신은 사장님의 감시 아래에서 실험적으로 카논짱에게 맡겨져 있었을 뿐이라고요."

어디선가 덜컹, 하는 작은 소음이 들렸다. 유리는 목을 돌렸지만, 거대한 선반이 잔뜩 늘어서 있을 뿐이다.

"……어이, 무슨 말인지 잘 모르겠는데."

미나즈키의 낮은 목소리가 들리고, 유리는 시선을 되돌렸다.

소년은 눈썹을 찌푸리고, 당혹스러운 모습이다. 유리는

손에 있는 쿠나이를 만지작거리며 말했다.

"이상하다고 생각하지 않았나요? 닥터 뱌쿠단이 당신을 내보낸 것은 언제죠? 노이엔돌프 탈환 작전 전이잖아요. 그것은 10년 전의 일이에요. 그러면 어째서 카논짱이 처음으로 당신을 기동한 게 4개월 전인 건가요? 그 사이에, 당신은 어디서 뭘 하고 있었던 거죠?"

미나즈키가 머리에 손을 댔다.

초점이 맞지 않는 그의 눈을 보고, 유리는 코웃음 쳤다.

"그~러~니~까~, 메모리를 검색해도 소용없다니까요. 그때의 기억 데이터는 소거(델리트)가 끝났으니까. 당신은 닥터 뱌쿠단에 의해서 카논짱에게 보내져야 했지만, 사장님에게 회수되었던 거예요. 그래서 카논짱의 손에 건네질 때까지, 그동안 사장님에게 사용되었다는 거죠. 저와 같이 말이에요."

"……그런가. 그래서 하웰즈에게 기시감이 있었나. 네가 나를 알고 있는 듯이 행동하는 것도, 그 탓……."

"어라, 그다지 반응이 오지 않네요. 복도에서 만났을 때 지나치게 힌트를 줘버렸나요."

유리는 유감스러운 듯이 고개를 갸웃했다.

"어째서 자신이 실험에 보내졌다고 생각하나요? 《뱌쿠단식》이기만 하면 된다면, 저도 상관없을 거잖아요? 하지만, 사장님은 저를 곁에 두고, 당신을 실험에 내보냈죠.

……대답은 간단해요. 미나즈키 군이 쓸모없는 폐기품이었기 때문이랍니다. 사장님에게, 당신은 필요 없었다고요."

메티스 그룹에 있었을 때의 미나즈키를 다시 떠올리며, 유리는 입가를 일그러트렸다.

《뱌쿠단식》 제육호.

유리보다 빨리, 미나즈키는 메티스 그룹에서 연구되었다. 그 무렵부터 그는 하웰즈를 애먹이는 문제아였다.

오토마타는 기본적으로, 강제명령 같은 게 없어도 마스터를 따르도록 프로그램되어 있다. 그것은 《뱌쿠단식》도 마찬가지다.

그런데, 미나즈키는 하웰즈를 전혀 따르려고 하지 않았다.

전장에 세워지지 못한 기계장치 소년은 부루퉁하니, 마스터를 거절했다. 미나즈키를 움직이려면 일일이 강제명령을 내려야만 했고, 게다가 때때로 강제명령조차 받아들이지 않았다. 그렇게 되면, 두손 두발 다 들 수밖에 없다.

하웰즈는 다루기 어려운 소년(오토마타)을 사갈처럼 꺼리며, 미나즈키의 태도는 더욱 경직되었다. 최종적으로 깊이 가라앉아 아무런 반응도 하지 않게 된 미나즈키를 하웰즈는 이렇게 판정했다.

——'폐기품'이라고.

"쓸모없는 폐기품을, 사장님은 실험적으로 카논짱에게 보내버린 거예요. 원래, 손에 넣을 터였던 그녀라면 사용할 수 있는 게 아닐까? 라는 생각이었죠. 어느 정도 도박이었는데, 카논짱은 멋지게 폐기품을 다루게 되었다는 거예요. 이야~, 놀랐어요."

유리는 미나즈키를 감시하고 있을 때를 떠올리며, 고개를 끄덕거렸다.

"사장님의 곁에서는 틀어박혀 있기만 하던 폐기품이, 지금은 카논짱과 같이 학교에 다니고 있는 거니까요. 그리고, 휴일에도 같이 도서관에 가고, 박물관에 가고, 식사하고, 데이트인가요? 헹, 참 대단하신 몸이시네요, 폐기품 주제에."

미나즈키가 이상하다는 듯이 가볍게 눈썹을 찡그렸다.

마치 아무것도 모르겠다는 소년의 표정이 유리의 짜증을 가속했다.

"우쭐해지는 것도 이해한다니까요? 그야, 마스터가 키스를 받아준다면, 폐기품도 착각해버릴 수도 있겠지요. 그런 여자들이 둘러싸서 떠받들어주면, 자신에게 가치가 있는 것 같은 기분이 들 법도 하겠지요……!"

거의 무의식적으로 유리는 사슬을 다루었다. 왼손의 사슬을 돌리고 오른손의 쿠나이를 겨누었다.

자신이 지닌 정보를 모두 미나즈키에게 내던졌다. 이제 이 이상, 미나즈키의 새로운 반응은 기대하지 않았다. 즐기는 시간은 끝이다.

유리는 에메랄드의 눈동자를 살기로 물들이고, 선언했다.

"하지만, 그것도 지금 여기서 끝이에요. 당신이 폐기품이라는 사실을, 제가 확실히 깨닫게 해줄게요!"

사슬을 던졌다.

일직선으로 미나즈키의 오른손으로 날아간 그것은 노린 대로 어쌔신 블레이드를 휘감고, 무기를 봉쇄했다. 미나즈키가 깜짝 놀랐을 때, 유리는 소년에게 육박했다.

희롱하듯이 오른손의 쿠나이로 미나즈키의 온몸에 상처를 새겼다. 회피할 틈도 주지 않았다. 물론, 사연장 권총으로 반격할 틈도 안 줬다.

미나즈키는 어쌔신 블레이드를 풀어내려고 시도한 듯하지만, 파워로도 앞서는 유리는 그것을 허락하지 않았다. 모든 성능에서 떨어지는 미나즈키는, 일방적으로 인공혈액을 흩뿌렸다.

유리는 쿠나이를 날렵하게 휘두르면서, 득의양양하게 외쳤다.

"어떤가요? 이것이 《뱌쿠단식》의 최신형, 제칠호랍니다. 폐기품과는 달라요!"

다른 《뱌쿠단식》을 유리는 모른다. 하지만, 1호부터 6호까지의 성능을 뛰어넘지 못하면, 7호를 만들 가치는 없다고 생각할 수 있다.

거기다 유리는 메티스 그룹의 최신 파츠까지 도입되어 있었다. 유리는 10년 가까이 전에 만들어진 몸 그대로가 아니다. 인공 근육을 비롯해서 호환성이 있는 파츠는 메티스 그룹이 투기용으로 개발한 것을 사용하는 것이다.

──자 그럼, 슬슬 부숴볼까?

미나즈키가 이를 악무는 모습을 만끽한 유리는 쿠나이를 칼처럼 바꿔 쥐었다.

그 틈에 건방지게도 사연장 권총을 발포했지만, 노리는 곳이 어설프다.

자세를 낮춰서 손쉽게 총탄을 회피한 유리는, 소년의 태엽을 노렸다.

그것을 깨달은 미나즈키가 자유로운 왼손으로 가슴을 방어했다.

유리는 조소를 띄웠다. 미나즈키의 왼손에는 사연장 권총이 있다. 설령 이 일격에서 태엽을 지킨다고 해도, 두 개밖에 없는 암기의 하나를 파괴당하면, 미나즈키의 패배는 확정된 것이나 마찬가지다. 그런 것도 모를 정도로 머리가 돌지 않는 건가?

유리는 가차 없이 쿠나이를 소년의 손에 박아 넣었다.

파직, 하고 사연장 권총이 부서지는 반응이 느껴졌다.

소년의 가슴에 닿도록 유리는 더 강하게 무기를 밀어 넣었다.

"이별이네요, 폐기품."

"준비 끝이다. 해치워, 리타."

퍼뜩 놀랐다.

소년의 손에 박힌 쿠나이는 꼼짝도 하지 않는다. 미나즈키가 쥐고 있기 때문이다. 거기다 어쌔신 블레이드를 봉인한 사슬도, 반대로 미나즈키에게 잡혀 있었다.

——설마, 함정……?!

노림수가 어설프다고 생각한 총탄은 유리를 공중으로 뛰어오르지 못하게 만들기 위한 방책. 유리가 정면에서 태엽을 노리도록 미나즈키가 꾸민 것이다.

그 결과, 미나즈키는 사연장 권총을 희생했지만, 유리의 양팔에 연결된 암기를 두 개 다 봉인했고——

실내에 강렬한 바람의 압력을 느낀 순간, 푹하고 유리의 복부에 진홍의 검이 파고들었다.

미나즈키의 등 뒤에 리타가 나타나 블러디 소드를 구현시켰다.

"〈풍장의 장미(토네이도 로제)〉————!!"

소년에게 바짝 붙은 붉은 흡혈귀가 외쳤다. 그 검 주위에 장미 꽃잎을 형상화한 칼날이 나타난 것을 본 직후, 유리는 폭풍을 받아 날려졌다.

수많은 붉은 칼날이 실내를 가르고 지나갔다.

천재지변이라고 형용하기에 걸맞은 폭풍이 가라앉고, 공중에서 날뛰던 대량의 물품들이 요란한 소리를 내며 바닥으로 추락했다. 주위는 마치 실내를 믹서에 돌린 것 같은 꼬락서니다. 컨테이너도 강철제 선반도 오토마타 파이트용 링도, 전부 엉망이 되어서 널브러져 있다.

피해를 받지 않은 것은 폭풍의 중심에 있던 리타와 미나즈키 뿐이다.

눈 앞에 펼쳐진 참상에, 미나즈키는 아득한 눈빛이 되었다.

"……이거 다른 사람 일이니까 괜찮지만, 이곳을 치워야 하는 녀석이 참으로 가엾군……."

"뭐야, 미나즈키. 호텔 방이라면, 나도 치우는 것을 도와줬잖아."

"도왔다고? 정비 도구를 깡그리 쓰레기통에 쑤셔 넣었으면서, 도왔다고?"

"결과적으로 전부 있었으니까 괜찮잖아. 문제없다, 잖아?"

"문제가 잔뜩 있어! 이 생초보가……!"

미나즈키가 리타와 대화하는 도중에 덜컹, 하는 소리가

들렸다.

리타가 고개를 돌렸다.

"미나즈키가 말한 대로, 왼쪽 가슴 이외를 노렸는데, 정말 그것으로 괜찮았을까? 유리는 아직 망가지지 않은 거잖아?"

"그래, 그것으로 됐어. 보는 대로, 녀석에게서 공격 수단을 빼앗는 게 우리의 목적이었으니 말이야."

미나즈키는 양손을 들어 올렸다. 그곳에는 쿠나이가 달린 사슬이 두 개 쥐여 있었다. 유리에게서 뜯겨져 나온 것이다.

실은, 리타는 처음부터 미나즈키와 같이 방으로 들어왔다. 〈안개화(네벨)〉를 사용하면, 10초 동안은 모습을 감출 수 있다. 그렇게 몰래 실내로 침입한 리타는, 그늘에 숨어서 미나즈키의 신호를 기다리고 있었다.

"미나즈키의 암기를 희생했으니까, 이 정도는 당연한 성과네."

리타는 미나즈키의 왼손을 보고, 가슴이 아팠다.

"문제없다. 이것으로 저 녀석의 암기는 빼앗았어. 《메타트론》의 메모리가 어디 있는지 불게 해볼까."

미나즈키가 말했을 때였다.

엉망진창이 된 컨테이너가 날아왔다. 안에서 망가진 오토마타 제품이 흘러 떨어지고 경질의 소리가 울려 퍼졌다.

"누구의 암기를 빼앗았다고 하는 거죠——?"

고철을 가르고 소녀가 나타났다.

옅은 다갈색의 머리카락을 흐트러트리고 안경은 깨져 있다. 그러나, 유리의 동작 자체는 이상이 보이지 않았다. 에메랄드빛의 눈동자는 형형하게 흉악한 빛을 뿜었다.

"아니……!"

"어떻게 나의 〈풍장의 장미(토네이도 로제)〉가 효과가 없는 거야?!"

미나즈키와 리타가 경악으로 소리를 질렀다.

리타의 블러디 소드로 꿰뚫어진 복부는 인공혈액으로 새빨갛게 물들어 있다. 하지만, 그것은 《뱌쿠단식》에게는, 하찮은 상처다. 복부에는 인공 소화기관이 있는 정도고, 전투에는 아무런 영향도 끼치지 않기 때문이다.

문제는, 무참하게 부서지진 백의의 양 소매. 소녀의 양팔에는 두 개씩 사슬이 연결되어 있어서 총합 네 개의 새로운 사슬 달린 쿠나이가 유리의 손에 쥐여 있었다.

"암기는 이 두 개만이 아니었나……."

확연하게 드러난 유리의 무기 전모에 미나즈키가 얼굴이 굳어졌다.

"아, 그럼, 나의 〈풍장의 장미(토네이도 로제)〉는……."

"보기로는 하나도 맞지 않았군. 저 네 개의 쿠나이로 전부 쳐냈어."

"그런, 블러디 소드를 사용한 기습도 통하지 않는다니.

게다가, 적의 무기가 늘어나 있잖아. 미나즈키는 총을 사용하지 못하게 되었는데!"

미나즈키는 씁쓸한 표정을 지었다.

유리는 고철 사이에 낀 백의 자락을 잡아당겼다.

"……이야~, 놀랐네요. 이런 전개는 저도 좀 예상하지 못했어요. 폐기품은 정말 어떻게 되어 먹은 건가요? 흡혈귀와 손을 잡다니, 답지 않아요."

그 뒤로, 유리는 뭔가 깨달은 표정을 지었다.

"아아, 혹시 칩을 리타 양의 것으로 교환했기 때문인가요? 조금 전에 꼴사납게 종료되었으니까 말이지요. 흡혈귀에게 조종당하는 대흡혈귀 전투용 오토마타가 되어 버렸나요?"

미나즈키는 손에 든 사슬을 한쪽 구석으로 던졌다.

"흡혈귀든 인간이든, 이미 관계없잖나? 리타는 우리의 동료일 뿐이야."

"그래. 나도 미나즈키에게 명령 따위 하지 않았어. 지금의 미나즈키는 나를 제대로 아군으로서 인정하고 있으니까."

미나즈키에게 찰싹 달라붙은 리타에게, 유리는 눈을 가늘게 떴다.

"……카논짱도 그렇고, 리타 양도 그렇고, 어째서 그렇게 되는 건가요? 저는 이해할 수가 없네요."

내뱉듯이 말한 유리는 양손의 사슬을 하나씩 돌리기 시작했다.

“정말 당신들을 보고 있으면 짜증이 나네요. 좋아요. 송사리는 몇 마리 모여도 송사리라는 사실을 증명해 드릴게요.”

그 말과 동시에 두 개의 사슬이 각각 미나즈키와 리타를 향해 던져졌다.

차르릉 소리를 내며 다가오는 쿠나이.

태엽을 노린 그것을 피하고, 미나즈키는 정면에서 유리에게 달려들었다. 시야 한쪽에서 리타가 〈네벨〉하는 것을 확인했다.

유리가 미나즈키에게 올곧이 집중하면, 그만큼 리타가 틈을 노리기 쉬워진다. 그녀는 모습을 감추기 때문에 기습에는 적임이다.

유리도 〈네벨〉한 리타에게는 손을 대지 않았다. 두 자루의 쿠나이를 미나즈키에게 던졌다. 좌우에서 다가오는 그것을 미나즈키가 회피했을 때, 뒤에서 목에 사슬이 감겼다.

“큭…….”

처음에 피한 사슬이 선회해서 공격해 온 것이다. 다음 순간, 유리가 미나즈키를 휘감은 사슬을 들어 올렸다. 꾹, 하고 목이 조여지며 미나즈키는 공중으로 던져졌다.

“폐기품은 정말 쓰레기네요. 저는 접근만 시키지 않으면 되니까 낙승이에요.”

말과 함께 추가타로 쿠나이이 한 자루, 미나즈키의 등으로 날아들었다. 공중에서 어떻게든 손을 뻗어, 어쌔신 블레이드로 튕겨냈다. 하지만, 유리에게 가장 먼 구석으로 내동댕이쳐졌다.

“그리고, 이쪽도 재주가 없네요.”

유리가 미나즈키를 던지는 사이에, 리타는 백의의 뒤쪽에 나타났다.

하지만 리타가 블러디 소드를 구현하려고 했을 때, 유리는 이미 사라졌다. 순식간에 뒤쪽으로 공중재비를 돈 유리는, 반대로 리타의 등을 잡은 것이다.

“큭!”

완전히 승리를 확신했던 붉은 소녀의 표정이 놀라움으로 채색되었다.

소리도 없이 은의 나이프가 리타를 꿰뚫었다.

“리타!”

소녀의 가슴에 박힌 은의 칼날을 보고, 미나즈키가 소리를 질렀다.

“바보네요. 왕족이니까 자신이 강하다고 생각했나요? 저는 대흡혈귀 전투용 오토마타라고요? 흡혈귀한테 질 리가 없잖아요.”

등 뒤에서 리타의 귓가에 입을 대고, 유리는 고혹적으로 속삭였다. 그대로 유리는 으득, 하고 쿠나이를 비틀었다.

큭, 하고 리타가 고통으로 신음했다.

순간 미나즈키는 유리에게 달려들었다. 어쌔신 블레이드가 닿기 전에, 유리는 뛰어서 뒤로 피했다.

"어이, 리타. 그 상처는……?"

미나즈키는 유리를 쫓지 않고, 리타를 껴안았다.

소녀의 등에 붉은 얼룩이 점차 번져갔다.

납탄에 관통되어도 곧바로 수복을 시작해, 고작 몇 초만에 상처 하나 없이 사라지는 소녀가 피를 흘리고 있다.

"괜찮아, 미나즈키. 나는 뱀파이어인걸. 이 정도의 상처……."

"아니아니, 이 정도가 아니잖아요. 제 암기는 은제. 조금 전의 공격은 흡혈귀의 유일한 급소, 심장을 스쳤으니까요. 죽지는 않겠지만, 바로 낫지는 않을 거예요."

유리는 네 개의 쿠나이를 손으로 되돌리고, 가벼운 어조로 말했다.

그 말 그대로, 리타의 등에 흐르는 피는 멈출 기미가 없었다. 항상 강한 태도를 보이는 소녀의 이마에 비지땀이 맺혔다.

"리타 양을 죽여버리면, 로젠베르크 왕이 가만히 있지 않을 테니까, 죽지 않게 배려해드렸어요. 한동안 안정해

주세요.”

차르릉, 하는 소리가 울렸다.

미나즈키는 리타를 등 뒤로 밀어내고, 유리를 보았다.

백의의 소녀는 처절한 미소를 띠고 한 손의 사슬을 돌리고 있었다. 에메랄드의 눈동자가 미나즈키를 봤다.

“하지만, 다른 폐기품은 망가트려도 될 테니, 적당히 하지 않을 거니까요.”

압도적 강자의 선언.

사슬을 돌리며 바람을 가르는 소리가 냉혹하게 울려 퍼졌다.

——이렇게 강하다니.

미나즈키는 후미즈키에게 경탄조차 느꼈다.

성능이 너무 다르다. 《뱌쿠단식》인 자신과 흡혈귀 왕족인 리타가 같이 덤벼도 쓰러트릴 수 없다. 기습했던 첫 일격 이외에 유리는 아무것도 통하지 않았다.

그에 비해서, 미나즈키는 만신창이이고 남겨진 암기는 어쌔신 블레이드 하나뿐이다.

만사휴의라는 말이 부지불식간에 뇌리에 떠오를 때였다. 눈앞을 붉은색이 스쳤다.

유리도 눈썹을 찌푸렸다.

“……뭐하는 거죠, 리타 양. 안정을 취해 달라고 말했는데요.”

리타가 미나즈키의 앞에 서 있었다. 마치 미나즈키를 감싸듯이 양팔을 펼치고 있다. 그러나, 소녀의 등 뒤에서는 지금도 선혈이 흐르고 있어서, 도저히 제대로 싸울 수 있는 상태가 아니었다.

미나즈키는 용맹하게 선 소녀의 어깨에 손을 올렸다.

"리타, 무모한 짓을 하지 마. 뒤는 내가 어떻게든 해."

"거짓말이야, 미나즈키. 아무것도 떠오른 방법이 없는 주제에."

고통을 억누른 음성이었다. 호흡은 거칠고, 소녀의 어깨는 들썩였다. 무리하고 있는 것은 누가 봐도 확연했다.

하지만, 리타는 다부지게 손가락으로 유리를 가리켰다.

"지금, 그녀가 결정적인 이야기를 했어. 그녀는 나를 죽일 수 없어. 그러면, 나를 방패로 삼아, 미나즈키."

미나즈키는 눈을 크게 떴다.

"무슨 소리 하는 거냐, 리타?!"

"그도 그럴 게 나를 죽일 수 없다면, 그녀는 섣불리 나를 공격할 수 없는 거야. 미나즈키의 방패 정도는 될 수 있어."

놀라는 것은 유리도 마찬가지인 모양이다. 말을 잃은 유리에게 리타가 재차 말을 던졌다.

"말해두겠는데, 조금 전의 일격으로 나는 〈네벨〉이 봉인되어 있어. 공격을 피하는 것은 불가능해졌어! 싸운다면, 죽일 생각으로 오도록 해!”

자신의 목숨을 방패로 삼은, 말도 안 되는 논법이다.

하, 하고 유리가 메마른 목소리를 흘렸다. 미나즈키와 리타가 보고 있는 앞에서 소녀는 하늘을 우러러보며 크게 웃음을 터트렸다.

“하하, 하하하하하, 오토마타의 방패가 되다니 무슨 생각을 하는 거예요, 리타 양! 이렇게까지 바보라고는 생각하지 못했네요. 거기 있는 것은 생명이 없는 오토마타라고요? 게다가, 아무런 가치도 없는 폐기품! 그런 것을 목숨을 던져서 지키려고 하다니……!”

“카논도 분명히 똑같이 그럴 거야.”

유리의 웃음소리가 멈췄다.

입을 벌린 채로 굳어진 유리에게 리타는 계속 말했다.

“당연히 지키는 거잖아. 미나즈키는 인격을 가지고 있고, 제대로 살아 있는 거야. 카논에게는 소중한 ‘가족’이고, 나에게는 소중한 ‘동료’. 애초에, 《뱌쿠단식》에 진짜 뇌를 사용해서 인격을 부여한 것은, 메티스 그룹인 거잖아?”

파르르 하고 유리의 뺨이 떨렸다.

리타는 올곧은 시선으로 소녀를 바라보았다.

“어째서 오토마타라고 해서, 미나즈키의 존재를 하찮게 여길 수 있다는 거야……!”

"뭡니까, 그건. 적당히 해주세요."

조용히 분노한 목소리가 리타의 말을 막았다.

유리는 사슬을 돌리기를 멈췄다. 스읍, 하고 숨을 마신 소녀는 외쳤다.

"오토마타는 도구라고요! 도 · 구! 그 멍청한 머리로 알겠나요?! 도구에게 인격도 생명도 없다고요. 《뱌쿠단식》도 마찬가지예요. 인간의 형태를 하고 있어도, 오토마타는 마스터에게 충실하게 따를 뿐인 도구라고요. 인간 대신은 절대 될 수 없어요!"

강한 어조로 떠드는 대사.

그것은 《뱌쿠단식》이 말했다고 생각할 수 없는 말이었다.

"그런데 당신들은 뭔가요? 그런 폐기품을 떠받들며, 제대로 살아 있다고요? 가족? 동료? 인정할 수 없어요. 그런 게 인정될 수 있을 리가 없잖아요! 그도 그럴 게 사장님은 저를 한 번도 가족으로 대하지……!"

거기까지 외친 유리는 라디오 전원이 꺼진 것처럼 도중에 뚝 하고 침묵했다.

황폐해진 공간에서, 환풍기 소리만이 미세하게 들려왔다.

고개를 숙이고 있지만, 옅은 다갈색의 앞 머리카락 아래에서 소녀의 얼굴은 수치심에 물들어 있었다.

미나즈키는 그것을 보고 확신했다.

"하하하, 너는 하웰즈에게 그런 말을 들은 거구나. 너는 마스터를 충실히 따를 뿐인 도구에 불과하다고. 그야말로 녀석이 할법한 소리야."

그 순간, 유리는 분노를 드러내며 미나즈키를 노려보았다.

"사장님에게 버려진 폐기품 주제에, 사장님의 뭘 안다는 건가요! 딱히 그것도 사실이잖아요. 저희 오토마타는 마스터를 따를 뿐인, 그저 도구라고요."

"너, 그거 본심으로 하는 소리야? 《바쿠단식》으로서 가슴 속의 톱니바퀴가 삐걱거리는 소리를 내지 않아?"

"큭!"

과거 미나즈키도 하웰즈에게 이용되었다고 한다.

아마 자신도 같은 소리를 들었을 것이다. 하웰즈를 봤을 때 불쾌감은 그때의 잠재적인 감각에서 나온 것이리라.

미나즈키는 메모리를 떠올리며 납득했다.

"그래서 너는 내가 카논한테 인간 취급을 당하는 것을 볼 때마다, 불쾌해졌던 거군. 처음에 《메타트론》의 설정을 조정 미스한 것도, 일부로겠지. 그것으로 마음에 들지 않던 나를 부술 작정이었나?"

"딱히, 폐기품의 현재 실력을 보고 싶었을 뿐이라고요. 뭐, 톱니바퀴와 인공 장기를 쏟아내기라도 한다면 재밌겠다고는 생각했지만요."

"카논이 《뱌쿠단식》의 의도를 알려줬을 때도, 상태가 이상했던 것은 그게 이유였나. 너 자신도 몰랐겠지, 그런 하루미의 의도가 있었다는 건……."

"그만두세요. 카논짱의 해석은 잘못되었어요. 인공 소화기관도 인공혈액도 신경 케이블도 전부, 비효율적이고 쓸데없는 기능이에요. 의미 따위 없고, 닥터 뱌쿠단은 묘하게 고집을 부린 것에 불과해요. 사장님이 그렇게 말했으니까, 틀림없다고요."

"그거야. 항상 너는 하웰즈의 의견밖에 말하지 않더군. 자신이 실제 보고 확인한 게 아니잖아? 《가창소녀(아이돌)》의 스테이지, 대단치 않지 않았어."

"그러니까 뭔데요?! 당신의 개인적인 감상을 밀어붙이지 말아 주세요! 사장님이 분명히 옳으니까, 내가 확인할 것까지도 없다고요. 사장님의 의견이 나의 의견이에요. 그걸로 됐다구요."

"그렇게 해서 너는 자신을 설득했던 거냐? 자신을 억누르고, 하웰즈를 충실히 따르기 위해."

"뭔데요?! 폐기품 주제에 잘난 듯이……! 설득 따위 하지 않았어요. 전부, 제 진심이라고요. 이상한 착각은 그만두세요."

"착각, 이라. 그렇다면 어째서, 조금 전에 말하던 도중에 침묵했지? 하웰즈는 너를 한 번도 가족으로 대해주지 않았다. 그것이 옳다고 네가 진심으로 생각한다면, 거기서 침묵할 필요는 없었겠지."

미나즈키는 체크메이트를 선언하듯이 말했다.

"즉, 너는 하웰즈의 가족이 되고 싶었지만, 될 수 없었어."

고철들의 중심에 선 백의의 소녀는 움직이지 않았다.

감정을 버린 듯이 유리는 무표정해졌다. 흐려진 깊은 녹색의 눈동자를 미나즈키에게 보내며 소녀는 입을 열었다.

"……상대해줄 수가 없네요. 이 이상, 폐기품의 말 따위 듣고 싶지 않아요. 불유쾌하네요. 얼굴도 보고 싶지 않아요."

유리는 사슬을 다루며, 전투태세로 들어갔다.

그것을 보고, 미나즈키는 고개를 갸웃했다.

"이렇게 되면, 그 '폐기품'이라는 것도 수상쩍은 건데. 하웰즈가 내린 평가잖나. 신뢰성이 부족하다고 생각하지 않나?"

"또 그런 소리를 지껄이는 건가요? 부수지 않으면, 모르겠나 보네요. 제가 사장님의 올바름을 증명하겠어요."

미나즈키는 앞에 서 있는 리타의 어깨에 손을 올렸다.

"리타, 블러디 소드는 꺼낼 수 있어?"

붉은 소녀의 안색은 예의상이라도 좋다고 말할 수 없었

다. 들여다보자, 리타는 미나즈키에게 등을 기대왔다. 순간적으로 안았다.

"그렇게 해주면, 한 번은 꺼낼 수 있어."

소녀의 붉은 눈동자가 이쪽을 보았다. 괴로워 보였지만, 싸울 기력은 있어 보였다. 미나즈키는 리타에게 고개를 끄덕였다.

마치 연인 같은 두 사람을 유리는 증오스럽게 노려보고 있었다.

그것을 깨달은 미나즈키는 말했다.

"뭐냐. 너, 이런 게 부럽……."

"죽어 주세요."

유리가 사슬을 투척했다.

그것은 일직선으로 미나즈키에게 날아들었지만.

품속에 있는 리타가 손을 내밀었다. 미나즈키에게 부축을 받은 소녀의 목소리가 울려 퍼졌다.

"받아 보라고, 〈풍장의 장미(토네이도 로제)〉————!!"

밀폐된 공간에서 굉음이 울려 퍼졌다.

이 자리에 흩어져 있던 모든 것이 강풍에 휘말려, 제어를 잃었다. 그 영향을 받는 것은 유리의 사슬도 예외는 아니었다.

"큭!"

유리는 통제를 잃기 전에 쿠나이를 손으로 되돌렸다. 폭풍으로 백의가 휘날리고, 몸집이 작은 소녀는 발이 뒤로 밀려 나갔다. 하지만, 다음 순간에 소녀는 달리고 있었다.

리타의 손에는 선혈의 색을 지닌 긴 검이 나타나 있었다. 그 도신을 중심으로 붉은 꽃잎 같은 칼날이 수없이 만들어졌다. 미나즈키도 처음으로 근처에서 그 모습을 보았다.

흡혈귀 왕족만이 사용할 수 있는 마술, 블러디 소드.

천지를 뒤흔드는 폭풍의 중심에서, 거대한 붉은 장미가 리타의 손에서 꽃을 피웠다. 그것은 미나즈키도 숨을 멈출 정도로 신비로운 정경이었다.

리타는 칼끝을 유리에게 겨누었다.

거기서 뿜어지는 강렬한 맞바람이 유리를 때렸다. 그래도 유리의 발은 멈추지 않았다. 깨진 패션 안경을 내던지고, 백의의 소녀는 질주했다.

그러나 유리가 미나즈키에게 닿는 것보다 빨리, 장미가 흩어졌다.

칼에서 벗어난 수천 개의 붉은 칼날이 유리를 향해 날아들었다. 그 칼날은 한 장 한 장이 컨테이너를 찢고, 살상력으로 가득 찬 것이다. 하나라도 직격하면 행동불능이 되는 것은 당연했다.

양손에 쿠나이를 쥔 유리는 경이적인 반응속도로 그것을 쳐냈다.

그것은 미나즈키도 할 수 있는 일이다. 블러디 소드 만으로 후미즈키를 쓰러트릴 수 있다고 미나즈키도 생각하지 않았다.

"앞으로 조금만 더 부탁해."

리타의 귓가에 그렇게 속삭이고, 미나즈키는 강렬한 바람 속으로 뛰어들었다.

그 바람은 미나즈키를 막지 않았다. 등을 밀어주는 순풍이다.

미나즈키는 유리에게 육박하고, 어쌔신 블레이드를 휘둘렀다.

붉은 칼날을 겨우 막 다 처리했는데도 불구하고 유리는 미나즈키의 일격을 막았다. 그 순간 "큭"하고 백의의 소녀는 얼굴을 찡그렸다.

인공 근육의 성능은 유리가 뛰어난데, 지금 미나즈키는 압도적인 풍압을 아군으로 삼고 있다.

"무겁나? 그야 나는 동료가 뒤에서 떠받들어주고 있으니."

희번뜩, 깊은 녹색의 눈동자가 미나즈키를 봤다. 유리는 필사적으로 미나즈키를 밀어냈다.

"시끄럽네요. 폐기품 주제에……!"

"부럽다면 부럽다고 말하면 어떠냐? 너도 하웰즈가 소중히 여겨줬으면 하는 거잖아? 도구로서가 아니라 인간으

로서.”

하, 라며 소녀가 동요한 목소리를 냈다.

그래도 미나즈키의 공격을 튕겨내는 손은 멈추지 않았다. 집중이 풀리면 날려가 버릴 것 같은 강풍 속에서 어쌔신 블레이드와 쿠나이가 수없이 격돌했다.

“무, 무슨 소리 하는 건가요? 저와 사장님은 오토마타와 마스터일 뿐이라고요.”

“그럼 칩을 다른 누구 것으로 바꾸면 하웰즈에 대한 마음은 사라지는 거냐?”

“뭐요?! 그런다고 사라질 리가 없…… 아, 아니, 어떨, 까요. 아니, 그런 건 몰라요!”

발끈한 유리는 미나즈키의 어쌔신 블레이드를 두 자루의 쿠나이로 막았다. 양손의 칼로 억지로 튕겨냈다. 그리고 등을 돌리고 달리기 시작했다. 도주다.

미나즈키는 그 등을 따라가 히죽 웃었다.

“제대로 알고 있잖아? 알고 있나? 《뱌쿠단식》의 진짜 컨셉은 사랑이야. 우리는 사랑하는 것을 위해서만 움직일 수 있어.”

으득, 하고 유리가 이를 악물었다.

벽까지 도주한 소녀는 돌아보았다. 양손의 쿠나이를 겨누고, 미나즈키를 노려보았다.

“아아 정말, 그러네요. 저는 사장님을 좋아한다고요! 될 수 있다면, 진짜 가족이 되고 싶어요!"

찰라, 유리는 벽을 박차고, 공중제비를 돌았다.

백의를 휘날리며, 미나즈키의 머리 위로 뛴 유리는 소년의 뒤에 착지했다.

"이것으로 바람의 은혜는 저의 것이네요!"

선 위치가 역전되고, 유리는 의기양양한 표정으로 쿠나이를 들어 올렸다.

"역시 폐기품은 폐기품이었어요. 올바른 것은 사장님이에요."

"아아, 역시 너는 혼자구나."

"패배를 인정 못 하기는……!"

유리가 분노로 얼굴을 일그러트렸을 때였다.

쑥 하고 백의의 명치에서 붉은 검이 돋아났다. 앳된 소녀의 몸에서 인공혈액과 망가진 파츠의 일부가 흩어졌다.

"커헉, 뭐, 가……."

경악한 목소리를 낸 유리의 뒤에는 숨을 헐떡이며 리타가 서 있었다.

꽃잎의 칼날은 다 쏘아 내고, 단 하나 남은 긴 블러디 소드. 그것이 유리의 등을 관통했다.

꿰뚫린 백의의 소녀에게 미나즈키는 칼날을 겨누었다.

"하웰즈는 잘못되었어. 나는 '폐기품'이 아니야. 인정해줘야겠어."

유리가 쿠나이를 던지는 것보다 빨리, 미나즈키는 어깨 신 블레이드로 네 개의 사슬을 끊어냈다.

블러디 소드를 없애자마자 리타는 그 자리에 무너져 내렸다.

"어이, 괜찮아, 리타?!"

미나즈키는 허둥지둥 달려갔다. 보통, 활발한 소녀의 안색은 종이보다 하얗다. 리타는 괴로운 듯이 거친 숨을 몰아쉬고 있었다.

배에 두 곳, 구멍이 뚫린 데다가 모든 무기를 빼앗긴 유리는 무기력하게 말했다.

"아~아, 무리를 시키니까 그렇죠. 이것은 완전히 폐기품…… 이 아니었나, 미나즈키 오빠 탓이네요."

"오빠?!"

익숙하지 않은 호칭에 미나즈키는 고개를 돌렸다.

유리는 바닥에 앉은 채, 왠지 허무한 미소를 띠었다.

"이야~, 그도 그럴 게 미나즈키 오빠 자신이 다른 《뱌쿠단식》을 그렇게 부르잖아요? 그렇게 불리고 싶나 해서요."

"……불리는 쪽이 되리라고는 생각하지 못했군."

미나즈키는 의식이 없는 리타를 아직 원형이 남아 있는

컨테이너 위에 눕혔다. 축 늘어진 그녀의 모습에 불안을 느꼈다.

"어이, 리타는 정말 죽지 않겠지? 너 그렇게 말했잖아?"

"괜찮아요. 흡혈귀는 끈질기다고요. 이대로 몇 시간 정도 자면, 낫겠지요."

그 발언을 믿기로 했다.

덜커덩덜커덩하는 소리가 들리고, 미나즈키는 목을 돌렸다. 유리가 고철 아래에서 안경을 발굴하고 있었다.

미나즈키는 여동생에 해당하는 소녀에게 물었다.

"……너는 하웰즈를 여전히 계속 따를 생각이냐?"

"당연하잖아요? 저를 사용해 주는 사람은 사장님밖에 없으니까. 그렇게 말해도, 미나즈키 오빠한테 졌으니 버려질지도 모르겠지만 말이에요."

"딱히 마스터는 하웰즈만은 아니라고 생각하는데. 실제로, 나는 하웰즈가 아닌 다른 사람을 마스터로 삼고 있기도 하고."

잠시 생각한 미나즈키는 제안했다.

"우리랑 함께 하면 안 되겠어?"

하, 하고 유리가 어이없다는 목소리를 냈다.

"나도 너도 세간에서는 위법 전투용 오토마타다. 마스터가 되어 줄 인간은 한정되어 있고, 지금까지 너는 하웰즈밖에 사용해 줄 인간을 몰랐어. 하지만, 지금은 카논이 있지. 그 녀석이라면 적어도 너를 도구라고는 말하지 않아."

유리는 깨져서 렌즈가 사라진 안경을 내려보고 고개를 저었다.

"저에게 사장님을 배반하라고 하시는 건가요? 그건 사양하겠어요. 제 마음은 조금 전에 말했잖아요."

"배반해라, 라고는 말하지 않았어. 나는 너에게 '저항해라'라고 말하는 거다."

유리가 의아한 듯이 미나즈키를 올려보았다.

"너도 《뱌쿠단식》이다. 자신의 바람이 있겠지. 하웰즈의 가족이 되고 싶다고 바라고, 네가 녀석을 따랐을지도 몰라. 다만 실제로, 이대로면 그 녀석을 계속 따른다고 해서, 그게 이루어질 것 같아?"

"그것은……."

"뭐, 이뤄지지 않겠지. 하웰즈는 인간성을 배제한 최강의 오토마타밖에 관심이 없어. 그것은 《뱌쿠단식》의 대극에 있는 오토마타다. 그 녀석의 가치관을 바꾸지 않는다면, 너는 소중히 여겨질 수 없겠지."

유리는 눈을 내리깔았다. 섬세한 속눈썹이 흔들렸다.

"……사장님은 흡혈귀를 증오하고 있어요. 그러니까, 흡혈귀를 절멸시키기 위해, 최강의 오토마타를 만들려고……."

"그 녀석의 행동 원리는, 증오인가? 그건 하루미와 양립될 수 없을 만도 하군."

미나즈키는 나지막하게 속삭였다. 유리가 시선을 보냈지만, 그것은 아무것도 아니라는 듯이 고개를 저었다.

"그리고, 너는 이대로 증오로 내달리는 하웰즈를 응원할 건가? 흡혈귀에 대한 복수심으로 불타올라 무기질적인 오토마타를 만드는 것이 녀석의 행복이라고, 너는 자신 있게 말할 수 있나?"

유리는 허를 찔린 표정을 지었다.

"증오로 만들어 낸 오토마타 따위 제대로 된 게 아니겠지. 그리고, 흡혈귀를 멸하고 그 녀석은 어떻게 할 건데? 복수를 다 이루면, 그 녀석의 잃은 가족이 돌아오나?"

소녀는 입술을 꽉 깨물었다. 미나즈키는 설득하듯이 말했다.

"하웰즈가 진짜 소중하다면, 따르는 것만이 옳을 리가 없어. 때로는 마스터에게 반발해서라도 해야만 하는 일이 있는 거지. 다름 아닌 마스터를 지키기 위해."

"과연, 실제로 마스터에게 반항해왔던 인간의 말에는 묘한 무게감이 있네요……."

반쯤 어이없다는 어조로 말한 유리는 손에 들고 있던 안경에 시선을 내렸다. 이윽고 "……그러네요."라고 속삭였다.

미나즈키는 그 모습을 내려보고, 팔짱을 꼈다.

"뭐, 앞으로 네가 어떻게 할지, 내가 강제할 수 있는 것은 아니야. 하지만, 이것만은 강제하도록 하지. ——카논의 무고를 증명할 수 있는 《메타트론》의 메모리를 지금 당장 내놔."

본론이었다.

휴, 하고 유리는 과장되게 한숨을 쉬더니 안경을 썼다.

"그런 게, 있을 리가 없잖아요."

"뭐라고?!"

"잘 생각해 보세요. 스위트룸에서 내가 메모리를 빼앗은 게 몇 시간 전이라고 생각하나요? 증거품인 메모리는 회수하자마자, 바로 파기하도록 사장님에게 명령받았으니까요. 시키는 대로 이미 한참 전에 파괴해서 강에 버렸어요. 지금쯤, 호수 바닥에라도 가라앉아 있지 않을까요?"

미나즈키는 경악했다.

"무슨, 그러면 지금 전투는 뭐였어?! 쓸모없는 짓이었잖아!"

"제가 범인이라고 자수해도 좋겠지만, 그러면 사장님이 경찰과 교섭할 가능성이 있어요. 역시 카논짱은 범행이 불가능하다고 증명하는 게 가장 좋죠. 즉, 카논짱의 알리바이를 제출하면 되는 거예요."

"그게 없으니까 지금 카논이 잡혀 있잖아!"

"아니요, 그게 있을 텐데요~. 이 부스의 어딘가에."

두 번의 블러디 소드로 혼돈의 도가니가 된 공간을 유리는 둘러보았다. 그리고 자신의 아래를 내려보았다.

"으~음, 무척 유감이지만, 저는 보시는 대로 몸에 큰 구멍이 뚫려서, 이곳을 정리하는 일을 도울 수 없을 것 같네요."

"어이, 설마……."

얼굴이 경련하는 미나즈키를 보며 유리는 만면에 해바라기 같은 미소를 띠었다.

"증거가 필요하다면 노력해주세요, 미나즈키 오빠."

† † †

얼마 뒤, 구치소.

쇠창살이 박힌 좁은 방에서 카논은 암흑을 바라보고 있었다. 시간은 이미 아침일 텐데, 극도의 불안 때문에 그녀는 잠들지 못하고 있었다.

이곳에 도착하자마자, 카논은 경찰에게 조사를 받았다. 그들은 그녀를 범인이라고 확신하고 있는 모양이었다. 몇 번이고 같은 질문을 고압적인 태도로 해서, 익숙하지 않은 일에 소녀는 피폐해졌다.

그래도 자신이 훔쳤다고는 말하지 않았다. 그 말을 해버리면 진짜 범인이 되어버릴 것 같았기 때문이다.

하지만, 이것이 며칠 동안 계속된다면——.

카논은 앞으로의 일을 상상하고, 몸이 움츠러들었다. 예의상으로도 감촉이 좋다고는 말할 수 없는 이불을 꼭 껴안았다.

그때, 발소리가 났다.

"카논 잔델호르츠, 일어나도록."

시키는 대로, 소녀는 이불에서 몸을 일으켰다. 쇠창살 뒤에 경관이 서 있었다.

면회가 와 있다고 재촉을 받아, 카논은 독방에서 나갔다.

투명한 가림막으로 구별된 면회실로 들어간 카논은 그곳에 있는 인물에 눈을 동그랗게 떴다.

"하웰즈 씨?!"소리를 지른 직후에 뒤에서 문이 닫혔다. 입회하는 경관은 없는 모양이었다. 면회실에 남자와 둘만 남았다.

하웰즈는 가림막 뒤에서 카논을 봤다, 입가를 끌어올렸다.

"하룻밤 만에 꽤 초췌해졌잖나, 미스 잔델호르츠."

"……저는 훔치지 않았어요."

"뭐, 앉도록 하게. 나는 자네를 탓하기 위해서 온 것이 아니야."

경직된 표정 그대로, 카논은 남자 앞에 앉았다.

"이르지만, 합의를 보려고 온 걸세."

"합의……?"

"이대로 내가 자네를 고소하면, 자네는 유죄 판결이 내려지겠지. 절도죄와 기물손괴죄로 고등학교 퇴학 처분일세. 그리고 혹시, 자네의 신분이 조사되어 세간에 공표된다면, 큰 소동이 벌어지지 않겠나, 미스 뱌쿠단?"

"어떻게……!"

카논은 하웰즈를 응시했다.

그 성은, 엄중히 숨겨져야만 하는 것이다. 카논이 뱌쿠단 하루미의 딸이라고 세간에 알려진다면, 평온한 생활을 보낼 수 없게 된다.

하웰즈는 과장될 정도로 동정적인 표정을 띠었다.

"그것은 자네가 바라던 바가 아니겠지. 나도 장난으로 자네를 괴롭히고 싶은 게 아닐세. 그래서 말이지. 자네가 이 계약서에 사인해준다면, 고소를 취하하지."

하웰즈가 한 장의 종이를 밀어 넣었다. 그 가장 위에 기재된 말에, 카논은 눈썹을 찌푸렸다.

"채용 계약서……?"

"자네가 메티스 그룹에서 일한다면, 《메타트론》의 파손은 불문에 처하지. 물론, 자네의 출신을 세간에 퍼트리지도 않겠어. 자네가 사원이 된다면, 나에게는 자네를 감쌀 이유가 있는 거니까."

빼곡하게 작은 글자로 채워진 계약서에서 카논은 얼굴을 들었다.

"……어째서, 그렇게까지 해서 저를 데려가고 싶어 하는 건가요?"

하웰즈는 전혀 표정을 바꾸지 않았다.

카논은 당혹스러움을 감추지 않고 계속 이어갔다.

"죄를 뒤집어씌워서까지, 저를 데려가고 싶어하는 이유를 모르겠어요. 메티스 그룹이라면, 저보다 뛰어난 인재가 잔뜩 있다고 생각하는데요."

"미나즈키를 쓸 수 있던 것은 자네뿐이었네."

"읍?!"

숨을 삼켰다.

미나즈키가 오토마타라는 것을 하웰즈는 알았다. 놀란 카논에게 하웰즈는 재차 타격을 주었다.

"나는 몇 번이고 미나즈키를 써먹으려고, 반복해서 조정했지. 그러나, 그것은 절대 내 뜻대로 움직이지 않았어. 하루미가 딸인 자네에게 선물한 것이다. 분명히 멋진 제품이리라고 생각했는데, 미나즈키는 폐기품이었어."

"어째서, 당신은 그런 것까지 알고……."

"하루미한테 물었더니, 내가 미나즈키를 쓸 수 있을 리가 없다고 일소해버리더군. 생각이 있어서 딸에게 보낸 것이라고 말이지. ……사실이었어. 역시 하루미는 틀리지 않더군. 자네는 그 폐기품을 어떻게 조정한 거지? 그 기술을 우리 회사에서 살리고 싶네."

하웰즈는 똑바로 바라보았다.

그 진지한 눈빛에 카논은 '조정 따위 하지 않았다'라고 말할 기회를 놓쳤다.

"《메타트론》은 안 돼. 《뱌쿠단식》에게는 한참 미치지 못하지. 하루미의 오토마타야말로 최강일세. 다만, 아까울 정도로 하루미는 묘한 윤리관을 가지고 있었어. 그 탓에 그녀는, 《뱌쿠단식》을 더 강화하는 것을 거부하였어. 흡혈귀에게도 인권이 있다고 주장하고, 전투용 오토마타의 양산에 완고하게 응하지 않았지."

"하웰즈 씨, 강연으로 말씀하신 것과 다르네요. 당신은 어머니에게 윤리관이 없었다고 비난했을 터……, 지금 그게 당신의 본심이신가요?"

"내가 바란 것은 평화로운 세계다! 하루미도 그것을 간절히 원하고 있었어. 양식이 있는 인간이라면 누구나 다 바라지. 누구한테도 비난받을 이유가 없어. 전쟁의 불씨인 흡혈귀를 한 마리도 남기지 않고 절멸시키려면 《뱌쿠단식》과 동등한 강함을 지닌 기계인형이 수만 대는 필요한 거다."

남자는 칸막이 뒤에서 얼굴을 가까이 댔다. 번득이는 눈동자에 소녀가 비쳤다.

"자네는 우리 회사에서 오토마타 부대를 만드는 걸세. 하루미는 그것을 거부했기에, 불행한 결과를 만들고 말았지. 이것은 경고이기도 하네. 모녀가 모두 오명을 뒤집어쓰고 싶지 않다면, 나를 따르게."

"……어머니는 《뱌쿠단식》의 양산을 거절한 일로 공국군에게 살해당했다고 들었어요. 그 뒤로, 《뱌쿠단식》은 프로그램을 조작당해 학살을 일으켰고, 그 죄는 전부 어머니가 뒤집어썼다고……."

자신도 모르게 카논은 말했다. 하웰즈의 말이, 자신 안에서 하나의 선으로 이어지는 것을 느꼈다.

카논은 확신을 담아, 물었다.

"——전부, 당신이 한 짓인가요?"

남자가 의미심장하게 옅은 미소를 지었다.

그 순간, 자신의 가슴 속에서 뜨거운 불꽃이 터지는 듯한 기분이 들었다. 충동에 몸을 맡기고, 카논은 꽉 쥔 주먹으로 테이블을 후려쳤다.

"《뱌쿠단식》의 양산 지시도, 《뱌쿠단식》의 프로그램을 조작한 것도, 학살의 죄를 어머니에게 뒤집어씌운 것도, 전부 당신이……!"

"받아들이도록 하게, 미스 뱌쿠단."

하웰즈의 차분한 목소리가 카논의 걱정을 막았다.

모든 것의 원흉인 남자는 얇은 계약서를 카논 쪽으로 밀었다.

"자네는 이미 일반 시민일세. 대공 가문에서 추방당하고, 세간에게서 몸을 숨길 수밖에 없는, 무력하고 왜소한 존재인 것이야. 나에게 거역해봐야, 자네는 하루미의 오명을 불식하지 못하겠지."

"그런 일……!"

해보지 않으면 모른다고 말하려던 카논이지만,

"그러고 보니, 자네는 미나즈키를 무척 마음에 들어 하는 듯하더군."

미나즈키의 이름이 나오자 입을 다물었다. 하웰즈는 음흉하게 입가를 일그러트렸다.

"만약 그가 《뱌쿠단식》이라는 사실이 세간에 알려진다면, 위법 오토마타인 그는 파괴당하겠지. 나는 지금, 경찰에 그것을 고발할 수도 있네만."

얼굴에서 혈색이 사라지는 것은 카논은 자각했다.

비열하다고 생각했다. 분하다고도 생각했다. 하지만, 하웰즈에 대항할 수단은 무엇 하나 가지고 있지 않았다. 자신의 한심함에 소녀는 고개를 숙였다.

"어떻게 하겠나? 뭐, 자네가 이미 그는 필요 없다고 한다면 상관없는 이야기지. 나도 그 부적합은 필요 없어. 원래, 그것은 처분할 예정이었던 것이고——."

"……그만두세요."

소녀의 입에서 연약한 목소리가 흘러나왔다.

조금 전의 기세는 완전히 사라졌다. 기운 없이 몸을 움츠린 소녀를 하웰즈는 의자에 몸을 기댄 채 바라보았다.

"무슨 말 했나?"

"……미나즈키를 부수는 것만은 그만둬 주세요. 부탁합니다……."

"좋아. 그럼, 어떻게 하면 좋을지 알고 있겠지?"

남자가 펜을 놓았다.

카논은 입술을 깨물었다. 한동안 악마의 계약서를 바라보고 있던 소녀였지만, 결심한 듯이 펜을 들었다.

손이 차갑다. 면회실은 그다지 난방이 잘 되어 있지 않고, 카논의 손은 차가워져 있었다. 곱아지는 손으로 사인하려고 했던, 바로 그때.

하웰즈 옆의 문을 누가 두드렸다. 허둥지둥 들어온 경찰관이 하웰즈에게 귓속말을 했다.

아무래도 경찰은 이미 하웰즈의 입김이 들어가 있는 모양이었다. 고립무원의 상황에 카논은 자연스럽게 시선을 떨구었다.

그때, 하웰즈가 갑자기 일어났다. 그 기세에 의자가 넘어졌다.

"유리, 그 고물 녀석이!"

하웰즈는 고함을 질렀다.

카논은 놀라서 올려보았지만, 남자는 이미 카논을 보려고도 하지 않았다. 지팡이 소리를 높이 울리며, 그는 면회실을 나갔다.

눈을 깜빡이는 카논에게, 경찰관은 말했다.

"미스 잔델호르츠, 석방이다. 무고하다는 증거가 발견되었다."

Epilogue COMMAND Wake up, Order, Shut down

에필로그

TV 화면에 침을 흘리고 있는 소녀의 얼굴이 크게 비쳤다.

남색의 눈동자가 풀려있는 은발의 소녀는 칠칠치 못하게 얼굴도 풀어져 있다. 가끔 화면을 들여다보고는 "후훗"이라든지 "하아앙~"같은 이상한 목소리를 냈다. 그 이외에는 계속 톱니바퀴의 구동음이 희미하게 들릴 뿐이다.

""""""…….""""""

화면을 보고 있는 전원 다 형용하기 어려운 표정을 짓고 있었다.

이윽고 소녀의 추태라고 말해도 이상하지 않은 영상이 끝났다.

미나즈키 일행과 같이 TV 화면을 보고 있던 경관이 헛기침하고 말했다.

"……아~ 어험, 이것으로 범행 추정 시각에 카논 잔델호르츠의 알리바이는 증명되었다."

그것은 '환상의 하모니 기어, 특별 이벤트'에 사용된 오토마타의 메모리였다.

특별 이벤트에서는, 하모니 기어를 사용한 오토마타를 기동상태로 놔두었다. 그 오토마타의 메모리에는 이벤트 때의 카논이 제대로 찍혀 있었던 것인데, 많은 의미에서 참으로 안쓰러운 영상이었다.

어찌 되었든, 무고가 증명된 카논은 석방되었다.

† † †

"그럼, 됐어? 연다?"

카논이 은색의 상자를 들고, 주변을 둘러보았다.

시선을 받고 미나즈키와 리타는 긴장한 표정으로 고개를 끄덕였다.

시각은 오후 3시를 조금 지난 때였다. 카논이 석방되고 바로, 미나즈키 일행은 디체를 나왔다. 《메타트론》의 인공두뇌가 손에 들어온 이상, 거기 머물 이유는 없다. 하웰즈가 초대한 오토마타 파이트를 보러 갈 마음은 당연히 없었고, 아무리 카논이라고 해도 이틀째의 디체 페어에 참가하고 싶다고는 말하지 않았다.

그렇게 예셀에 돌아온 일동은, 재빨리 카논의 집에 모였다. 이유는 물론, 인공두뇌의 내용물을 확인하기 위해서다.

전원이 지켜보는 가운데, 카논이 상자의 윗부분을 천천

히 열었다.

“꺅!”

그것을 본 순간. 카논은 비명과 함께 상자를 떨어트렸다. 쿵! 하는 무거운 소리가 울려 퍼지고, 바닥에 옅은 녹색의 액체가 퍼졌다.

손바닥보다 큰 정도의 상자에는 적나라한 물체가 채워져 있었다. 한 눈으로 알 수 있는, 두뇌다.

“……그러니까 말했잖아요. 그다지 보고 기분 좋은 물건이 아니라고요.”

방구석에 있는 유리가 어깨를 으쓱했다.

그녀는 미나즈키 일행을 따라왔다. 고민한 결과 유리는 ‘반항’을 선택한 것이다.

긍정하는 것만이, 사랑하는 것은 아니다.

유리도 깨달은 거겠지. 이대로 하웰즈의 복수를 도와도, 아무도 행복해질 수 없다는 걸. 하웰즈를 소중하게 여기기에, 유리는 그의 복수를 멈추기로 한 것이다.

미나즈키는 상자를 주웠다. 내용물을 들여다보고, 아무렇지도 않게 말했다.

“무츠키의 인공두뇌와 같은 것인 모양이군. 들어 있는 뇌의 개체차이는 있는 듯하지만.”

“미나즈키, 용케 그것을 직시할 수가 있네. 나는 속이 울렁거려.”

리타는 얼굴을 찌푸리고 옆으로 고개를 돌렸다.

그때, 미나즈키는 상자에 있는 뇌가 끝부터 변색해가는 것을 봤다.

“응? 뭐지, 뇌가 사라져 가는데……?”

미나즈키가 말하는 중에도, 적나라했던 옅은 분홍빛 뇌는 조금씩 재로 변해갔다. 마치 바짝 말라서 풍화되는 것처럼, 뇌는 현재 진행형으로 무너져갔다.

“당연하잖아요? 무엇을 위해서 그것을 은 상자에 넣어뒀다고 생각하는데요?”

유리의 말에 미나즈키는 얼굴을 들었다.

“거기 들어 있는 것은 흡혈귀의 뇌라고요? 본래, 흡혈귀는 몸이 분단되면, 잘려 나간 부분은 바로 재가 되어 소멸하고, 재생을 시작하는 거예요.”

“그래! 우리 몸의 일부만을 꺼낼 수 있을 리가 없어!”

리타가 깨달은 듯이 외쳤다.

“그것을 가능하게 한 것이, 그 은 상자와 수은이 들어가 있는 배양액이죠. 흡혈귀의 마술을 무효화 하는 물질로 뇌를 완전히 뒤덮어서 소멸과 재생을 막는 거예요. 흡혈귀의 치유 능력도 결국은 마술의 일종이니까요. 수은으로 절여서 은으로 밀폐하면, 안에 있는 부위는 거기에 머물 수밖에 없는 거죠.”

“즉, 은의 밀폐를 풀고, 배양액이 유출되어서 수은에서 해방되자, 이 뇌는 재생하기 위해서 재가 되었다고?"

"그런 거죠."

미나즈키가 손에 든 상자로 시선을 돌리자, 그 안은 이미 재가 되어 있었다.

"그렇다는 이야기는, 그 인공두뇌를 열면, 뇌의 소유주인 흡혈귀는 원래대로 돌아와……?"

진지한 목소리로 물은 것은 카논이었다.

남색의 눈동자로 바라보자 유리는 시선을 이리저리 굴렸다.

"뇌만 아니라, 몸도 배양액에 담겨 있으니까요. 인공두뇌만 부숴도, 재료가 된 흡혈귀가 우르르 나오는 일은 없다고요. 몸도 배양조에서 나오면 재생하리라고 보지만요."

카논이 생각에 잠겼다.

"하지만, 이걸로 확실해졌어. 메티스 그룹은 지금도 뱀파이어를 오토마타로 만들고 있어. 용서할 수 없어."

"유리 씨, 그 인공두뇌에 어머니가 연관되었다든지……?"

"닥터 뱌쿠단의 논문은 다 읽었습니다만, 생체 인공두뇌를 집어넣는다는 발상을 그녀가 할 수 있었다고는 생각하기 어렵네요. 그녀의 연구 테마는 인공두뇌가 아니라, 몸의 구조와 톱니바퀴에 집중되어 있어요. 닥터 뱌쿠단이

고안한 시스템은 아니겠지요."

카논은 안도로 가슴을 쓸어내렸다.

"닥터 뱌쿠단이 무관계 하다는 점은 다행이지만, 메티스 그룹은 빨리 막아야만 해. 뱀파이어 배척 운동도 나날이 심각해지고 있고, 이대로라면 헬바이츠는 분열될 거야."

"그 일 말인데, 분명히 사장님은 오늘 낮에 있었던 오토마타 파이트에서 결정적인 일을 벌였을 거예요. 공화국군의 분들을 여럿 초대했으니까요."

말을 하면서 유리는 TV 리모컨을 들었다. TV를 켰다.

비춘 것은 뉴스 방송이었다. 자막에 '속보'라는 문자가 있다.

"……정세를 고려해, 공화국군은 오토마타 부대의 제작을 개시할 것을 발표했습니다. 이미 공화국군은 메티스 그룹에서 투기용 오토마타를 구매해, 군사용으로 사용할 것을 결정하고……."

"당했어! 이건 예셀 조약 위반이야!"

리타가 날카롭게 외쳤다.

TV에는 디체 페어의 특설 스테이지 위에서 공화국군의 장교와 악수하는 하웰즈가 비추고 있었다. 그것을 석연치 않은 표정으로 바라보는 네 명.

왁자지껄한 TV 소리만이 공허하게 울려 퍼졌다.

_후기

고작 몇 개월 전, 데뷔작인 '리베리오 마키나 ―《뱌쿠단식》 미나즈키의 재기동―'이 발표된 뒤에, 각 방면에서 많은 반향을 일으켰습니다.

정말로 말이지요, 깜짝 놀랬습니다.

트위터로 받은 응원 멘트부터, 편집부에 보내주신 편지까지. 상상 이상으로 많은 감상을 받아서, 전율했네요. 그 정도로 기뻤던 겁니다.

그리고, 작품에 담은 마음을 제대로 전달했다는 것을 알고, 무척 감동했습니다.

이번에, 처음으로 속편을 쓴 터라 설렜습니다.

이야기의 앞에 이야기가 있으며, 이야기의 뒤에 이야기가 있다. 그렇게 생각하며 소설을 썼습니다만, 실제로 시리즈물을 쓰는 것은 이번이 인생 처음입니다.

1권은 미나즈키의 존재 이유에 스포트라이트를 맞췄습니다.

2권은 표지로도 알 수 있듯이, 미나즈키와 리타의 이야기입니다.

후기부터 읽으시는 분을 위해서, 그 이상은 말하지 않겠습니다.

하여간 1권에 이어, 2권에서도 무척 좋아하는 캐릭터들을 묘사했습니다. 여전히 백치미를 자랑하는 주인공과 히로인들을 즐겨주시면 감사하겠습니다.

그리고, 이번에는 여동생 캐릭터도 등장합니다. 개인적으로 여동생 좋아하죠. 건방지지만, 미워할 수 없고, 어쩌다가 귀여움이 엿보이는 것이 여동생이라고 생각합니다.

……아니 뭐, 현실에는 여동생이 없지만요.

자 그럼, 이하는 감사의 말씀입니다.

이번에도 출판하면서, 많은 분이 도와주셨습니다. 편집부, 인쇄소, 교정, 디자이너 여러분에게 진심으로 감사의 말씀 올립니다.

담당 편집이신 쿠로카와 씨. 항상 협의가 길어져서 죄송하다고 생각하면서, 감사하고 있습니다. 이번에는 여러모로 아슬아슬했던 터라, 무척 민폐를 끼쳤습니다. 두 번 다시 이런 일이 없도록 노력하겠습니다.

미려한 일러스트를 그려주신 레이아 씨. 유리의 러프 그림을 봤을 때, 표정이 이미 완벽해서 '이것은 틀림없이 유리다!'라고 생각했습니다. 새로운 캐릭터에 생명을 불어넣어 주신 순간을 목격했네요.

학교 관계자분들. 데뷔 뒤에도 지원해주셔서 정말 마음 든든하다고 생각합니다.

1권 발매일에 모여준 친구들. 이 은혜를 언젠가 갚도록 하겠습니다.

마지막으로, 이 책을 들어주신 모든 분들에게 최대급의 감사를. 감사합니다.

미사키 나기

리베리오·마키나 2 —《뱌쿠단식》 후미즈키의 질투심—

초판 1쇄 | 2020년 10월 25일

지은이 미사키 나기 | **일러스트** 레이아 | **옮긴이** 구자용
펴낸이 서인석 | **펴낸곳** 제우미디어 | **출판등록** 제 3-429호
등록일자 1992년 8월 17일 | **주소** 서울시 마포구 독막로 76-1 한주빌딩 5층
전화 02-3142-6845 | **팩스** 02-3142-0075 | **홈페이지** www.jeumedia.com

ISBN 978-89-5952-964-3
978-89-5952-877-6 (set)
*파본은 구입하신 서점에서 교환해 드립니다.

| **제우미디어 트위터** twitter.com/Jeumedia

만든 사람들
출판사업부 총괄 손대현 | **편집장** 전태준
책임편집 서민성 | **기획** 박건우, 안재욱, 양서경, 이주오
디자인 총괄 디자인그룹 헌드레드 | **제작, 영업** 김금남, 김용훈, 권혁진